Ludivine Irolla

Amour, cuisine et poulet sauce moutarde

Relecture culinaire d'Émilie Collet

Slalom

L'ABSOLU
restaurant gastronomique
Chef
MICHEL LEGRAND
Chefs de
Garde-Manger
MAXIME LEFURGEY
Poissons
RENAUD CARON
Commis
COLINE
MATTHIEU
Commis
GREGORY
MEDHI

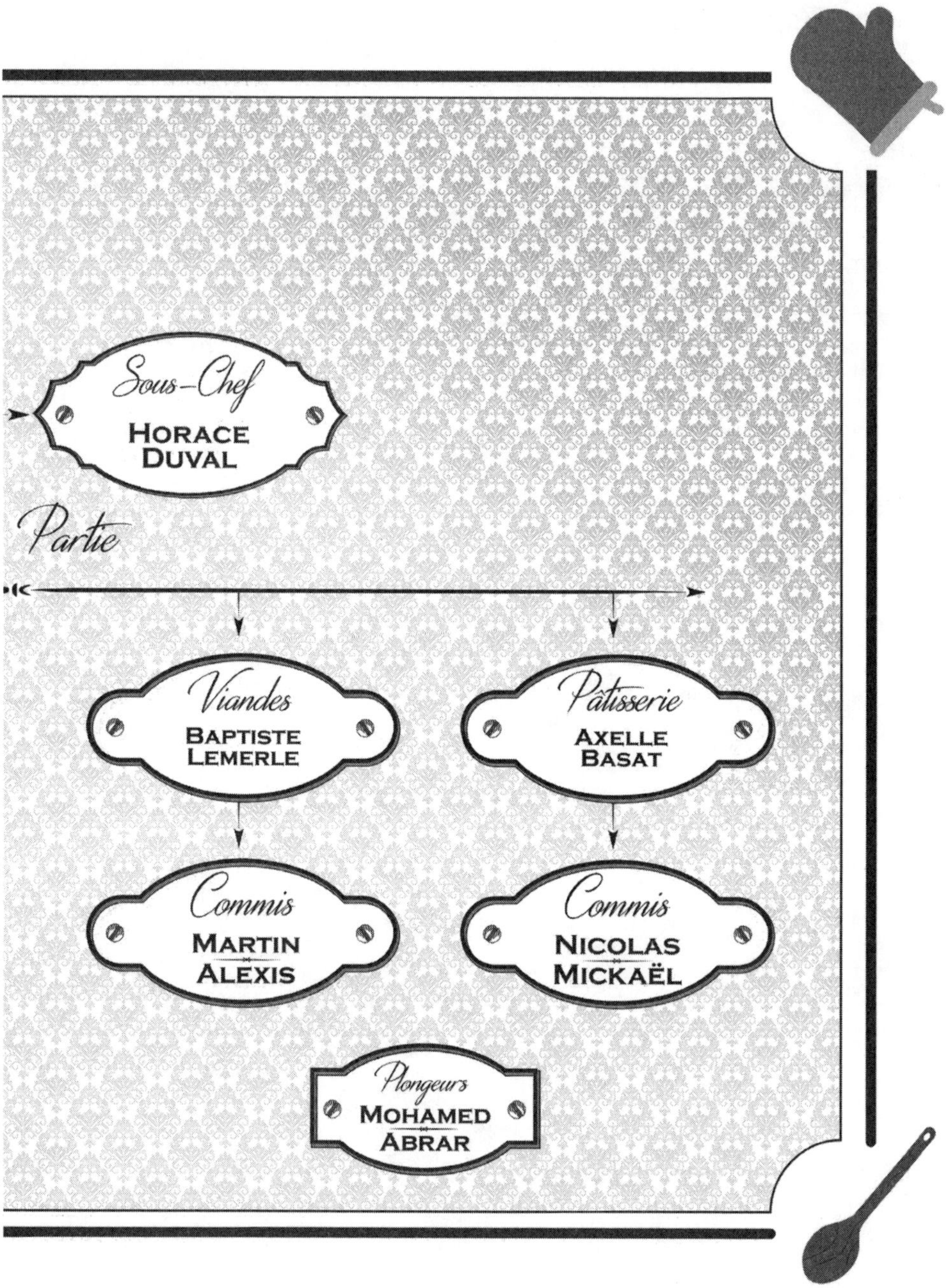
Sous-Chef
HORACE DUVAL
Partie
Viandes
BAPTISTE LEMERLE
Pâtisserie
AXELLE BASAT
Commis
MARTIN
ALEXIS
Commis
NICOLAS
MICKAËL
Plongeurs
MOHAMED
ABRAR

APÉRITIF

« Il n'y a que deux chemins qui mènent au cœur des gens : les mots et la nourriture. »

La première fois que j'ai compris cette phrase que Papitate répétait toujours, on cuisinait ensemble son plat préféré, sa déclaration d'amour pour notre famille : son poulet moutarde, accompagné de pommes de terre.

C'est de là qu'il tient son surnom d'ailleurs.

Enfant, je mélangeais les lettres comme je mélange aujourd'hui les épices. L'étrange union de « papi » et de « patate » a donné « Papitate ». Et c'est resté. Sa célèbre réplique aussi.

Je me souviens : j'ai dix ans, je suis trop petite pour atteindre les placards du haut et pourtant, il me désigne cheffe. Il joue le commis dévoué et attend mes ordres.

Je suis penchée sur le carnet Bratz qu'il m'a offert à Noël dernier et où j'ai noté consciencieusement chaque étape de la recette. Mais la page est tachée à force d'être consultée et j'ai du mal à déchiffrer ma propre écriture.

— Alors, que faut-il faire maintenant ? demande Papitate, spatule en main, tablier tendu sur son ventre rebondi.

— Euh... il faut lancer les pommes de terre en robe de chambre.

Je lève les yeux et croise son regard pétillant comme du cidre.

— Vous voulez dire en robe des champs, cheffe ?

— Euh... oui, c'est ce que j'ai dit !

Papitate laisse exploser le rire que retenait sa moustache frémissante et approuve d'un petit signe de tête avant de revenir à son rôle de commis.

— Tu tiens un concept. Si ça se trouve, quand tu seras à la tête de ton restaurant, tu pourras mettre tes pommes de terre en robe de chambre au menu. Des chefs du monde entier viendront goûter aux patates de ma petite-fille !

Sa fierté me réchauffe autant qu'une fondue après une journée de ski et je m'empresse de noter dans un coin de ma recette : « inventer la recette des pommes de terre en robe de chambre », avant de reprendre les instructions.

Papitate me donne du « cheffe » toutes les cinq minutes. Pourtant, l'air de rien, c'est lui qui guide ma main quand mon couteau dérape. Lui qui baisse le thermostat quand mon impatience me pousse à précipiter une cuisson. Lui qui me rappelle de vérifier tous mes assaisonnements, et compte discrètement les tours que je donne au moulin à poivre.

Quand, deux heures plus tard, la porte d'entrée claque et que j'entends Léandre se précipiter vers la cuisine, elle baigne dans une odeur ensorcelante. Privilège de cheffe, j'ai déjà picoré dans toutes mes préparations et je plonge ma cuillère dans la sauce quand mon grand frère débarque, les doigts gourmands.

— Oh, Papitate, on mange ton poulet à la moutarde ce midi ? il demande, les yeux brillants.

— Eh oui, mais aujourd'hui, c'est le poulet de cheffe Ju que vous allez déguster.

Léandre n'attend pas d'être servi, il a déjà pioché des bouchées dans toutes les gamelles qui traînent et léché les couverts dans l'évier. S'il s'éloigne les mains vides, c'est uniquement parce que notre grand-père l'y oblige en le menaçant de famine s'il ne met pas la table.

Mes parents et Valentin, le plus grand de la fratrie, sont plus sages et nous laissent finaliser en paix. Papitate me montre alors comment dresser notre plat.

— L'appétit, ma Ju, passe par les yeux et le nez autant que par la bouche.

Je m'applique, malgré mon ventre qui commence à grogner de mécontentement. Et quand tout est prêt à être servi, je dois avouer que ça en valait la peine. La peau croustillante du poulet disparaît presque sous la sauce épaisse et parfumée. Les grains de moutarde sont comme des confettis. Et, autour de la volaille, en parfaits petits valets, se trouvent les pommes de terre rôties en robe des champs.

— Ça a l'air délicieux, ma Ju. On va tous se régaler, et c'est grâce à toi. Tu vois, il n'y a que deux chemins qui mènent au cœur des gens : les mots et la nourriture. Et là, ce plat, c'est une vraie déclaration d'amour à toute ta famille. Il n'y a rien de plus puissant qu'un repas partagé avec ceux qu'on aime.

Quand il me dit ça, je savoure mon sentiment de fierté, prête à dévorer ma création. Papitate m'embrasse le sommet du crâne et me laisse pavaner en apportant le déjeuner. J'ai l'estomac dans les talons, mais le menton haut.

Je viens de créer ma première lettre d'amour.

ENTRÉE

1

Dans une recette, aucun mot n'est laissé au hasard. Toutes indiquent un grammage minutieux, un ordre à respecter, des instructions claires et précises. Le carnet Bratz où je consigne mes recettes ressemble à un vieux grimoire : usé, taché, corné, lu, relu, aimé, révéré. Comme une sorcière, ça fait des années que je le consulte avec attention, suivant à la lettre tout ce qu'il a gardé en mémoire. Parce qu'on ne rigole pas avec une recette de mon grand-père. S'il a écrit « guanciale de Colonnata », on ne prend pas des lardons du supermarché. Ce serait comme acheter un sac Decathlon quand on vous demande un Gucci. Ça n'a *rien* à voir.

Et je me souviens bien avoir noté sur la liste de courses : « guanciale de Colonnata », pas « lardons premier prix ». Juste pour être certaine, je continue de retourner le frigo, puis les étagères du cellier, les placards, les tiroirs. Ceux du haut. Ceux du bas. Rien.

Je regarde ma cocotte vide qui n'attend que mes dés de charcuterie... Rah, j'enrage ! Je ne peux décemment pas me servir de ces pauvres lardons ! Pas dans une recette de Papitate, son fantôme reviendrait me hanter, c'est sûr.

Juuuu, Juuuuuu, qu'as-tu fait ? Pas toi, pas le sang de mon sang. Ah ! je te maudis.

J'ai l'impression de trahir toutes nos heures derrière les fourneaux. Je ferme les yeux, tends la main... et renverse les morceaux de lard bas de gamme dans ma marmite avec un cri d'horreur. C'est sûr, le plat sera entièrement gâché !

— Tu n'auras qu'à t'en prendre à ta fille et à ton gendre si mon risotto est raté, je bougonne. Ce sont de vraies têtes de cochon, ils n'ont même pas suivi ma liste de courses...

J'ai presque honte de porter son tablier « C'est moi le chef », je n'en suis peut-être pas si digne, finalement.

— Mais qu'est-ce que tu marmonnes ? demande soudain une voix derrière moi.

J'étouffe un cri, me retourne et brandis ma spatule comme une arme blanche. Je m'attends presque à voir le fantôme de mon grand-père, mais ce n'est que Léandre, son casque autour du cou. Je crois surprendre quelques accords de guitare électrique, mais, avec le bruit assourdissant que fait mon cœur, je ne suis sûre de rien.

— Tu m'as fait peur, je m'exclame.

— Mmh, ça sent bon, il lance en s'approchant comme le chat d'un moineau.

— Non ! Mains dans les poches !

Léandre fait mine de ne pas m'entendre. Ne craignant ni mon courroux, ni le chaud, ni le goût terrible des lardons premier prix, il avance ses doigts.

— Chipeur, arrête de chiper ! je lance, en tentant de sauver ma charcuterie.

Léandre est un cauchemar en cuisine. Il mange tout le temps. Sauf que, contrairement à moi, il garde la carrure d'un nageur olympique. Les lois de la génétique sont un mystère. J'ai tout hérité de Papitate : ses yeux pétillants, sa passion pour les plats en sauce et son bidou généreux. Heureusement, il m'a épargné la moustache. Léandre a le même appétit que nous et la silhouette de notre mère. Il sait vider les assiettes, pas les remplir.

— Léandre, sors d'ici ou je te jure que je raye tous tes vinyles !

Je tente d'assombrir mon regard, mais mon grand frère ne se laisse pas avoir et, avec un sourire malicieux, repioche dans ma cocotte. Il a les doigts gras, la bouche luisante et pleine ; il me postillonne dessus en m'assurant que « ch'est vraiment délichieux ». Malheureusement, je ne peux pas me fier à son avis : Léandre aime tout, même la macédoine de la cantine. C'est un cas désespéré. Je pense qu'il est doté d'un palais en carton.

— Tu sais que je t'entends râler d'en haut depuis dix minutes ?

Je fixe ses mains qui, lorsqu'elles ne sont pas dans ma sauteuse, dansent sur la musique.

Léandre a une playlist pour tous les événements. J'en ai même vu une intitulée « Toilettes ». Si, pour moi, une journée sans rôtir, émincer, mijoter est perdue, pour lui, une minute sans musique ne vaut pas la peine d'être vécue. Mais qu'il puisse m'entendre de sa chambre malgré son rock hardos me fait toujours halluciner.

— Je ne râlais pas, dis-je en râlant.

— Si, tu râlais.

Léandre me regarde sans ciller. Je distingue alors ce qu'il écoute : *Saveur cheveux*, de Totorro. Je me demande si elle fait partie de sa playlist « Quand ma sœur me saoule ».

— Et ton bac de français. C'était cette aprèm, non ? Ça s'est passé comment ?

Pour toute réaction, je grogne. Ce salsifis me connaît trop bien. Soudain préoccupée par ma recette, je débarrasse mes lardons, tout en éloignant d'un coup de spatule la main gourmande de Léandre.

— Ju, réponds-moi. Tu peux me le dire.

— Ça a été... je ronchonne.

— Ça, c'est pour les parents. Je veux la *vraie* réponse.

Il doit être sérieux et inquiet parce qu'il ne tente même pas de me voler un bout de parmigiano reggiano qui traîne sur le plan de travail.

— Pas dingue. Je suis partie avant la fin.

Léandre pianote sur son téléphone et change de son. Je reconnais *Livin' on a Prayer* de Bon Jovi, ce qui me fait dire qu'il est passé sur sa playlist « Motivation ». Il essaye de me rassurer, mais je n'écoute plus.

Je sais que les parents ne vont pas tarder à rentrer, qu'ils vont me poser exactement la même question. Et des dizaines d'autres : « Tu as pris quel sujet ? », « Tu as les résultats quand ? ». Là, ils enchaîneront sur l'importance de cette note, sur ses conséquences pour ma terminale, puis sur mon entrée dans les études supérieures. Ils me rappelleront que je dois faire mieux, que je dois être la meilleure, que je dois réussir. Ils me diront que de mauvais résultats au bac me vaudront un mauvais classement, une mauvaise classe prépa, une mauvaise fac et un mauvais poste...

Mon ventre se serre comme si j'avais mangé au moins cent quatre-vingt-trois oursons en guimauve.

— Écoute, Ju, je suis sûr que ce n'est pas si terrible que ça.

Il me sourit et je tente de l'imiter, mais le cœur n'y est pas. Je sais que j'ai foiré mon épreuve. Il m'a suffi de parler deux secondes avec ma meilleure pote Ysée pour m'en rendre compte. Mais il ne comprend pas, pour lui tout est facile, il n'a jamais eu besoin de réviser pour réussir. Valentin non plus.

— Allez, je vais t'aider à finir. Je fais quoi, cheffe ?

Son énergie est communicative. Il enfile mon ancien tablier, bien trop serré pour lui, et me sourit fièrement. En le voyant, la poitrine barrée d'un « P'tit chef », je ne peux retenir un éclat de rire.

— Ma mission, ça va être de sauver cette catastrophe, je lance en désignant ma cocotte. Toi, tu peux... faire la vaisselle.

— OK, cheffe !

Léandre sourit, s'empare d'un torchon qu'il fait tourner autour de sa tête et se place devant l'évier en se dandinant sur *Wow.* de Post Malone. C'est une crème. J'ai beau lui donner les pires tâches, il les accomplit toujours avec joie. Peut-être que ses playlists sont un peu magiques, finalement ? À moins qu'il ne fasse ça que dans l'espoir de lécher tous mes fonds de marmites...

De mon côté, j'ai une urgence à gérer. Excuse parfaite pour oublier mon bac.

J'envoie donc un message à la meilleure cheffe que je connaisse.

Ysée, à l'aide ! Comment tu sauves un risotto au guanciale de Colonnata quand t'as que des lardons ?

En attendant, je prépare le bouillon de légumes tout en surveillant d'un œil que mon riz nacre dans la graisse animale. C'est le moment de déglacer.

QUOI ? Ben, tu changes de recette ! Colonnata >>>>> lardons.

Je souris, même si ça ne m'aide pas, parce que c'est la seule réponse valable, bien sûr.

Ysée, c'est la meilleure. En tout. Elle est première de sa classe, et sait aussi bien recoudre ses boutons de veste que faire une pièce montée en nougatine, c'est dire. On est dans la même classe depuis le CE1. Pourtant, on ne se parle que depuis un stage de cuisine au collège. Un restaurateur était venu une après-midi pour partager sa passion avec nous. Et, au milieu de tous les élèves, Ysée. Je la redécouvrais. Les joues rouges, investie dans sa recette, elle n'était soudain plus timide, mais exaltée. Lorsqu'on a goûté les crumbles de tout le monde, j'ai dû admettre que le sien était aussi bon que le mien. Depuis, on ne s'est pas quittées. On regarde toutes les émissions culinaires ensemble, on passe nos week-ends à mijoter des plats, à inventer des menus. Quand nos potes partent en session shopping, on va dans les salons de thé et les nouveaux restos *street food* d'Orléans. On tient un classement des meilleurs endroits où manger.

Alors si je fais bien confiance à quelqu'un pour rattraper cette infamie, c'est à elle.

Boooon… Déjà, tu pourras dire à tes parents qu'ils sont vraiment nuls (non, pitié, le fais pas), mais je vois qu'une solution : pimper ton risotto et réduire le sel. T'as déglacé ?

Ouais, au vin blanc.

OK, ben tu gères visiblement ! Fais-moi un tupperware, je veux goûter ça ! 😘

Je souris quand je vois qu'elle enchaîne sur une idée folle, inspirée par le dernier épisode de Toque Chef, de déglacer un plat au kombucha à l'orange.

— Euh, Ju, je crois que ça crame, non ? hésite Léandre.

— Hein ?

Je lâche mon téléphone en urgence pour me reconcentrer. Mon riz brûle ! Je retire ma cocotte du feu, ajoute encore une louche de bouillon, puis goûte. J'en propose même une cuillérée à mon aimable commis.

« Mmmh » est la seule critique constructive de Léandre.

— Papitate expliquait qu'il fallait équilibrer les saveurs. Mais là, on ne sent que le sel, non ? Il faut que je dynamise un peu plus, t'es d'accord ?

— Mmmh, approuve Léandre. Fais regoûter, pour voir.

— Je pourrais faire des chips de parmesan pour accompagner et apporter un peu de légèreté.

— Des chips ? répète mon frère, les yeux ronds comme des choux de Bruxelles.

Je réfléchis un moment à voix haute, obligée parfois de préciser le vocabulaire à Léandre qui ne suit pas. Finalement, je tente de calmer le sel en faisant revenir des oignons et de l'ail à part.

Maintenant que j'ai plus ou moins sauvé mon plat, je décide de me pencher sur le cas de mon frère. L'été arrive et il ne semble encore avoir aucun plan. Il m'a attaquée sur le bac de français, à mon tour.

— Bon, et toi ? je l'interroge. Tu vas faire quoi de tes deux mois de pause ?

— Mmh, je ne sais pas. Chiller, je pense.

— Léandre, tu chilles déjà toute l'année !

— Pas faux.

Valentin aurait défendu son honneur ; lui, il assume, amusé. Ce petit génie à la mémoire et à l'appétit sans limites, laisse la vie lui courir après. C'est un pois qui reste confortablement dans sa cosse. Il a vingt-cinq ans, un bac en poche (avec mention, bien sûr), un sourire à faire fondre un plat Picard et une motivation... eh bien, on la cherche encore. Mes parents lui ont suggéré de faire des études de droit (histoire d'être dans la fac où enseigne mon père) et, comme il avait la flemme de réfléchir à autre chose, c'est ce qu'il a fait. Mais le pire, c'est qu'il y arrive, sans effort.

— Non, mais Léandre, en vrai, tu vas pas rester deux mois dans ta chambre ? Tu pars pas avec tes potes en vacances, j'sais pas ?

— Ben, je pense que je vais faire le tour d'Europe...

— C'est vrai ? je m'exclame, ravie de le voir s'activer un peu. Oh, mais ce serait génial ! Avec qui, Jordan ? Papa et maman veulent bien te payer le voyage ?

Il se fend la poire.

— Quoi ?

— Non, je vais voyager sans bouger d'Orléans... Je vais sortir avec toutes les touristes qui viennent découvrir notre merveilleuse ville. « *Oh, hello, you're visiting, welcome, welcome.* »

Il me fait son petit cinéma, les mains négligemment passées dans ses cheveux fusilli, les sourires en coin et l'accent frenchy à croquer. Il m'agace ! Je lève les yeux au ciel, ce qui redouble sa bonne humeur. Le pire, c'est que je suis sûre que tout le monde veut faire de Léandre son quatre-heures.

— Pas mal, hein ?

Il a le culot de penser que j'approuve. J'espère que Valentin saura le motiver mieux que moi, il est le seul qui peut secouer cet idiot comme une Pasta Box.

— Tu te souviens que Val et Sophie sont là ce soir, hein ? je lui demande.

Valentin, mon autre grand frère, est l'incarnation de la perfection. De sa petite raie au milieu à ses cheveux sans épi en passant par sa femme, Sophie, enceinte de quatre mois. Valentin est un génie, il a instauré cette tradition que tous les Huet devaient « réussir » et il a imposé sa définition du succès : rencontrer sa moitié au lycée, avoir une mention « très bien » au bac, faire un jogging tous les matins à 6 heures, être major de promo, devenir directeur de banque avant 30 ans, épouser son amour de jeunesse, être père.

Dès que Valentin et Sophie viennent dîner, mon stress monte.

— Ju, ne te prends pas la tête. Ils auront tous tellement faim qu'ils mangeront, et puis, quoi que tu fasses, ça ne plaira pas à Sophie.

— De toute façon, c'est pas comme si j'avais eu le temps de faire mieux aujourd'hui, je grommelle.

Je sais que Léandre a raison. Depuis dix ans que Valentin et elle sont ensemble, elle n'a jamais eu un seul compliment pour mes plats... ni pour ceux de Papitate à l'époque !

— Elle va encore nous dire que « c'est trop gras, trop salé, trop sucré »... je soupire.

— « Trop glutenné. »

— « Trop crémeux. »

— « Trop calorique. »

— « Trop épicé. »

— « Trop fade. »

On se regarde et on explose de rire. Sophie n'est pas très dure à imiter : il suffit de relever le menton, d'adopter une attitude snobinarde et de critiquer tout ce qui nous entoure. J'aurais beau avoir le talent de Paul Bocuse, elle trouverait encore de quoi se plaindre.

Un coup d'œil à l'horloge rajoute une couche à mon mille-feuille de stress.

Je redoute ce dîner. Pas seulement parce que « Princesse Sophie » va se prendre pour la nouvelle François-Régis Gaudry, mais parce que je pressens déjà que le sujet de conversation ne tournera malheureusement pas autour de la question « À quoi servent les cornichons dans un burger ? » (vous avez quatre heures).

J'ai peur qu'ils me prennent tous pour une ratée. Un peu à l'image de mon risotto...

— Mmmh, ça sent bon ! Juliette ? Léandre ? C'est nous !

Voilà, c'est la fin des haricots...

2

— Oh là là, quelle odeur divine ! s'exclame ma mère.

Et la voilà qui arrive, le nez en l'air. Quand elle aperçoit mon frère à mes côtés, un torchon mouillé sur l'épaule, elle sourit.

— Tu vois, Léandre, j'étais sûre de trois choses en rentrant : que les plans de travail seraient encore plus propres que ce matin, que tu serais toujours en pyjama à 19 heures et que l'on arriverait trop tard pour vous aider car vous êtes bien trop efficaces.

— Non, maman, *je* suis efficace, je corrige.

Elle nous embrasse alors que mon père, à peine arrivé, imite mon frère en piquant dans la marmite.

Imaginez des professeurs d'université en droit et en langue anglaise, n'hésitez pas à saupoudrer ça de clichés, d'aromatiser le tout avec un peu de mauvais goût, et vous obtiendrez mes parents. Je les adore, mais ils n'ont pas compris que la mode avait évolué depuis les années quatre-vingt. Ma mère n'a jamais abandonné ses tailleurs pied-de-poule, son carré aux mèches qui rebiquent, ni ses lunettes rectangulaires qui descendent sur ses narines, et encore moins son rouge à lèvres lie-de-vin qu'elle achète au même endroit depuis vingt ans.

Mon père est un grand adepte des pantalons velours qui lui remontent jusqu'au nombril et il nettoie ses lunettes avec de la peau de saucisson : ses verres sont toujours gras et ça n'est pas étonnant de le voir corriger ses copies le nez collé au papier.

— Alors, cheffe, qu'est-ce que tu nous concoctes de bon ? demande-t-il, ses yeux embrassant toutes les préparations.

— Normalement, je commence en insistant sur chaque mot, vous auriez dû vous régaler avec un succulent risotto *au guanciale de Colonnata*, sauf qu'il se trouve que vous avez mal fait votre travail et que vous m'avez acheté de pauvres lardons. Donc ne vous étonnez pas si c'est dégueulasse !

— Mmmh, non, c'est un régal ! salive mon père qui a trempé une cuillère dans le riz.

— Juliette, est-ce que tu connais le prix de ces ingrédients ? Excessivement cher ! Je suis sûre que tu as fait des merveilles avec ces « pauvres lardons » comme tu dis...

— Mais maman... je bougonne.

Ma mère ne me laisse pas terminer. Elle tente d'éloigner les deux vautours qui tournent autour de notre dîner et me retire bien trop vite le droit de me plaindre.

— Et ton bac de français alors ? Tu ne m'as pas répondu.

Coupable. Elle a envoyé un message sur notre groupe WhatsApp de famille « Huet les ♥ ». Mais j'étais censée répondre quoi ? « Coucou, ici la ratée, j'ai loupé mon écrit, suis sortie une heure avant. Ça va, vous ? Des bisous ».

— Oh, maman ! intervient Léandre en me lançant un clin d'œil appuyé. Est-ce que je t'ai parlé de mon concert d'hier soir ? Jordan, Elona et moi, on est allés à l'Astrolabe, voir un tout jeune groupe d'acid rock. On était au premier rang et...

Mon frère entortille ma mère comme une linguine autour d'une fourchette et l'éloigne, les bras chargés de vaisselle pour mettre la table. Mon père se fond dans leur ombre. Je profite de quelques minutes de répit, ça ne durera pas.

C'est à ce moment-là que, cerise sur le gâteau, Valentin débarque. Je suis au bout du rouleau, dépeignée, le tablier maculé de gras, mon eye-liner dégouline à cause de la vapeur qui s'échappe du riz en cuisson, mais lui, il est beau comme un friand qu'on va passer au four. Et je ne vous parle même pas de Sophie, à ses côtés, les mains croisées sur son ventre. Elle resplendit, vraiment.

Les voir l'un à côté de l'autre, si parfaits, ça me crée des angoisses. C'est ça, alors, être adulte ? Argh, plutôt faire une intoxication alimentaire.

— Aaaaah, ma Ju, lance mon frère en me fonçant dessus. Comment ça va ?

— Bien. Et vous ?

Valentin étant parfois plus exigeant avec moi que mes géniteurs, j'opte, comme tactique de repli, pour mon maxi best-of classique : « je-suis-occupée-revenez-plus-tard-je-mitonne-vous-êtes-sur-mon-territoire ». C'est peine perdue...

— T'as trouvé le temps de mijoter le dîner malgré le bac de français de cette aprèm ? s'enquiert-il néanmoins. C'est bien que tu aies un hobby aussi productif, mais tu ne dois pas oublier les cours, hein, ma Ju ?

— Oui, oui.

— Alors, raconte-moi, je veux tous les détails ! J'ai regardé les sujets dès qu'ils ont été publiés. Tu as choisi quoi ? La dissertation, je parie ! Et le sujet B, pas vrai ? Franchement, si j'avais passé le bac, je pense que j'aurais opté pour le A. J'adore Victor Hugo, et les *Contemplations*, quel chef-d'œuvre ! Tu sais que j'avais aussi eu du Hugo pour mon bac ? C'est forcément bon signe ! Il faudra absolument qu'on trouve un moment avant ton oral, j'ai plein de conseils pour toi !

Désespérée, j'oublie ma recette, balance tout dans un grand plat, le riz, les lardons, les oignons, le parmesan râpé, je ne saupoudre même pas d'herbes et hop, je fous ça dans les mains de Valentin, adieu dressage. Papitate va venir m'étouffer avec un torchon sale dans mon sommeil.

— Vite, Val, va faire le service ! Faut déguster chaud.

Sophie inspecte rapidement la préparation, un air suspect sur le visage, et elle emboîte le pas de mon frère vers la salle à manger.

Je m'autorise deux secondes pour respirer. Depuis ma tanière, j'entends toute ma famille qui s'installe. Les chaises qui raclent. Les couverts qui résonnent contre les assiettes. Les conversations. Maman qui interroge Sophie sur sa grossesse. Adossée contre le four, je profite du silence. J'ai peur de sortir. Je vais être comme un sanglier qu'on présente à Obélix : mes parents et mon frère ne vont faire qu'une bouchée de moi...

— Juliette, tu viens ? m'appelle ma mère.

J'arrive dans la salle à manger sur la pointe des pieds, j'ai juste eu assez de jugeote pour préparer une assiette spécialement pour la princesse. Je la sers et m'installe sans un bruit.

— Euh, Juliette, excuse-moi ?

Je lève la tête, Sophie me regarde, une petite moue sur le visage. Elle tripote son plat du bout de la fourchette.

— Est-ce qu'il y a du fromage dedans ? Il est pasteurisé ? Non, parce que, comme je suis enceinte, je dois faire attention, tu sais. Et le riz est *gluten free* ? Je suis vraiment intolérante, et je ne voudrais pas gonfler plus, tu comprends ?

Elle désigne son ventre déjà rebondi d'un air entendu. J'évite le regard appuyé de Léandre, à côté de moi. Je me mords l'intérieur de la joue, incapable de lui préciser que le riz, de base, est sans gluten... Mon frère imite beaucoup trop bien Sophie, on avait vu juste sur toute la ligne. Je la rassure : j'ai tout fait comme il faut, et je lui ai même épargné les lardons les plus gras.

— Non, mais après j'avoue que je suis plutôt *team* pâtes, perso. Je tuerais pour des carbo ou de grosses boulettes de viande, c'est fou ! J'ai des *cravings* de malade.

— Des quoi ? interroge mon père qui est de ceux qui disent « courriel » et pas « mail ».

— Oh, des « envies ». La grossesse, tout ça.

Léandre s'étouffe à moitié de rire dans son assiette.

— Mmmh, Ju, c'est une dinguerie, bave mon frère entre deux fourchettes monstrueuses.

— Oui, c'est délicieux. Tu vois, Juliette, les lardons font parfaitement l'affaire !

— Mouais, ça aurait été meilleur avec du...

Ma mère me jette un regard par-dessus ses lunettes l'air de dire : « Si j'entends encore une fois ce mot, je t'étouffe avec ton propre risotto ».

— C'est vraiment le meilleur plat du monde ! s'enthousiasme Valentin qui tend son assiette pour se resservir. Cette onctuosité est à tomber par terre ! Je ne sais pas vous, mais ça me rappelle Papitate. C'était la recette que j'aimais le plus. Dès qu'il me demandait une idée de menu, je répliquais « ton risotto ». La dernière fois qu'on en a mangé tous ensemble, on était ici, je venais de finir mon master de sciences juridiques et financières et il m'a dit : « Tu veux quoi pour fêter ça ? », mais il connaissait déjà la réponse. Et franchement, Ju, c'est aussi bon que le sien !

— Merci, Val.

Je remarque ses yeux brillants derrière ses lunettes. Je suis heureuse d'avoir quand même rendu justice à mon papi.

Je suis surtout soulagée de voir que la conversation s'attarde sur Valentin, son métier et leur vie avec Sophie. Ils aménagent la chambre de bébé et ma mère est fascinée au point de leur poser vingt mille questions. Ce qui me va très bien.

Seulement, alors que Léandre se fait resservir pour la deuxième fois, maman profite d'un silence pour revenir à la charge.

— Bon, Juliette, ton bac de français ? Raconte-nous tout !

— Ah oui, Ju, tu ne m'as pas dit, tu as pris quel sujet ? insiste Valentin.

— Et, renchérit mon père, tu penses avoir combien ? Tu dois absolument rattraper ton contrôle continu pour espérer avoir une mention !

D'un coup, tous les yeux sont braqués sur moi. Ils attendent une réponse, mais à les écouter parler, ma colère bouillonne. Je me sens comme une *potatoe* au milieu d'un paquet de frites. Je suis la petite dernière, la grosse, l'idiote, la déception.

Je ne veux pas suivre le chemin de Valentin, qui a rempli toutes les cases de l'élève modèle. Ni imiter Léandre, qui se contente d'approuver les choix de nos parents sans réfléchir à ses propres désirs. Je veux un autre chemin, quitter ce lycée où j'explose, où je pourris comme une pomme oubliée au fond d'un panier. Pourquoi est-ce qu'ils ne le voient pas ?

— En fait, la vérité, c'est que j'ai sûrement loupé mon bac.

Je ne les laisse pas répondre, même s'ils se regardent tous, choqués. Sauf Léandre, qui baisse la tête sur son téléphone. J'espère qu'il a choisi sa playlist « Drama queen » parce que je vais envoyer du lourd.

— Vous ne savez pas ce que c'est pour moi. Je ne suis pas aussi scolaire que Léandre et Valentin, je n'aime pas les études, je m'ennuie à crever. Je déteste rester assise toute la journée, à écouter des cours qui ne m'intéressent pas... Franchement, je préfère passer ma vie à manger des haricots en boîte que de finir à la fac, ou pire, en prépa. J'ai beau travailler, je hais ça, je n'y arrive pas. C'est pas pour moi, c'est tout. Et le fait que vous ne le voyiez même pas, ça me rend folle. Je ne suis pas un génie comme ces deux-là ! Moi ce que je veux, ce que je veux...

Et là, je comprends ce que je veux, ce que j'ai toujours voulu. Ça explose dans mon crâne comme du maïs dans un micro-ondes. C'était sous mes yeux, sous mes mains, et je ne m'en rendais pas compte. Je ne suis pas douée avec les mots, ni avec les chiffres, ni avec les études. Il n'y a qu'un endroit où je me sente bien, où je me sente moi, où je ne voie pas le temps passer.

— Papitate me disait toujours que, plus tard, je serai une grande cuisinière. Et ben, vous savez quoi, je suis d'accord avec lui. C'est ce que je suis. Une cuisinière. Je ne veux pas aller à la fac, je veux faire de la cuisine !

3

D'abord, ils me fixent tous comme si j'étais une tache de sauce tomate sur un chemisier blanc. Et puis, c'est la cacophonie. Mon père se fait entendre le premier.

— Cuisinière ? Enfin, Juliette, tu n'es pas sérieuse. Ça n'est pas un métier ! Il faut que tu ailles à l'université, que tu suives des cours pour avoir un bon emploi, une situation honorable.

Sous le coup de l'émotion, sa voix est aussi stable qu'un flan au caramel. Il gratte sa barbe comme si elle abritait soudain toute une famille de puces et ses yeux n'arrivent pas à se fixer sur moi. Pourtant, moi, je ne tremble pas, je ne bouge pas. Je me tiens debout, droite. C'est une révélation, c'est tellement évident. Je dois devenir cuisinière. Je le sais aussi sûrement que je suis lion ascendant lion, que je pourrais manger des oursons en guimauve jusqu'à la fin de ma vie et que je suis allergique aux acariens.

— Mais, papa, c'est un vrai métier !

Sur le coup, j'aurais dû être fière de cette phrase, car c'est la seule que j'ai pu caser pendant les dix minutes qui ont suivi. Puis ma mère, mon père et mon frère aîné se sont donné la réplique.

— Ju, tu n'y penses pas, attaque Valentin. Cuisiner, c'est une profession d'hommes, les femmes y ont une place terrible, tu vas te faire piétiner. Et puis, tu ne seras qu'un commis. Les femmes ne travaillent jamais dans les palaces, tu vas juste en baver et pour quoi ? Te retrouver à bosser dans la pizzeria du coin ?

J'aurais aimé lui dire que la pizzeria du coin, comme il dit, a un super cuistot (il s'appelle Michaelo, vient de Naples et c'est un artiste : il sublime comme personne le coulis de tomate, le fromage et l'origan). Mais je n'ai pas le temps d'ouvrir la bouche que ma mère prend la relève.

— Juliette, tu ne te rends pas compte... C'est extrêmement physique, ça demande de rester debout pendant des heures, de courir, de résister à la pression. Je ne te vois pas du tout faire ça, enfin, Juliette... Et puis, tout ça pour gagner quoi ? Des clopinettes ? !

Elle a insisté sur le « pas du tout » et ses yeux me scannent à présent sans prononcer un mot. Pas besoin, tout est dit. Dans la seconde qui s'étire. Dans son regard entendu qui se pose sur ma brioche.

Mais le coup de grâce est donné par Sophie.

— De toute façon, tu n'as pas le niveau pour intégrer la moindre brigade, c'est clair.

Elle tripote ses grains de riz du bout de la fourchette avec dédain. Heureusement Valentin la supplie de se taire et de ne pas s'en mêler.

— Tu peux être un cordon-bleu à la maison, ça ne fait pas de toi une cheffe quatre étoiles, lâche mon père qui explose telle une cocotte-minute. On vous donne la meilleure éducation possible et c'est comme ça que tu nous remercies ? Non, hors de question. Que tu fasses ça pour le plaisir, c'est merveilleux, mais en faire un métier, on marche sur la tête...

On peut féliciter ton père de lui avoir mis des idées pareilles dans le crâne...

— Enfin, Philippe, tu ne vas pas accuser Papitate, tout de même ? Je suis sûre que Juliette aura oublié cette idée dès demain et sera passée à autre chose. Comme lorsqu'elle voulait devenir sirène après son premier cours de natation...

Seulement, je n'ai plus cinq ans. J'en ai dix-sept. Et j'ai eu le meilleur prof de l'univers : mon papi. J'ai monté une mayonnaise à neuf ans. Cuisiné mon premier bœuf Wellington à onze. Réussi mon premier soufflé à treize. Ce n'est pas une passade. Je ne suis pas épanouie devant un bureau mais je le suis derrière les fourneaux ; quand la vapeur me plaque les cheveux sur le front, que je me brûle la langue sur une cuillérée de sauce, que je vois le bonheur de ma famille quand elle déguste mes créations.

Ce bonheur, ce n'est pas un master en finances ou en droit qui me l'offrira.

Et j'aime mieux passer ma vie à préparer des margaritas que de gérer des comptes bancaires.

— En fait..., je commence.

— Tu vaux mieux que ça, enfin. Bien sûr que le lycée peut être difficile, mais tu vas t'en sortir, Juliette. Tu peux encore faire remonter tes notes, ce n'est pas dramatique ; en travaillant plus dur, c'est possible, explique ma mère. Si tu as besoin, on peut engager un prof particulier.

— Non, ce que je veux...

— Oui, ta mère a raison, Juliette. On peut sûrement trouver de l'aide, des solutions.

Je sens la main de Léandre qui vient chercher la mienne, qui l'enveloppe et la serre. Il sait qu'on ne pourra jamais prononcer un mot au milieu de cette cacophonie. Comme toujours lorsque les parents montent leur indignation comme des blancs en neige.

Mes émotions sont un mesclun peu digeste : de la colère, de l'incompréhension, de l'orgueil et pas mal de déception. Ils ne croient pas en moi. Ils sont persuadés que je suis incapable de réussir, que je ne suis pas assez douée, pas assez sportive, pas assez déterminée, *pas assez*.

Je refuse de les écouter plus longtemps. Je lâche la main de mon frère et m'enfuis sans demander mon reste. Je fais juste un petit détour pour me découper une belle part de la croustade aux fraises que j'avais concoctée pour ce soir et monte dans ma chambre.

Alors que je grimpe les escaliers, j'entends la goutte d'eau qui fait déborder mon verre doseur : « Oh, c'est l'adolescence, ça lui passera. » Avant que Léandre ne tente en vain de prendre ma défense.

Je claque la porte derrière moi, histoire de coller au mieux à leurs clichés et allume mon PC pour démarrer une partie de mon jeu préféré.

Mon alter ego « KillingSashimis45 » se met à défoncer tout ce qui déboule devant mon SMG. Chaque *headshot* allège un peu ma colère et ma frustration. Quand je surprends un adversaire derrière un bâtiment abandonné, je lui fiche une balle que je dédie à la misogynie de ma famille. Et je continue comme ça à vider des chargeurs pour me défouler, maudissant mes parents, mon frère aîné, leur vision étriquée de mon propre avenir et de mes capacités.

J'ai les mains moites, mais les doigts sûrs. J'enchaîne les commandes, je soutiens ma *team* et on remporte plusieurs *games* sans que mes partenaires aient beaucoup d'efforts à fournir. J'ai assez de rage pour dégommer tous les lobbys de *Call of Duty*...

Comment j'ai pu croire que la filière générale était pour moi ? Comment j'ai pu rester aveugle si longtemps à mon vrai désir : faire de la cuisine. Et pas juste le petit plat dominical, mais me réveiller chaque jour pour aller dans une brigade pro. Maintenant que l'idée a germé, je ne vais pas pouvoir m'en défaire. Je la sens qui fait ses racines, qui s'immisce dans chaque pore de ma peau.

Je dédie aussi quelques *headshots* à ma stupidité. Avoir quitté la table en coup de vent était ridicule, j'ai ajouté du miel sur leurs pancakes...

Je respire un bon coup, stabilise mon viseur et PAN. Pleine tête.

Ça me détend autant que d'assembler un tian de légumes. Un côté satisfaisant qui m'apaise.

— Juliette ? Je te dérange ?

Casque sur les oreilles, je n'ai pas entendu ma mère frapper à la porte de ma chambre, puis l'ouvrir, puis débarquer presque à côté de moi. Je sursaute, main sur le cœur, détache deux secondes mes yeux de l'écran... Le temps de me faire liquider à mon tour.

— Raah, je grogne.

— On peut discuter ?

Mon instinct serait de répondre « non », et de retourner enchaîner les *headshots*, mais je me fais violence. Je ne veux pas leur donner de grain à moudre, de nouvelles raisons de me coller l'étiquette « fille immature ». Je pose la manette comme un soldat renonce aux armes.

Ma mère s'installe sur le pouf en forme d'avocat. Elle tente de croiser les jambes malgré son tailleur et abandonne rapidement la manœuvre.

— C'était très gourmand ce soir, merci, Ju.

L'entrée de son discours me surprend un peu. Je pensais qu'elle serait plus épicée. Avec elle, j'ai appris à marcher sur des œufs.

— De rien ?

— Vraiment, ma puce, tu as du talent, personne ne nie ça, tu sais ?

Comme je ne réponds pas, elle répète.

— Tu le sais, hein ?

— Oui, je sais que vous aimez mes plats.

— Mais la restauration, le monde professionnel, c'est complètement différent.

Je lui offre un silence buté. J'ai peur d'ouvrir la bouche, que mes mots dépassent ma pensée. Ma mère me soumet au même régime et se tait, les yeux dans le vide. Elle brosse les nids-de-poule de sa jupe crayon d'un air distrait.

— Parfois, avec ton père, on se demande... on se dit que peut-être, on est dépassés en tant que parents. Tu as été la cerise sur le gâteau pour notre famille, la surprise qu'on n'aurait jamais espérée. Mais tu as tellement d'écart d'âge avec Valentin, et même avec Léandre, nous sommes peut-être trop vieux pour être les parents d'une jeune fille comme toi ?

Ne sachant pas si elle attend une réponse, je reste muette. Ses yeux fixent mollement les photos d'Ysée et moi, punaisées sur le mur.

— On désire le meilleur pour toi, Juliette. Et je crois que tu fais fausse route. J'ai vu un reportage la dernière fois, c'était une enquête exclusive qui montrait les ignominies que les femmes subissent dans cette profession... Les agressions, les insultes... Je ne veux pas de ça pour toi ! Que tu sois traitée comme... comme...

L'injure ne vient pas naturellement chez mes parents alors j'observe ma mère qui galère à trouver le mot juste.

— Comme une moins que rien ! C'est un milieu monstrueux, misogyne, à la mentalité moyenâgeuse, tu n'y seras pas heureuse. Tu devrais garder cette passion pour ton temps libre, tu ne penses pas ?

— Maman, je veux vivre de ma passion tous les jours, toutes les...

— Juliette ! Je vais te donner le nom de ce reportage, tu iras le regarder sur Internet. On voit des filles enfermées des heures dans des chambres froides, on leur met des mains aux fesses à longueur de journée, quand elles ne sont pas carrément...

Je déchiffre l'horreur dans les yeux de ma mère. Bien sûr que j'ai regardé l'émission, et que je suis les comptes Insta qui dénoncent ces violences.

— Maman ! Je sais tout ça, je pourrais faire face. Le monde change, et vite, la parole se libère vraiment et il y a une prise de conscience dans toute la profession... Je me sens prête à tout. Je peux écouter un chef, rester debout, comprendre les ordres, remettre les cons à leur place et m'intégrer dans une brigade. J'en suis capable.

Elle marque une nouvelle pause, grimace un peu.

— Oui, c'est vrai, tu as toujours été très forte Juliette. Très déterminée. On en a parfois fait les frais avec ton père.

Son rire tout doux apaise le vinaigre qui me brûle la gorge depuis tout à l'heure. Elle doit repenser à la fois où j'ai sauté sur le dos de papa par surprise. C'était une histoire en trois temps : crac, aïe, pin-pon.

— Écoute, Juliette, et si on coupait la poire en deux ?

— Tu dégaines une image culinaire pour me séduire, c'est ça ?

Cette fois son rire est franc, il pétille dans toute la chambre. Elle remonte ses lunettes sur le haut de son nez.

— Si j'avais su que c'était comme ça qu'il fallait t'amadouer, j'y aurais eu recours bien plus tôt pour te demander de ranger tes affaires sans y perdre la voix !

Elle finit par retrouver son sérieux.

— Coupons la poire en deux, donc. Termine le lycée, obtiens ton bac et un diplôme, de quoi assurer tes arrières. Et ensuite, si tu as toujours envie de te lancer dans la restauration, nous en reparlerons.

Je ne suis pas hyper douée en maths, mais cette fois je calcule très vite.

— Mais, d'ici là, je serai hyper vieille, j'aurai genre 25 ans !

— Oh Juliette, le temps file à toute vitesse. Tu auras cligné des yeux qu'on y sera déjà.

— Non ! J'aurai perdu ma vie !

— Et si tu commençais par réviser ton oral de français ?

Ma mère est implacable : il n'y a plus de discussion possible. Elle n'a pas coupé la poire en deux : elle a gobé la poire entière ! Je réfrène l'impulsion de faire une crise.

Je mime mon sourire le plus doux et approuve d'un petit hochement de tête défaitiste qui semble lui suffire.

— Allez, je te laisse jouer.

Dès qu'elle a refermé la porte de ma chambre, mon masque tombe. Hors de question de me laisser faire. Je vais cueillir ma propre poire et la manger toute seule. Je refuse de perdre sept ans pour les rassurer. Mes fesses, je ne les veux pas posées sur une chaise, mais à s'agiter devant un piano de cuisson. Et j'y arriverai, coûte que coûte.

4

L'îlot de cuisine est le théâtre d'une double invasion. La mienne, avec livres de recettes, carnet Bratz et ustensiles. Celle d'Ysée, avec manuels de français, fiches de révisions et surligneurs. Chacune ses armes. Je m'applique à réussir ma tarte kimchi et, elle, son oral. Je travaille mon plat avec autant de détermination qu'elle son texte de Molière.

Je sais que je devrais faire comme elle, mais impossible. Sitôt que ma mère est sortie de ma chambre hier, j'ai directement appelé Ysée pour tout lui raconter et on a convenu qu'elle viendrait à la maison dès le lendemain, même si je suis la seule derrière les fourneaux pour cette fois.

Je pétris ma pâte brisée pimentée avec rage. Je me repasse les réactions de mes parents, de Valentin. La déception me laisse un goût amer dans la bouche. Je n'ai jamais été aussi sûre de moi, pourquoi est-ce qu'ils ne le voient pas ?

J'aime mieux penser à ma recette plutôt qu'à tout ce que j'aurais dû leur expliquer...

— Je fais des tartelettes, non ?

Comme Ysée a sans doute un cerveau reptilien, elle continue à bûcher tout en me répondant.

— Oui, tu auras plus de texture de pâte, à mon avis.

Cinq minutes passent, le temps pour moi de foncer mes tartes. Je circule comme une reine dans son royaume.

— Tu peux goûter ?

— Mmmh, répond Ysée.

Elle me tend sa bouche sans décrocher les yeux de sa fiche. Elle prend une petite pause, ses papilles analysent mon appareil, et elle m'adresse un simple pouce en l'air. Je suis sur le point de lui demander plus de détails quand elle s'interrompt avec un soupir énorme.

— Je ne serai jamais prête... Jamais !

Elle passe une main dans sa masse de cheveux blond vénitien, à peine retenus par un stylo.

— Ysée, personne n'est plus paré que toi.

— Tu rigoles ou quoi ? Je ne connais même pas la moitié des textes... Il me faudrait encore au moins un mois de révision. Je vais y passer toutes mes nuits, tous mes week-ends...

— Han han, non !

J'abandonne ma cuillère en bois et mon appareil kimchi dans le bol. Mon ton la surprend et je la vois qui lâche elle aussi son arme – son surligneur bleu.

— Comment ça ?

— Tu te moques de moi, Ysée...

Elle me regarde sans comprendre, sourcils froncés. Je soupire.

— C'est pas comme si on attendait ça depuis longtemps, comme si on avait les tickets depuis six mois.

Toujours aucune réaction. Elle me fixe comme une poule devant un œuf en chocolat.

— Le salon de la gastronomie ! Ce samedi !

— Oh nan, j'avais complètement oublié !

Elle se frappe le front de la main, les yeux fermés.

— Tu peux pas me faire ça, Ysée. Tu peux pas *te* faire ça, on doit y aller ! Imagine, on va enfin rencontrer le chef Hauser ! Je crois que les finalistes de Toque chef seront invités, le programme des master class a été publié, et c'est une din-gue-rie.

— Mais... Ju, je ne vais pas y arriver.

Son regard est bordé de larmes. Je sens la panique lui serrer la gorge. Elle clique et déclique son stylo en boucle. Je pose ma main sur la sienne pour stopper son geste mécanique.

— Tu es prête.

— Non, je ne suis pas prê...

— Ysée ! Regarde-moi.

Elle soupire, se mord les lèvres, fronce des sourcils, son visage est aussi plissé qu'un bánh bao. Ses yeux fixent enfin autre chose que ses fiches de révision.

— Tu es prête !

Ysée et moi, on se rend au salon de la gastronomie comme d'autres vont à la Japan Expo. Normalement, on le prépare ensemble des mois à l'avance, pour regarder le programme, mettre au point notre emploi du temps, établir le parcours et l'ordre de priorité des stands à visiter.

Pour la rassurer, je m'empare de la première feuille qui me tombe sous la main et lui pose une question, puis une autre, et encore une autre. Elle répond avec autant d'hésitation que si on lui demandait son prénom. Elle connaît ses notes comme si elles étaient tatouées sur son bras.

— Tu es prête ! Une journée *off* te fera du bien, t'es obligée de venir. Sinon, je jure que je vais te maudire et te nourrir de sandwiches Sodebo jusqu'à la fin de ta vie.

Enfin, Ysée esquisse un sourire. Les traits de son visage deviennent aussi lisses qu'une pâte passée sous le rouleau. Elle inspire un bon coup et relâche sa victime : son pauvre stylo retrouve un peu de paix à côté de ses potes surligneurs.

Je lui rapporte alors toutes les infos que j'ai vu passer, les noms des invités les plus prestigieux, les livres que je compte faire dédicacer au chef Hauser, et plus je parle, plus son sourire s'élargit.

Mais ce n'est rien comparé au moment où elle entend un casque audio à plein volume et pose son regard sur la tignasse fusilli de Léandre.

Il est quinze heures, mais je suis sûre qu'il se réveille tout juste. Je reconnais sa mine froissée du « matin » et un son de sa playlist « Wake up, princess ». Tel un caméléon, Ysée rougit, se planque derrière une épaisse mèche de cheveux. Elle est toujours comme ça quand elle voit mon frère, c'est Winnie l'ourson devant un pot de miel.

J'ai eu beau lui répéter que c'était un blaireau, elle ne m'écoute pas. Elle est persuadée qu'il est le lait de ses céréales. Mais pour lui, elle n'est qu'Ysée, la pote de sa sœur.

Ils sont mathématiquement incompatibles. Ysée sait ce qu'elle va faire sur les cinq, dix prochaines années. Elle a des rêves à la pelle, et pour chacun, un mode d'emploi pour les atteindre. Elle se réveille tous les matins à 7 heures, avec une routine aux petits oignons. Mon frère... eh bien, il se lève à l'heure qui lui sied, la tête en compote et improvise sa vie de minute en minute.

Ysée est un arbre aux racines solides, Léandre un papillon qui batifole sans jamais se poser.

— Coucou Léandre. Tu... tu écoutes quoi ? ose enfin mon amie tout en écartant un peu de ses yeux son rideau de cheveux.

— Salut, je t'avais pas vue ! Hum, une chanson de King Gizzard & the Lizard : Wizard, *Float Along, Fill Your Lungs,* tu connais ?

— Carrément !

Oh la mythooo ! Je fais les gros yeux à Ysée qui a le talent d'éviter à la fois mon regard et celui de Léandre. C'est la meuf la moins mélomane du monde. Elle n'écoute jamais de musique, et ne s'est mise à chanter que dans l'espoir de pouvoir accompagner un jour mon frère à la guitare.

— Si tu aimes, tu devrais aller au concert de samedi à l'Astrolabe, y aura un groupe démentiel d'acid rock, tu adorerais, il reprend.

— Humph, je grogne dans le mépris le plus absolu.

— Oh, génial ! Je pensais justement y aller...

— Humph, je fais, un peu plus fort.

— Super, tu peux nous rejoindre, si tu veux, j'y serai avec Jordan et...

— HUMPH.

Enfin, ils tournent leur tête vers moi. Je leur offre un grand sourire, tout en écartant Léandre qui jette un œil intéressé à mon plan de travail.

— Elle aurait sûrement adoré venir, mais on a le salon de la gastronomie samedi. Dommage. Pas vrai, Ysée ?

Comme je refuse d'assister plus longtemps à leurs échanges hyper gênants, je change de sujet. J'ai besoin de leurs conseils.

— Depuis hier, je réfléchis.

— Oh bon sang..., soupire Léandre à qui je consens à donner un bout de pâte qui me restait.

— Et faire des études, c'est mort. Peu importe ce que disent les parents.

— Je m'en doutais, renchérit mon frère.

Je lui jette un regard interrogatif pour le pousser à développer.

— J'ai surpris votre conversation avec maman hier, il explique, la bouche pleine.

(Par « surpris », comprendre « espionné sans scrupule ».)

— Que tu capitules si vite, c'était vraiment chelou...

— Qu'est-ce que j'aurais pu dire d'autre ? Tu connais maman. Une chose est sûre, je ne vais pas attendre d'avoir 30 ans pour réaliser mon rêve. Je veux leur prouver que je suis faite pour ce métier. Et pour ça, je vais aller au salon de la gastronomie et faire goûter un de mes plats au chef Hauser. Je vais le persuader de me prendre en stage d'été, ou de me faire une lettre de recommandation, je sais pas, un truc pour convaincre papa et maman...

Franchement, je me contenterais même d'un simple mot signé : « Chef Hauser, certifie sur l'honneur que ce que vient de me faire goûter votre fille est une dinguerie et qu'elle a toutes les qualités et le potentiel pour devenir la prochaine étoilée de France, bisous, cordialement ».

À voir leurs visages, ma super idée a l'air aussi sexy qu'un gloubi-boulga. Léandre abandonne carrément son petit déj improvisé.

— Une lettre de recommandation ? Admettons déjà qu'il te la fasse. Sur quelles bases ? Elle te servira à quoi ?

— Ben, je... elle...

— Franchement, désolé de le dire, à rien. Va falloir trouver un meilleur plan, Ju. Ou tu peux toujours suivre mon exemple : faire ce que te demandent les parents, au moins t'es sûre d'avoir la paix.

Il me lance un clin d'œil, remet son casque sur ses oreilles et retourne dans sa tanière, non sans avoir volé un autre bout de pâte brisée.

Ce n'est pas vraiment la réaction que j'espérais, alors je me tourne vers Ysée. Léandre n'étant plus dans la pièce, son teint a retrouvé son éclat de Saint-Jacques.

— T'en penses quoi, toi ? C'est une trop bonne idée, non ?

— Euh... je ne suis pas sûre de comprendre. Tu veux arrêter le lycée ?

— Ben, je sais pas. Je n'ai pas réfléchi jusque-là, mais, tu m'as bien vue toute cette année, non ? Ça ne m'intéresse pas. Je m'en fiche des maths, du français, de l'histoire, je veux juste rôtir des viandes, foncer mes propres pâtes et flaquer des poissons... Quand j'ai lâché ça hier, tout d'un coup, c'est devenu tellement... évident.

— Je comprends que le lycée est dur, mais de là à tout arrêter ? Désolée, je suis prise de court, je n'avais pas compris ça hier soir quand tu m'as appelée. Je pense juste que tu ne dois pas te décider précipitamment, comme tu peux le faire parfois. Là, c'est un gros truc, prends le temps d'y réfléchir un peu, OK ?

— Je ne peux pas continuer comme ça...

Ysée me regarde, ouvre la bouche, la referme. Elle se remet à martyriser son stylo, preuve qu'elle se triture les méninges pour répondre.

— Déjà, on va au salon de la gastronomie, et on verra comment ça se passe, non ? elle lâche enfin. Si tu veux vraiment mon avis, tu devrais au moins avoir ton bac, ça rassurerait beaucoup tes parents, et puis ça ferait mieux dans ton CV. C'est quand même hyper important, le bac. Après les deux mois de vacances, je suis sûre que tu seras d'attaque. Et puis ensuite, à nous Paris ! Notre propre appart ! La liberté ! Le rêve, non ?

5

Moby crachote, suffoque et s'éteint finalement avec soulagement. Je la tapote avec reconnaissance pour la remercier de m'avoir menée jusqu'au hall des expos si vaillamment.

Moby, c'est ma mobylette. Et avant ça, c'était celle de Valentin, et avant ça celle de mon père pendant genre deux semaines, avant qu'il se rende compte que ça le décoiffait trop quand il arrivait à la fac. Bref, Moby fait partie de la famille depuis au moins quinze ans. Léandre est plutôt *team* skate alors j'en ai hérité. Elle ne ressemble plus à grand-chose, elle est bardée des stickers que j'ai dégotés un peu partout, sa selle est trouée, son guidon est tordu et m'oblige toujours à le tenir très à gauche. Moby toussote beaucoup, Moby n'est pas hyper écolo, mais je l'adore. Grâce à elle, j'échappe aux bus blindés et suants, aux horaires idiots et aux grèves.

J'ai proposé à Ysée de venir la chercher, mais, comme d'habitude, elle a rétorqué son fameux : « Je refuse de monter sur ton engin de mort. La dernière fois, j'ai bien cru qu'on finissait dans la Loire. Je préfère encore marcher. »

Je suis sur le point de la bombarder de messages quand je suis harcelée par des notifications de Valentin.

Juliette, je t'envoie des liens de vidéo YouTube avec de super-conseils.

Tu me diras quand tu es dispo pour que je passe chez les parents et que je te fasse réviser.

J'ai relu tous les textes que vous pouvez avoir à l'oral.

Je pense vraiment que tu peux gérer, ce n'est pas si dur, tu verras.

Je l'ignore en fourrant mon portable dans mon sac et j'analyse la foule qui s'engouffre dans le hall, à la recherche d'une crinière blonde. Je vérifie pour la énième fois que j'ai bien téléchargé mon ticket d'entrée, que j'ai tous les livres que je veux faire dédicacer et, surtout, le plat que j'ai préparé pour impressionner le chef. Je me suis entraînée en boucle, Léandre a goûté toutes les versions (et a toujours répondu « Huumm, très bon »).

— Désolée, j'ai fait aussi vite que j'ai pu ! s'exclame Ysée en m'embrassant sur la joue.

— On y va ?

Elle approuve et je referme précieusement mon sac à dos.

On ne s'est pas reparlées depuis la dernière fois. On a juste toutes les deux choisi de faire comme si cette scène n'avait jamais existé dans la pièce de théâtre parfaite qu'est notre amitié. Une fausse note qu'on peut facilement enterrer. Et je ne connais rien de mieux pour oublier qu'une journée à célébrer l'art culinaire !

Visiter Poudlard ne nous ferait pas autant d'effet que de rentrer au salon de la gastronomie. Tous les stands nous font saliver : pâte feuilletée, odeur de beurre fondu, muffins, macarons multicolores, étals de charcuterie, acras de morue, pâtisseries délicieusement dorées... On passe du sucré au salé, on déguste tout sans aucune pitié pour notre palais. Les senteurs. Les goûts. Tout se mélange avec bonheur. On se pâme en savourant de mini-arancini, puis on lève la truffe, et on suit un parfum envoûtant de fritons jusqu'à un autre étal.

Oubliés, notre planning, notre plan annoté et toute notre organisation.

Des cuisiniers préparent directement devant nous, certains ne proposent que de la dégustation, et des étals ressemblent à de petites épiceries de ville. Tous nous donnent envie de manger. La voix de la raison finit par nous remettre sur le droit chemin :

— On ferait mieux de commencer la queue pour la dédicace, suggère Ysée.

— Mouais, cha raichon, je baragouine, la bouche pleine.

On connaît le plan par cœur, alors on s'oriente facilement parmi les stands. Mais, surtout, on garde bien les yeux fixés sur nos chaussures et on s'interdit de pister une odeur qui nous plaît trop. Autrement, on n'arrivera jamais jusqu'au chef Hauser, les tentations sont trop fortes !

Il y a déjà un monde fou qui l'attend ! Après tout, Hauser, c'est un peu Harry Potter ici. Un mec qui s'est fait tout seul, qui a monté un restaurant audacieux, puis une pâtisserie, avant d'être invité dans toutes les émissions culinaires. Au début, les gens regardaient parce qu'il était jeune et séduisant, mais maintenant, ils l'adorent parce qu'il est juste incroyablement doué.

Et je compte bien lui prouver que je marche directement dans ses pas.

Je serre mon sac contre moi, vérifie à nouveau mon trésor, ma tartelette kimchi. Je l'ai travaillée comme d'autres bossent sur un bijou. J'ai fait la plus belle pâte de ma vie, le plus bel appareil de mon existence. La cuisson est minutieuse, le fonçage nickel. Je craignais qu'elle ne se brise dans le transport, mais non, elle est incroyable. Aussi parfaite que la pomme rouge de la sorcière de Blanche Neige. C'est ma chance de prouver à tout le monde que je suis faite pour ça.

Hauser va la déguster, marquer une pause, les yeux bordés de larmes et, la voix pleine d'émotions, va me dire qu'il n'a jamais rien savouré de tel. Quand je lui donnerai mon nom, il n'en reviendra pas, m'appellera « la nouvelle Mozart de la gastronomie », me proposera de me former dans ses restaurants, de me présenter à sa maison d'édition pour faire mon propre livre de recettes. Mes parents viendront goûter mes plats, diront à tout le monde : « Regardez, c'est notre fille ! » et je serai...

— Ju ? Ju !

Ysée interrompt mes pensées. Enfin, Hauser débarque et les gens hurlent, applaudissent.

Il se glisse sur sa chaise et commence à signer à tour de bras.

— Il est aussi beau qu'à la télé, soupire Ysée. C'est quand même dommage qu'il n'ait pas ramené ses choux pour qu'on les goûte. T'imagines ! Ce serait génial de faire une dédigustation.

— Une quoi ?

— Une dédicace et une dégustation. Une photo avec lui, c'est chouette, mais j'ai surtout envie de tester ses menus, moi.

— Surtout son plat de saumon en triple cuisson.

— Celui qu'il avait fait à la finale...

— Tu te souviens quand on a tenté de le reproduire ?

On pouffe en même temps. N'est pas finaliste de Toque Chef qui veut, OK ? Et là, franchement, on a fait des choses à ce saumon que je ne pourrais avouer qu'en présence de mon avocat.

On *fangirl* à mort, on se remémore ses plus grandes recettes, tandis qu'on se rapproche. Bientôt, on pourra deviner son parfum parmi les dizaines d'effluves du salon. Je propose à Ysée de passer avant moi pour prendre mon temps.

Je serre mon Tupperware et mes mains tremblent un peu. J'ai le cœur en gélatine, mes jambes ont la consistance des pâtes trop cuites... J'ai répété ce que je comptais lui dire, ce n'est plus le moment de douter !

— Mademoiselle, à vous ! annonce la voix d'une femme sur le côté, qui semble gérer la file d'attente.

— Bonjour, chef !

Je m'élance avec un grand sourire. Il est temps d'être l'actrice de ma vie et de provoquer ma chance. Je vais lui montrer que j'ai le caractère, le talent et la détermination pour être aux fourneaux. Je lui tends mes livres qu'il dédicace direct après m'avoir saluée.

— J'adore ce que vous faites ! Je vous suis depuis votre première émission et sur Instagram. Vous m'avez vraiment donné envie de faire de la cuisine, vous savez. J'ai reproduit plein de vos recettes.

— Oui, je vois ça, ils ont l'air d'avoir bien servi, il répond avec un sourire.

En effet, les pages sont cornées, parfois, un nuage de farine se soulève quand on les ouvre un peu trop vite. Je ne parle même pas des taches de sauce, ou du bout cramé parce que j'avais posé le livre trop près du feu.

— Je vous ai ramené une tartelette kimchi, si vous voulez goûter et me donner votre avis ! Je ne rêve que d'une chose : intégrer une brigade, et pourquoi pas la vôtre. Mes parents pensent que je suis folle et espèrent me voir faire de « vraies études ». Moi, je sais que je suis faite pour ça, ce serait dommage de gâcher ce talent, non ?

Le temps de ma tirade, Hauser a terminé mes dédicaces et lève les yeux vers moi, amusé.

— « Folle », sûrement pas, mais c'est un métier très très compliqué, jeune fille. Je pense que vos parents ont raison de vous pousser à faire autre chose. Avoir des petites idées de recettes, ça ne suffit pas à devenir un chef. Mais continuez de vous éclater et de faire plaisir à vos proches, c'est déjà très chouette.

Il me tend mes livres, pose le Tupperware par-dessus et sourit à la personne suivante. Je m'éloigne. Je ressemble à un soufflé qu'on aurait abandonné trois heures au frigo. Je suis rabougrie, molle, figée.

Mes bouquins sont dédicacés. Mon cœur émietté. Mes rêves piétinés. Ma tarte intacte.

Tout d'un coup, les odeurs m'écœurent. Je m'affale dans le premier coin libre que je trouve. Ysée se laisse tomber à mes côtés, pose sa tête sur mon épaule.

— Franchement, on aurait dû se douter que c'était un connard. On ne peut pas être beau, jeune, talentueux, super cuisinier ET gentil. À mon avis, il a vendu son âme au fantôme d'Escoffier.

— Ouais, je finis par répondre.

C'est le seul mot qui franchit mes lèvres. Tous les autres sont en train d'être mixés menu dans mon cerveau. J'y croyais tellement, je pensais que cette tartelette kimchi allait changer le cours de ma vie. Sans le soutien d'Hauser, il me reste quoi ? Je vais rentrer chez moi, réviser mon bac et donner raison à mes parents ? Impossible...

— Quel goujat sans déconner... s'emporte Ysée à côté de moi. Il ne faut jamais rencontrer ses idoles, c'est pas une blague. J'étais persuadée qu'il serait différent. J'en reviens pas de ce qu'il t'a dit... « jeune fille », il a cru que t'avais quel âge ? Huit ans ? Et puis « faire de petites recettes ne suffit pas », il se prend pour qui ! Comme si, lui, il avait cuisiné des dorades en écailles de pommes de terre avant de savoir lire ?! Et te dire que c'est un milieu très très dur, genre « toi, tu n'es pas capable ». Franchement, il me débecte.

— « Mais cuisinez pour vos proches, hein, c'est déjà très chouette », je souffle en faisant la pire imitation d'Hauser.

La colère d'Ysée est contagieuse. Je la sens qui pétille à mes côtés. Elle repasse la scène en boucle, revient sur chaque mot comme si c'était du venin et ça me fait du bien.

— Quel... quel...

Je la vois qui cherche de quoi lui écorner le portrait.

— C'est une endive trop cuite ! elle lâche d'un coup, fière d'elle. Pire, c'est de la tête de porc au caramel... ou...

— Un troufion de poulet cramé au foin, je complète.

— Oui, c'est ça !

Le visage d'Ysée s'illumine. Le mien aussi. On vomit nos pires associations le plus vite possible et j'espère que les oreilles d'Hauser sifflent.

— Une panse de brebis farcie au casu marzu !

— Une anguille en gelée à la fraise.

— Une couille de mouton...

— Quoi ? je lâche, dégoûtée.

— Ouais, ça existe, ça se mange. Franchement, même pas besoin de la marier à un autre truc dégueu.

On explose de rire. Je laisse retomber ma tête sur le mur derrière moi. J'ouvre ma boîte et brise ma tartelette en deux. J'en tends un morceau à Ysée qui le savoure, ravie. Elle ferme les yeux, m'interroge sur mon petit ingrédient secret. De la muscade.

— Franchement, Ju, il va regretter de ne jamais y avoir goûté.

— Ouais, elle est vraiment bonne. Tant pis pour lui.

— C'est sûrement un des meilleurs trucs que j'aie dégusté aujourd'hui !

Je serre la main de ma pote dans la mienne pour la remercier et engloutis la dernière bouchée. Sans doute que ça aurait été encore plus délicieux avec une petite chantilly salée pour accompagner le tout. Ysée partage ses idées avec moi et, pendant tout ce temps, j'évite de croiser le sourire hypocrite du chef... Seulement, j'aime vraiment ses recettes. Je jette un œil à ses dédicaces. Ce moule à gaufres a juste apposé sa signature ! Rien d'autre... même pas un « bon appétit », « désolé d'avoir été un si gros con, Juliette ».

Bien sûr, comme Léandre me l'avait fait remarquer, une lettre n'aurait sans doute rien changé. Pourtant, au fond, je pensais qu'il serait mon sauveur en tablier blanc, celui qui m'emmènerait loin du lycée. Rien de tout ça. Retour à la case départ.

Peut-être qu'ils ont tous raison, mes parents, Valentin, Léandre, Ysée. Peut-être que c'est le signe du destin pour me dire de passer mon bac, que mon rêve doit attendre. Pourtant, quand je regarde autour de moi, quand je respire toutes les odeurs, mon âme est apaisée. Je suis là où je dois être. Là où je veux être.

Je balaye les dernières miettes de la tartelette qui parsèment mon tee-shirt, j'essuie mes mains sur mon pantalon et range ma boîte vide et mes livres dans mon sac. Je suis tellement blasée que j'ai presque envie de rentrer. C'est Ysée qui me remotive, me rappelle qu'on n'a pas terminé la visite. On se relève pour s'engager dans l'allée A2 et trouver les « Délices de Jules », la meilleure boulangerie du coin, quand mes yeux rencontrent un logo que je reconnais bien. Et un nom que je vénère : L'Absolu.

6

Merci, destin !

J'attrape la main d'Ysée et je fonce vers le stand. C'est un signe, c'est sûr ! Quelles étaient les probabilités pour que je tombe sur ce restaurant qui a tout changé pour moi ?

Je me souviendrai toujours du jour où j'y ai mangé.

On fêtait les trente-cinq ans de mariage de mes parents. Pour l'occasion, ils ont voulu marquer le coup. Léandre était dépité, il craignait que les portions soient bien trop petites (et, effectivement, il est allé chercher un McDo après, tellement il avait faim, c'était bien le seul). Moi, j'étais sur un nuage. J'ai analysé la carte en ligne à l'avance. Je rêvais de tout goûter et pourtant je ne comprenais pas la moitié des mots sur le menu.

C'était il y a deux ans.

Qui aurait cru qu'une tomate pouvait avoir autant de saveur ?! J'avais l'impression de n'avoir mangé que des plats surgelés avant ça.

— Mais, où tu m'emmènes ? me demande alors ma copine que je tire toujours par le bras.

— Tu te souviens pas ? Le gastro incroyable qui m'a presque fait pleurer ?

— Haaan ! Celui-là ?

Soudain, je vois dans ses yeux les mêmes paillettes que dans les miens. Je lui ai tellement vanté le menu en neuf services qu'elle a mis dans sa liste des choses à faire avant de mourir : « Manger à L'Absolu avec Juliette et pleurer de joie ».

Je me souviens surtout d'un plat, je ne pourrai jamais l'oublier. À la première bouchée, j'ai cru que mon palais se réveillait d'un coma éternel. On aurait dit La Belle au bois dormant. C'est leur spécialité : une revisite du bœuf bourguignon. Autrement dit, rien à voir avec la cuisine de grand-mère. Là, c'était une œuvre d'art. La viande avait mariné pendant des heures, elle était cuite à la perfection, en effilochés fondants. La sauce était sirupeuse, profonde, avec des notes de vin, de cannelle et tellement de richesse que je n'ai pas tout reconnu. L'ensemble était servi sur une brioche chaude maison aux cristaux de sel.

Le bonheur au bout de la fourchette.

Rien que d'y repenser, je sens ma salive affluer en masse, mes papilles se réveillent et commencent à danser le disco. J'étais en seconde quand j'ai compris que Papitate n'était pas le seul magicien, que d'autres aussi pouvaient ensorceler des plats et créer des parenthèses enchantées. C'est à ce moment-là que j'ai compris que c'était un métier, d'envoûter les palais.

Et, face au logo de L'Absolu, l'espoir renaît. C'est le coup de pouce du destin que j'attendais. Tu peux aller te rhabiller Hauser !

Le stand est impeccablement bien tenu, avec des hôtes en costumes noirs. Le tout est épuré, discret, élégant. Ysée fonce aussitôt sur la carte, elle épluche les entrées, les plats, les desserts et murmure en boucle : « Ça, je veux tester, ça aussi, et ça, et ça ».

En jetant un œil par-dessus son épaule, je vois que leur recette signature est toujours au menu.

Mais surtout, le chef Legrand, à la tête du restaurant, est là. Il serre des mains, sourit. Il n'a pas quitté sa toque ni son costume blanc avec son nom brodé en lettres d'or. Des gens s'agglutinent autour de lui, lui tendent des micros et l'interrogent. Si on était à la Japan Expo, Legrand serait l'équivalent de Miyamoto. Ce chef est le seul étoilé de la région, depuis plus de vingt ans.

— Est-ce que vous désirez goûter à nos bouchées ? nous demande un jeune homme si discret qu'on ne l'avait pas remarqué.

On n'a même pas besoin d'échanger un regard avec Ysée, on approuve à grands signes de tête. L'hôte nous tend alors un minuscule plateau en argent, avec dessus, deux mini-micro-petites assiettes, mais au milieu, un trésor : une bouchée de bœuf bourguignon revisité.

— Merci ! on tente d'articuler alors qu'on salive déjà.

Je contemple le morceau au creux de ma main. Et je regarde surtout Ysée déguster le sien. Ses yeux se ferment d'un coup. Elle savoure, prend le temps et finit par souffler.

— Désolée, Ju, mais c'est sans aucun doute ça, le meilleur truc que j'aie mangé sur ce salon.

— T'excuse pas, j'en doute pas une seconde.

J'enfourne à mon tour l'amuse-bouche, le pose juste sur ma langue, sans oser le mâcher. La sensation m'assaille. Je nous revois avec mes parents et mes frères, assis autour d'une table ronde, j'ai l'impression d'être propulsée deux ans plus tôt. La magie s'interrompt brusquement.

— J'ai cru comprendre que vous cherchiez quelqu'un, demande à l'hôte un mec avec une pochette plastique entre les mains.

J'ouvre les yeux, et surtout mes oreilles, bien grand.

— Oui, monsieur Legrand recrute des commis en stage pour la saison estivale.

— Est-ce que je peux déposer mon CV, dans ce cas ?

Je me tourne d'un coup, abandonne Ysée qui lorgne sur les bouchées de l'autre côté du comptoir et m'impose dans la conversation.

— Vous cherchez des gens, c'est vrai ? On peut encore postuler ?

— Tout à fait, mademoiselle.

— Même si, euh... je n'ai pas concrètement de CV sur moi à l'heure actuelle ?

Le mec à côté de moi pouffe discrètement, mais je l'ignore. C'est la chance de ma vie, mon petit pote à la compote, je serais prête à ouvrir des huîtres à mains nues pendant trois mois pour décrocher ce poste !

— Bien sûr. Je vous laisse visiter notre site Internet, vous y trouverez toutes les informations dans la rubrique « Rejoignez-nous ». C'est une opportunité unique de se former auprès du meilleur restaurant de la région.

L'hôte, impeccable, me tend une carte au logo de L'Absolu avec un sourire comme du beurre doux.

— Vous devez envoyer un CV, une lettre de motivation et, si vous êtes convoquée par le chef, venir avec une revisite du bœuf bourguignon. Dans l'idée de ce que vous avez dégusté avec votre amie.

Éclipsant complètement l'autre candidat derrière moi, je pose toutes mes questions au jeune homme, bouche bée, qui n'a même pas le temps de me répondre. Il me glisse entre les mains (ou me fuit peut-être) pour aller s'occuper d'un couple qui patiente plus loin.

— T'as entendu, Ysée ? C'est un signe, c'est pour moi, c'est sûr !

Quand je me tourne, je tombe nez à nez avec le gars qui attendait toujours. Ses yeux noisette brillent derrière ses lunettes rondes. Une petite mèche de cheveux noirs bouclés replonge sur son front lisse. Ses lèvres se relèvent dans un sourire amusé. Il ressemble aux chocolats du calendrier de l'Avent qu'on n'a pas le droit de toucher avant Noël.

— Ne perds pas ton temps, je lui lâche, ce poste est pour moi ! Il est hors de question que je le laisse passer, j'en ai trop besoin. Tu ferais mieux d'abandonner maintenant.

— OK.

— OK ?

— Ouais, OK. Défi relevé.

Il sourit franchement. Puis, il me dit « à bientôt » avec un rictus en coin et s'éloigne.

— J'y crois pas, Ysée. Toutes les étoiles sont alignées. Je la tiens ma solution ! Je dois juste intégrer les brigades de L'Absolu. Le stage correspond pile aux vacances d'été. Je fais mes preuves, je suis la meilleure commis que le chef Legrand ait jamais croisée et je décroche un boulot là-bas ! Je vais tout donner. Léandre avait raison, aller voir Hauser, c'était une idée de merde. Lui dis pas que j'ai dit ça.

Un rire de soulagement m'envahit et Ysée me saisit par le bras pour m'éloigner du kiosque car les gens s'impatientent derrière nous. Je me sens inarrêtable ! Même L'Absolu n'est plus une limite. Prise dans mes pensées, je marche d'un pas résolu sans plus aucun regard pour les stands et leurs petits trésors sucrés et salés.

— Je vais aussi me renseigner sur les formations. Cette idée de lettre de recommandation c'était bête, ce qu'il faut, c'est un vrai plan, un *bon* plan. Mes parents ne trouveront rien à redire si j'ai un stage, une école en tête pour la rentrée, ils comprendront que je suis sérieuse. Personne ne me croit responsable et déterminée, mais je vais leur prouver que je le suis ! On peut avoir 17 ans et savoir exactement ce qu'on souhaite faire pour le reste de sa vie...

Je balance ma tirade à une telle allure que, quand les mots et les idées me manquent enfin, je suis presque essoufflée.

— Donc t'es décidée ? demande Ysée d'une petite voix. Tu veux vraiment arrêter le lycée ? Tu vas m'abandonner dans ce monde de requins...

Elle se mord la lèvre, comme si cette dernière phrase lui avait échappé. Et j'ai un cure-dent au cœur. J'ai l'impression d'être un papillon face à un escargot dans sa coquille. Ysée se recroqueville, se planque derrière ses cheveux comme si c'était une armure.

— Ouais, enfin... ça se trouve, je n'arriverai jamais à convaincre mes parents.

Je lui saisis le bras et je me dis que le mieux, pour le moment, c'est qu'on se perde dans les étals, qu'on s'abreuve de jus, qu'on se noie dans les effluves, qu'on batte notre record du nombre de macarons mangés en une journée en salon (vingt-trois, il y a deux ans). Et, pendant quelques heures, on parcourt les allées en long, en large, en travers, on parle, on déguste, on rit.

On oublie que je ne veux plus jamais retourner au lycée.

On oublie que l'oral de français n'a jamais été si proche.

On oublie que nos rêves, pour la première fois, n'ont plus la même saveur.

7

Si Papitate était là, je sais déjà ce qu'il me dirait... « Range ton plan de travail », « une cuisine en bordel, c'est une cuisine poubelle ». Et il aurait raison. J'ai honte d'être si peu organisée. Mes condiments se battent avec des torchons sales. J'ai des miettes et des épluchures jusque dans les cheveux. J'ai créé une constellation de taches de vin : sur mes joues, mon tablier, la faïence, la plaque, le carrelage et la hotte. C'est le bordel, je suis une poubelle.

Depuis le salon de la gastronomie, je teste le bœuf bourguignon sous toutes ses formes, je n'ai jamais autant blanchi de légumes, lié de sauce, froncé des sourcils, parcouru de sites et de blogs. Sur le haut du micro-ondes, le seul espace un peu préservé, j'ai posé quelques bouquins et mon carnet Bratz.

Je cherche l'idée parfaite... et je ne trouve rien.

Mon oral de français est dans trois jours, l'entretien pour L'Absolu dans cinq et inutile de dire que le deuxième me stresse plus que le premier.

Je suis à la recherche d'un éclair de génie quand j'entends mon téléphone vibrer. Je ne regarde pas. Je sais déjà que c'est Valentin. Plus l'épreuve approche, plus il angoisse. Il soutient une thèse par SMS sur ma manière de me présenter, de me tenir, de réviser. Franchement, s'il pouvait passer le bac à ma place, je crois que ça le soulagerait.

— Tu peux l'éteindre, s'il te plaît ? me demande Ysée.

Au milieu de mon capharnaüm, ses fiches sont miraculeusement immaculées. Elle est penchée sur ses notes comme si sa vie en dépendait et ça fait des heures que je n'ai pas croisé son regard. On est chacune bien trop concentrées pour prononcer un mot.

Le lendemain du salon, j'ai harcelé Ysée pour lui faire lire mon CV et ma lettre de motivation écrits à la hâte. Pour le premier, c'était assez rapide, j'ai juste listé tous les cours et les stages que j'ai faits grâce à mes cadeaux de Noël des cinq dernières années. Quand certains reçoivent des jeux vidéo ou des livres sous le sapin, je demandais des mandolines, mixeur, blendeur et machine à pain dernier cri ou des formations pour faire des macarons. Ce n'est pas grand-chose, mais, eh, ça rajoute au moins cinq lignes sur mon CV, c'est déjà ça.

Pour ma lettre de motivation, ça a été plus compliqué. Sans Ysée, je ne serais pas arrivée à grand-chose. Elle a tout réécrit, modifié, corrigé et m'a convaincue d'expliquer que cet amour était né de ma dégustation du bœuf bourguignon de L'Absolu. Idée géniale... qui m'a permis de décrocher l'entretien avec le chef !

C'est pour ça qu'elle est là. Parce que, grâce à elle, je peux maintenant travailler sur la revisite du plat phare du restaurant. Et que je ne fais confiance qu'à une personne pour me donner un avis sincère et plus développé qu'un simple « huum, ché délichieux ».

Enfin, pour lui faire goûter une proposition digne de ce nom, encore faut-il que je trouve l'inspiration.

Je soupire, passe mon téléphone en mode silencieux et remets péniblement une mèche de cheveux dans mon chignon qui ressemble plus à un nid de spaghettis qu'à autre chose. J'abandonne mes livres pour me plonger dans le carnet Bratz. Mais la recette de Papitate est... basique. C'est un simple bœuf bourguignon avec sa sauce et ses légumes. Alors pourquoi, quand je ferme les paupières, que j'y repense, j'en ai un souvenir si fort ?

Pour la première fois depuis que la cuisine est devenue mon terrain de jeu, je suis prise de court. Je jette un œil aux cubes de viande qui m'attendent sagement sur la planche à découper. Rien. Je n'ai rien. Comment surpasser Legrand ? Cette foule d'émotions, de textures, de saveurs... Je suis incapable ne serait-ce que de faire aussi bien.

Je ne peux pas croire que mon avenir se joue sur ce plat... Celui de papi-mamie par excellence.

Je commence à marmonner dans ma barbe, à tourner les pages de mes livres de recettes un peu plus vite, comme si ça pouvait faire jaillir la bonne idée. Puis je me venge sur les portes des tiroirs, des placards, j'ouvre tout, je répertorie chaque épice, chaque assaisonnement à la recherche de l'éclair d'inspiration.

— Ju, tu peux faire plus doucement, s'il te plaît ? Je révise, là.

Je pivote vers Ysée, toujours penchée sur sa feuille. J'entends à peine sa voix à travers son rideau de cheveux. On dirait Grand-mère Feuillage dans *Pocahontas*...

Je retourne à mon plan de travail. J'ai le sentiment d'être devant une page blanche pendant un devoir d'histoire. Paralysée, angoissée presque.

— Et si je mettais de la cardamome ? Avec la réduction de vin rouge, ça peut être sympa. Ou alors je transforme mes carottes, je les fais en chips pour apporter de la texture...

Je ne me rends même pas compte que je marmonne à nouveau à voix haute, mais j'entends soudain le soupir énorme d'Ysée, de l'autre côté du bar.

— Sérieux, Ju ! J'ai accepté de venir bosser ici parce que tu m'as juré que tu me ferais juste goûter des trucs vite fait, mais que tu ne me déconcentrerais pas.

— Mais t'es prête pour l'oral ! Alors que moi, regarde, j'ai rien, rien du tout, je vais rater cet entretien !

— Je ne suis pas prête du tout, j'ai encore tout le programme de romans et récits du Moyen Âge à reprendre et je ne peux pas le faire si tu n'arrêtes pas de parler, de claquer des tiroirs et de soupirer !

Ysée est en mode « Hermione Granger avec ses BUSE ». Elle a les joues rouges, elle martyrise une nouvelle fois son stylo. Toute l'année, ça a été la même mayonnaise. Elle sortait d'un devoir, paniquée, les larmes aux yeux, persuadée d'avoir échoué, et elle avait 19. Ysée est la première de la classe. Elle le doit à son travail acharné et à son organisation aux petits oignons. La malédiction qui vient avec un pouvoir pareil, c'est qu'elle doute toujours et qu'elle ne sait jamais s'arrêter de réviser.

La voix tremblante, elle relève les yeux vers moi.

— Je ne peux pas échouer, Ju ! Toi, j'ai bien compris, tu t'en fous, mais moi, je dois réussir. Mes parents n'ont jamais eu le bac, jamais fait d'études, je serai la première de ma famille à aller à la fac ! Ils comptent tous sur moi. Ma mamie raconte déjà à tous ses voisins que sa petite fille va étudier à la Sorbonne. Je dois *vraiment* me concentrer, Juliette.

— Et moi, j'ai *vraiment* besoin de réussir ce plat, Ysée. Je ne peux pas échouer non plus.

Pendant un moment, on se regarde sans entendre d'autre bruit que celui du frigo, semblable à une moto débridée au démarrage. J'ai un poids qui me tombe sur l'estomac. Je ne sais pas quoi dire. C'est comme si on avait joué la même partition tout ce temps et que, d'un coup, on n'était plus en harmonie.

— Écoute, fais ton bourguignon, quand tu auras avancé, tu m'appelles et je goûterai, mais là, je ne peux pas travailler dans ces conditions.

— OK. Promis, demain, on se fait une vraie session de révision, toutes les deux. Enfin, si j'arrive à trouver une idée d'ici là.

Sans rien ajouter, Ysée range ses affaires. La petite place qu'elle occupait sur le bar devient soudain bien vide au milieu de mon bordel.

— OK. À toute.

Et elle est partie aussi vite que ça. Je ne comprends pas comment les choses ont pu dégénérer à ce point. Je n'ai pas été si bavarde. Je n'ai pas fait tant de bruit. Et on avait encore toute la fin de l'après-midi pour réviser. Si elle m'avait un peu aidée, je suis sûre qu'on aurait pu s'y mettre rapidement.

Agacée, je retire mes cubes de bœuf de la marinade. Je lance un fond d'huile à chauffer dans une cocotte et j'y fais revenir ma viande qui attend de passer à la casserole depuis déjà une heure et demie. À chaque coup de couteau, à chaque fois que je retourne mes ingrédients, je rejoue la conversation. Je repense à ce que j'aurais dû dire, à ce que m'a balancé Ysée. C'était une dispute. Une vraie, une de celles qui tachent et qui éraflent le cœur – et mon orgueil au passage.

— Oh la vache, ça sent bon ! J'ai trop faim.

Je me retourne pour tomber sur Léandre, décoiffé, yeux bouffis, mais déjà le casque autour du cou. Le son lo-fi m'indique que le réveil a l'air compliqué, donc je ne râle pas quand je le vois piocher dans mes préparations, tremper un bout de pain dans mes premiers essais avortés de sauce.

— Putain...

Il prononce le mot avec autant de plaisir que le jour où il a lancé son tourne-disque pour la première fois. Je le regarde qui savoure sa bouchée, les yeux fermés.

— Ça me rappelle le bourguignon de Papitate ! Tu sais, quand on allait chez lui les dimanches midi. Parfois il faisait ce plat et ce que je préférais, c'était faire les fonds d'assiette et de la marmite. Ce pain trempé, c'est une dinguerie !

Je regarde Léandre, ma casserole, puis ma miche de seigle. Je goûte. Et c'est comme si je faisais claquer la bulle d'un souvenir sous mes dents. Je me revois à table, dans la véranda de notre grand-père, avec la vieille nappe à fleurs orange, le service en porcelaine de mamie et les taches partout.

— Tu te rappelles la fois où on jouait dans le jardin, tu t'étais fait mal au genou et Papitate a eu tellement peur qu'il a oublié son bourguignon au four. Le plat était cramé au fond et papa a tout mangé. Il a gratté la cocotte, il était comme un fou.

— Oui et maman l'engueulait en lui disant qu'il allait avoir un cancer.

— Papitate était mort de rire.

— Nous aussi.

On pouffe en repensant à la scène. Pendant une minute, j'oublie la dispute avec Ysée, je me souviens juste de ces dimanches midi, des siestes de notre grand-père après le repas quand on faisait la vaisselle, des balades dans la forêt derrière chez lui. Je veux que ma revisite ait ce goût-là.

Alors que Léandre s'improvise un petit déjeuner de 15 heures avec ce qui lui tombe sous la main (une gâche et des rillettes de porc, visiblement...), je me lance dans ma recette. Je ferme tous les livres, même le carnet Bratz.

Je fais suer mes oignons dans une poêle avant de les rajouter à la viande qui rissole déjà, je gratte les sucs, et embaume toute la maison en les décollant avec le vin rouge. Je crois que ce vin était dans la section de la cave interdite par papa, mais, oupsi, pas vu.

Et puis, hop, je couvre et laisse mitonner à feu doux. La viande doit mijoter longuement, doucement, je pourrais même lui réciter des poèmes d'amour pour l'attendrir encore plus. Et, pendant ce temps, je me penche sur le morceau principal de ma recette : le pain.

Je suis hyper concentrée quand Léandre s'adosse au plan de travail et me regarde.

— Bouge, Léou, il me faut une spatule propre.

— Non, pas tant que tu ne m'auras pas tout raconté.

Il a englouti la moitié de la brioche, fini les rillettes, pioché dans le pot de cornichons, mais il grignote encore du granola.

— Je vois pas de quoi tu veux parler, je réponds en tentant de le pousser à coups de hanche.

— Je crois que si, et je continue de kidnapper ta spatule jusqu'à ce que tu avoues tout.

— Rien. Il y a rien !

— Dis-moi.

— Rien, je te dis !

— Ju...

— RIEN !

Plus il pose la question, plus mon sang se met à bouillir. Je repense à Ysée, à son regard triste, à sa mine angoissée, à ses paroles acides. Le poids dans mon estomac est toujours là. Je sens tous les mots que j'aurais aimé lui dire au fond de ma gorge.

Impossible de déboulonner Léandre. Malgré son poids plume, on dirait soudain qu'il a un squelette en adamantium pur.

— On s'est disputées avec Ysée, voilà, content ?

Je profite du moment de surprise de mon annonce pour le dégager du tiroir. Je me saisis de ma spatule, victorieuse, et plonge le nez dans mes préparations pour éviter de continuer cette conversation. Mais Léandre est comme la tache de vin sur le tablier de Papitate : impossible à faire partir.

— Ah, il me semblait bien qu'elle devait venir cette aprèm. Qu'est-ce qu'il s'est passé ?

C'est sans doute sa façon de me regarder, de me demander, mais je vois que ça le touche, qu'il veut comprendre. Alors je lui raconte tout et, plus j'en parle, plus je sens la colère qui revient à nouveau.

— Bref, je l'adore, mais pour le coup Ysée a été vraiment nulle...

Léandre ne moufte pas. Je me tourne vers lui, ignorant la cuisson de mon bœuf.

— Normalement, c'est le moment où tu dis que t'es d'accord, que j'ai complètement raison et où on bitche un peu pour apaiser mon démon intérieur.

— Tu sais que je t'adore, Ju...

— Mmh mmh, je proteste, non, mauvais début, recommence : « T'as complètement raison ! Quelle quiche, cette Ysée ! »

— Ju, gronde Léandre d'une voix soudain autoritaire. Je ne suis pas sûr que la quiche, ce soit Ysée, ici. Enfin, si, elle a été maladroite, mais...

— T'as pas intérêt à dire que c'est moi la nullos de l'histoire !

— C'est un peu toi la nullos de l'histoire.

Je boude. Littéralement. Bras croisés, je laisse ma cocotte à l'abandon sans aucune compassion. Léandre se gratte la tête, pire, il éteint la musique de son casque. C'est beaucoup plus sérieux que je ne le pensais.

— Ju, mets-toi à sa place deux secondes. Tu lui annonces de but en blanc que t'en peux plus du lycée, que tu veux tout arrêter et changer d'orientation. Elle sait que tu es passionnée, mais elle s'est tout pris en pleine figure, au pire moment pour elle, parce qu'elle est stressée de fou par le bac. Tu la connais : elle tient beaucoup à ses notes, à sa réussite et tu choisis ce moment pour lui lâcher : « Eh, moi, le bac je m'en fous ». Elle devait venir pour bûcher, mais toi, tu n'étais clairement pas dans ce *mood*, d'après ce que tu me dis. Normal qu'elle ait été saoulée, non ?

— Mmph.

Il soupire et se gratte la tête en constatant que je suis toujours aussi grognon. Je refuse d'être la seule à blâmer.

— Mais on allait réviser ! je proteste. Vraiment. Je voulais juste bosser un peu sur mon bourguignon, mais ensuite, on s'y serait remis. Et je pensais qu'elle serait heureuse pour moi, qu'elle m'aiderait, qu'elle me soutiendrait ! Elle sait que c'est la seule chose qui m'apporte du bonheur.

— Ju ! Encore une fois, écoute-toi. Elle t'a aidée ! Elle a relu ton CV, réécrit entièrement ta lettre de motivation.

Je grogne à nouveau. Je ne trouve rien à répondre à ça. Peut-être parce qu'au fond, il a raison.

— Tu sais, reprend mon frère qui semble s'être transformé en Gandhi, je ne connais pas trop Ysée, mais de ce que tu m'en dis, elle a l'air d'aimer la cuisine comme toi les jeux vidéo. Ça la détend, elle apprend des trucs, mais ce n'est pas son rêve. Pas comme toi.

— Non, clairement...

Je ne pensais pas que Léandre m'écoutait si bien quand je lui racontais mes journées. J'ai toujours l'impression qu'il a un voile sur les yeux, qu'il s'enferme dans une bulle de musique qui le rend imperméable au reste du monde. Mais, finalement, on dirait qu'il capte beaucoup plus de choses que je croyais.

— Toi, c'est ton rêve et t'as raison de vouloir faire quelque chose de tout ça. Tu sais que je te soutiens, pas vrai ?

Comme je ne réponds pas, il me bourrine dans l'épaule et me secoue jusqu'à ce que je daigne articuler un mot.

— Moui.

— Je te soutiens. Vraiment. Mais pense un peu à ta pote, laisse-lui juste le temps de digérer.

Monsieur Philosophie termine ici sa chronique et replonge la main dans le bocal de granola. Ma cocotte continue de chauffer sans que j'y jette un regard. J'ai du mal à admettre que Léandre ait raison sur toute la ligne. En une semaine, j'ai voulu bouleverser toute ma vie… et ça bouscule forcément celle d'Ysée. Mais hors de question d'avouer à mon frère qu'il a vu juste.

— Bon, c'est le moment où tu me dis que j'ai raison, lance-t-il alors avec un petit sourire amusé.

— Raison pour quoi ? Pour m'apprendre que je suis la nullos de l'histoire ? Tu rêves !

— Non, ce que tu veux dire c'est « Tu es merveilleux Léou, merci pour ta sagesse ».

— Tu déraillles, mon vieux. Ça y est, la sénilité commence. Fais gaffe, si tu continues comme ça, je vais installer un cadenas sur le frigo.

Ma menace fonctionne visiblement parce que Léandre arrête de me taquiner, il m'aide sur mon bourguignon, joue le commis dévoué (en échange de tous les restes et d'un goûter en avance) et on finit la journée sur *Call of Duty*, où je l'explose, en bonne et due cheffe.

8

Je fixe la porte comme si Jungkook des BTS était de l'autre côté. Sauf que c'est le chef Legrand, donc mieux que la star de K-pop. Il est assis à son bureau, dans sa veste blanche brodée impeccable. Il est accompagné de deux hommes, le sous-chef et le patron, et fait face à ma némésis... le mec du salon de la gastronomie. Je n'en reviens pas qu'il ait passé la première sélection et qu'il soit à l'entretien !

Hors de question que je lui laisse ma place.

Je serre les mains autour de mon plat. Et je souris, confiante. Impossible qu'il rivalise avec mon bourguignon. Je viens de travailler deux heures dessus, je suis sûre de moi. Je lève les yeux et admire le ballet qui se danse.

C'est la première fois que je mets les pieds dans une cuisine professionnelle et je suis éblouie. C'est mieux qu'un spectacle à l'opéra. Ici, tout est chromé, gris, propre, rangé. On entend les instructions, les fouets et les cuillères qui tapent contre les culs-de-poule, les têtes qui s'agitent au-dessus des assiettes. Et les odeurs !

Bien sûr, les plans de travail sont parfaitement en ordre, pas comme durant mes dernières sessions. Tous savent où aller, quoi faire, comment. Si je voyais Rémi de *Ratatouille* sous la toque d'un des chefs, je ne serais pas surprise : il y a de la magie dans l'air !

Quand je suis arrivée à L'Absolu, j'ai été étonnée de ne pas pouvoir utiliser l'entrée principale, celle qui mène sur un hall au large lustre suspendu, avec une cheminée surmontée d'un beau miroir en cuivre. On m'a redirigée vers la porte de service. J'ai longé le bâtiment et je me suis retrouvée dans une petite cour intérieure où fumaient deux cuisiniers qui m'ont indiqué l'accès à mon Disneyland.

Là, j'ai direct entendu tinter les cuivres, hurler les ordres, les « chaud, chaud ! » et une vague d'odeurs à tomber par terre m'a assaillie. C'était comme à la télé. Non, c'était même mieux ! Justement parce que je pouvais sentir le mélange de biscuit à l'amande, de bœuf rôti, de navet, de fruits de mer.

On aurait dit un nouveau monde, avec son langage, ses propres règles et codes. Gamine, je n'aurais pas été plus heureuse dans un magasin de bonbons qu'aujourd'hui.

Le sous-chef, Horace Duval, s'est présenté, m'a accueillie avec un grand sourire et m'a installée à un poste de travail rien que pour moi. Un endroit pour monter mon assiette. Comme si j'étais dans Objectif Toque chef ! J'étais tellement excitée, je n'ai presque pas réussi à le laisser parler. Avant de partir pour l'entretien de ma némésis, il a juste dit :

— Vous avez vingt minutes pour terminer votre plat, Juliette. Bonne chance !

J'ai eu des frissons. Pour de vrai. J'ai sorti les Tupperwares de mon sac à dos, avec toutes mes préparations faites le matin même et j'ai réchauffé, finalisé, mis en place. J'ai vérifié mon assaisonnement et, vingt minutes plus tard, j'étais devant leur porte, à attendre.

Le bureau est entièrement constitué de panneaux de verre alors je ne me gêne pas pour jeter un œil. Je guette la moindre mimique de dégoût sur le visage du trio, mais ils ont l'air carrément emballés par leur dégustation ! Je soupire, serre mon assiette plus fort en maudissant mon concurrent. S'il reste encore longtemps là-dedans, mon plat va être froid, et si mon plat est froid, il sera moins bon, et s'il est moins bon, ils ne voudront pas de moi, et s'ils ne veulent pas de moi... Eh ben, ça veut dire que je perds ma dernière carte « sortie de lycée » et retour à la case départ.

Ces derniers jours ont été durs. Je me suis disputée avec Ysée, j'ai planché sur ma recette, mais aussi sur mon oral de français, et surtout, j'ai dû convaincre mes parents de me laisser passer cet entretien.

Heureusement, Léandre m'a aidée. On leur a préparé leur repas préféré (une blanquette de veau avec des carottes vichy et une crème brûlée à la fève tonka), et j'ai raconté tous les événements : le salon, la lettre de motivation, le poste de deux mois à L'Absolu. Je ne sais pas si c'est parce que mon frère était là pour arrondir les angles, si j'ai bien expliqué les choses, ou s'ils étaient rassurés parce qu'ils connaissaient le restaurant, mais ils ont accepté que je tente ma chance.

Toutefois, je n'aurais le droit de travailler là-bas cet été qu'à une condition : avoir une moyenne de 12 au bac de français. Une formalité pour quelqu'un comme Ysée, un enfer pour moi. Mes parents ont été implacables, même quand je leur ai fait du chantage à la crème brûlée pour baisser à 11. Impossible de les faire flancher.

Après, ils ont rincé mon enthousiasme à coup de : « Ne t'emballe pas tant que tu n'as pas la promesse d'embauche, rien n'est fait », « Et si tu as le stage, tu as intérêt à tenir les deux mois, on ne veut pas t'entendre dire que c'est trop dur, tu étais prévenue », « Concentre-toi déjà sur ton bac, tu verras après ».

C'est ce qui m'a motivée les jours suivants à réviser comme une acharnée pour mon oral. J'ai même fini par accepter l'aide de Valentin qui était heureux de me bombarder d'astuces et de me filer ses vieux livres de 2010. Je ne lui avouerai sans doute jamais, mais pour un croûton, il a été de bon conseil. Il sait comment parler en public, être clair, concis.

Et puis j'ai passé l'examen.

J'ai eu la chance de tomber sur le texte que je révisais juste avant de rentrer dans la salle. J'avais tout dans la tête, et j'ai géré comme jamais ! Quand je suis sortie, j'ai envoyé un message sur notre conversation « Huet les ❤ », mais surtout, j'ai appelé Valentin. Je n'ai même pas eu le temps d'une sonnerie qu'il décrochait déjà et me canardait de questions. Il était plus angoissé que moi, et je pense qu'il ne retrouvera le sommeil que lorsque j'aurai les résultats officiels.

Moi, c'est maintenant que je stresse. Quand je sens la chaleur s'enfuir de mon assiette. Quand je repasse ma recette dans ma tête et que je me demande si l'assaisonnement est le bon. Je ne peux pas m'empêcher de penser que c'est peut-être la première et la dernière fois que je mets un pied dans une cuisine professionnelle...

Alors j'ouvre grand les yeux, grand les narines, grand les oreilles. J'absorbe toute l'énergie qui pétille.

Mes pensées s'interrompent brutalement quand j'entends la poignée de la porte en verre s'activer. Je sursaute, manque de renverser la sauce sur mon tee-shirt et me reprends aussitôt. Je me redresse, excitée.

Seulement, je croise d'abord le regard du gars que j'avais vu au salon. Quand il me reconnaît, son sourire illumine tout son visage. Ses yeux en amande effilée brillent et j'ai juste le temps de remarquer une petite fossette se dessiner dans le creux de sa joue.

Il serre très longuement les mains du chef, du sous-chef et du patron en les remerciant de l'avoir si bien reçu, puis quand il se tourne enfin vers moi, il lâche, amusé :

— Comme on se retrouve ! Bonne chance pour l'entretien.

La porte vitrée se referme derrière lui. Je n'ai pas peur de lui, ni de son assiette, encore posée sur un coin du bureau du chef. Je pose la mienne à côté. La brigade qui s'agite à l'extérieur ressemble maintenant à un film muet, on n'entend que ma respiration. Allez, c'est le moment de briller, ma vieille !

— Bonjour, enchantée ! Je m'appelle Juliette Huet, merci beaucoup de prendre le temps de me recevoir.

— Avec plaisir, mademoiselle Huet, asseyez-vous.

J'obéis sans réfléchir, un grand sourire aux lèvres. Je n'arrive pas à détacher mes yeux du nom brodé en fils d'or qui resplendit sur la poitrine de Legrand. Je le vois qui analyse mon CV et ma lettre de motivation avant de les passer à ses associés.

Je n'attends pas qu'ils m'interrogent et je prends les devants, bien décidée à leur montrer que j'ai assez de caractère pour tenir le coup, que je suis solide, déterminée, prête à tout.

— Je sais que mon CV est encore assez pauvre et que vous avez sûrement d'autres candidats de mon âge plus expérimentés. Laissez-moi juste vous dire que je suis plus passionnée que 99 % d'entre eux. Je passe tout mon temps libre à cuisiner, à étudier des techniques et à éduquer mon palais. Devenir cheffe, c'est mon rêve. C'est mon grand-père qui m'a donné ce goût-là quand j'étais toute petite. Je voulais passer du temps avec lui, et comme il était aux fourneaux, je l'ai imité. Au début, je ne faisais que regarder, mais rapidement, j'ai voulu tout apprendre, l'aider sur une recette, puis faire mijoter un plat toute seule. Depuis, ça ne m'a jamais quittée.

Je me rends compte que j'ai débité tout mon discours et que j'en ai presque oublié de respirer. Comme ils n'ont pas (encore) l'air saoulés par ma logorrhée, j'enchaîne aussitôt.

— En fait, pendant longtemps, je n'imaginais pas qu'on puisse cuisiner pour quelqu'un d'autre que sa famille. Mais en venant manger ici avec mes parents, il y a deux ans, j'ai réalisé que c'était un « vrai » métier et j'ai trouvé que c'était le plus beau du monde.

— Je dois avouer que c'est le passage sur votre grand-père qui nous a beaucoup touchés dans votre lettre. Ça, et le fait que vous ayez fait beaucoup de formations. Vous avez l'air d'être une autodidacte très déterminée.

— Oh oui, c'est clair !

Mon ton un peu franc semble les amuser, car je les vois pouffer discrètement. Ils m'interrogent longuement sur mes expériences, sur mes différents profs, me posent des questions plus poussées sur des techniques pointues et je réponds vite et bien. Les conseils de Valentin pour l'oral de français m'aident tellement ! Je suis concise, précise, je développe quand il faut, j'évite les « hum », « euh », « alooors » invasifs et je sens que je gagne des points.

Pourtant, je ne peux pas m'empêcher de jeter des regards désolés à mon bœuf qui barbote dans sa sauce, désespérément froid.

— Bien, passons à la dégustation. Vous pouvez nous présenter votre plat, jeune fille ? lance le patron.

Il s'empare de mon assiette qu'il examine sous toutes les coutures avant de la tendre au chef Legrand et au sous-chef Horace Duval. Ce dernier s'occupe ensuite de la diviser en trois portions bien égales.

— Avec plaisir ! je rebondis avec un sourire hyper pro. Je vous présente ma revisite du bourguignon. Je voulais retrouver la même sensation que lors des dimanches midi en famille avec mon grand-père. Le moment que l'on préférait avec mon frère, c'était quand on trempait le pain dans la sauce. Vous trouverez donc une miche de pain de campagne revenue et mijotée dans une sauce au vin rouge typique d'un bourguignon. J'ai fait rôtir ma pièce de viande dans une poêle pour caraméliser les côtés, le tout avec des épices, pour qu'elle soit parfumée et fondante. Ensuite, j'ai vidé la mie de mon carré de pain pour y intégrer mes petits oignons confits, mes carottes glacées, et j'ai parsemé le tout de lamelles grillées de bœuf effiloché.

Alors que je détaille ma recette, ils analysent chaque morceau, chaque cuisson, décortiquent tous les éléments, les goûtent séparément, ensemble, séparés à nouveau, trempent un doigt dans la sauce, un autre, y retournent, jusqu'à ce que, finalement, l'assiette soit complètement immaculée.

Comme leur silence me donne l'impression que mon sang est du lait caillé, je n'arrive pas à me retenir plus longtemps et j'explose.

— C'est bon ? J'espère que vous aimez. J'ai rajouté de la...

— Cannelle, non ?

C'est le sous-chef Duval qui pose la question, un sourcil relevé, la langue qui tape contre le palais comme pour en secouer les saveurs.

— Oui, oui, exactement !

— Très bien, mademoiselle Huet, merci beaucoup, vous nous avez donné pas mal de matière à discussion ! Très belles techniques, en tout cas !

— Waouh, merci.

Ils se redressent et je les imite aussitôt pour serrer les mains qu'ils me tendent, puis je m'éclipse.

Je suis étourdie. Je salue tout le monde en cuisine, jette un dernier regard aux plans de travail, aux fours rutilants et aux pianos, et disparais sans que personne ne fasse plus attention à moi.

Je sors aussitôt mon téléphone pour laisser un message vocal à Ysée. Je sais qu'elle révise encore à fond pour son oral et je suis sans doute gonflée de la recontacter alors qu'on s'est à peine vues depuis notre dispute, mais elle est la première à qui j'ai envie de raconter tout ça...

— Ysée, je sors de l'entretien ! Je voulais juste te parler de ça vite fait. Est-ce que je peux venir chez toi peut-être ? Pour t'aider à bosser et te dire comment c'était ? Je te jure que maintenant que je ne suis plus stressée, tu ne m'entendras plus jamais prononcer le mot « bourguignon » ! Euh... bises.

J'en suis encore à chercher les clés de Moby que je reçois déjà sa réponse.

> Ça marche miss Bourguignon 2023, passe à la maison ! Mais t'as intérêt à me faire goûter sinon le videur te laissera pas entrer.

J'imagine que le videur est son bichon maltais de cinq ans, Quinoa, donc la menace n'est pas trop violente.

Seulement, quand je lève enfin les yeux de mon écran, c'est pour croiser ceux de mon concurrent. On dirait presque qu'il... m'attendait ?

— Eh, resalut, il bégaye en tentant un drôle de signe de la main. Je voulais juste savoir comment ça c'était passé.

— Mmmh, je réplique, suspicieuse, tu cherches à impressionner les adversaires, c'est ça ? Franchement, il en faudra plus pour me faire trembler. Je te préviens, ce stage est pour moi, j'ai tout déchiré avec les chefs, mon bourguignon était le meilleur qu'ils aient jamais mangé ! Ils ont même dit que j'étais sans doute le talent de l'année, donc... Tu devrais chercher un poste ailleurs.

Il me regarde un moment, la tête légèrement penchée d'un côté. Comme quand Quinoa souhaite me délester de la moitié de mon goûter. Et puis, d'un coup, il explose de rire, et c'est aussi satisfaisant que de regarder des pros tabler du chocolat.

— Eh ben... c'est plutôt toi qui veux m'impressionner, non ? Je sais pas si tu sais, mais... il y a plusieurs postes. On n'est pas « concurrents » du coup.

— Oh ?

Je deviens rouge. Je viens de me ridiculiser... J'espère qu'il a raté son entretien afin de ne plus jamais revoir ce mec de ma vie.

— Ouais... Je suis Rayane, au fait.

— Oh. Juliette.

— Enchanté, Oh Juliette. Content que tu sois le nouveau talent culinaire de cette décennie, en tout cas. Si tu as le poste, et que moi aussi, on pourra peut-être se recroiser.

— Mmh, oui, carrément !

Mon malaise semble délicieux pour lui, il a l'air de se régaler, vraiment. Moi, je me noie dans mon mensonge comme dans une polenta.

— Bon, ravi de t'avoir vue, Oh Juliette. À bientôt.

Je suis tellement prise de court que je ne trouve rien à répondre et il s'éloigne en me saluant. J'ai juste la présence d'esprit d'imiter son geste qu'il disparaît déjà.

Je reste plantée là comme un cure-dent dans un bout de gruyère.

Son « à bientôt » résonne dans ma tête avec un goût de promesse.

9

J'attends les résultats de mon épreuve de français, et de l'entretien. Et je stresse.

À ce stade, je ne sais même plus trop lequel m'angoisse le plus.

Le bac, car sans moyenne, je n'ai pas le stage. Ou l'entrevue, parce que je peux ne pas être prise à L'Absolu *du tout*, peu importe que j'aie 12 ou pas.

En quelques jours, j'ai épuisé toutes les recettes que je connais. J'ai rempli le frigo, noyé l'évier de vaisselle, fait manger mes parents et mon frère jusqu'à l'écœurement. J'ai réalisé presque tous les plats consignés dans mon carnet : falafels, quiche lorraine, flans de courgette, forêt-noire... J'ai fait le grand écart : du salé au sucré en passant par tous les continents du monde. J'ai même ressorti LA recette, celle que je n'ai jamais bien réussie : la dacquoise à la pistache.

Évidemment, avec mes doigts moites et mon cœur serré, j'ai passé tout mon temps à pester, râler, insulter ma meringue, pour finir par la pulvériser et mettre ma crème au beurre et mes miettes de meringue dans une verrine, intitulée « dacquoise revisitée ». Léandre a quand même trouvé que c'était très bon. Il a tout mangé, mais ça reste un sacré échec...

Aujourd'hui, je suis loin des fourneaux. On a décidé, avec tout un groupe du lycée, de se retrouver sur les bords de Loire pour découvrir les résultats ensemble. Je profite du trajet pour respirer, admirer les reflets du soleil sur le fleuve.

Je gare Moby dans une impasse que j'aime particulièrement, bloquée derrière une petite église. Je salue Philou, le SDF qui squatte toujours ici, caresse son chien et m'éclipse. Je redescends les chaussées pavées, passe par la rue Jeanne d'Arc sans un regard pour la cathédrale Sainte-Croix. Je la connais depuis que je suis née, c'est comme une vieille pote maintenant, et j'oublie parfois qu'elle est là. Je fais juste un détour par le Starbucks pour prendre de quoi petit-déjeuner.

À cette heure matinale, l'ambiance est bien différente sur les quais. Plus de guinguettes, de groupes de jeunes réunis autour de bières, pas de musique. Juste de courageux joggers, et nous. On est une bonne dizaine à se retrouver, avec nos cafés, nos croissants et nos mines froissées par le stress.

Je salue tout le monde d'un signe de main général avant de repérer Ysée. On s'est revues une fois depuis la dispute. On s'est excusées au même moment, et j'ai passé une après-midi entière à la faire réviser alors qu'elle savait ses notes sur le bout des doigts. Elle me reprenait même quand je n'arrivais pas à la lire parce qu'elle connaissait chaque mot par cœur. Elle est sortie de son oral en m'envoyant des vocaux remplis de panique, mais je ne m'inquiète pas pour elle.

Si elle avait juste la moitié de la confiance que je lui porte, elle serait la reine du monde.

— Tu vas tout déchirer, Ysée. Tes parents vont être super fiers de toi, t'en fais pas !

— Non ! elle s'affole, les ongles à moitié rongés, j'y ai pensé toute la nuit et je me suis dit que je n'aurais jamais dû choisir la dissertation. J'aurais dû prendre l'écriture d'invention. Franchement, je crois que je n'ai pas donné la bonne date de mort de l'auteur, et si ça se trouve j'ai même pas bien interprété le sujet, je suis finie.

— Oh, mais qu'elle se taise ! soupire Yvan en rigolant. Ysée, tu vas avoir 20, arrête de te plaindre ! Nous, on risque vraiment d'avoir des notes merdiques.

Je passe mon bras autour des épaules de ma pote et l'éloigne un peu de ce gros relou, non sans lui offrir d'abord ma plus belle moue exaspérée.

— Tiens, mange, pense à autre chose, dis-je en lui tendant un cinnamon roll avec le sourire. De toute façon, c'est fait.

Comme je vois qu'elle préfère dévorer ses ongles que ma pâtisserie, je l'oblige à relever les yeux, à inspirer et expirer en suivant mon rythme. Dès qu'elle feint de ressortir son portable de sa poche pour checker les résultats, je la menace du regard et, au bout de vingt minutes de pantomime, je crois qu'elle se détend un peu.

On retourne s'asseoir en cercle avec les autres. Ysée arrive même à faire un petit croc dans un croissant. Moi, j'ai englouti l'intégralité de mon petit déjeuner depuis bien longtemps. Kayla parle d'avenir en jouant avec ses tresses.

— Franchement, si on commence à stresser maintenant, on n'a pas fini... L'année prochaine, ce sera le gros morceau ! J'ai tellement pas envie...

— Moi non plus ! soupire Hugo. Vous savez ce que vous voulez faire après ?

— Oh, déjà, dégager de cette ville ! s'emporte Inès. Ensuite, aucune idée, sûrement monter à Paris et peut-être aller en école de commerce, si mes résultats sont bons.

— Vivement que le lycée se termine, on verra pour la suite, fanfaronne Yvan qui lâche un rot énorme juste pour attirer l'attention sur lui.

Je décroche un peu de leur conversation. Je me sens à des années-lumière. J'ai encore ce sentiment d'être une *potatoe* au milieu d'un paquet de frites.

— Et toi alors Juju ? demande Kayla avec un grand sourire.

C'est bien la preuve qu'on n'est pas potes, sinon elle saurait que je déteste qu'on m'appelle Juju ! Je suis quoi ? une vieille accrochée à un bar PMU ?

— Euh... en fait, j'ai réfléchi dernièrement et je vais essayer de partir dans la restauration.

— Mais nan ? Genre, tu vas nous servir notre purée tous les midis ? pouffe Yvan qui a décidément deux cacahuètes à la place des neurones.

— Hein ? répond Kayla avec une petite mine de dégoût. Mais c'est pas là où finissent tous les gens qui sont nuls en cours ?

— Ouais, ben comme Juliette, quoi ! se moque Hugo en bourrinant dans l'épaule d'Yvan.

— C'est surtout les drogués et les voleurs de scooters qui y vont. Tu veux échapper à la taule, c'est ça ?

Le pire c'est que je crois que Nathan est sérieux quand il me pose la question. Je m'apprête à leur faire une réponse hyper salée lorsqu'Inès s'exclame.

— Les résultats sont là !

Et, d'un coup, tout le monde sort son portable, se connecte et il n'y a plus un bruit. J'en suis toujours à chercher mes identifiants que j'entends déjà les réactions autour de moi : des cris de joie, des soupirs de soulagement et des « fais chier ». Je tapote sur mon écran comme une dégénérée quand, enfin, mes notes apparaissent.

12,1 ! J'ai 12,1 !

Purée de patates douces ! Je l'ai fait ! Maintenant, je n'ai pas d'autre choix que de remercier Valentin, parce que ce miracle ne serait sans doute pas arrivé sans lui.

Je savoure une seconde mon soulagement quand je pense soudain à Ysée. Je tourne la tête vers elle et je vois ses yeux humides.

— Merde ! T'as eu combien ?! je demande, paniquée.

— 18 et 19, répond Ysée avec un petit filet de voix.

— Et c'est... pas assez ?

— Ben si, c'est génial !

J'explose de rire avant de la prendre dans mes bras. Elle est tellement soulagée qu'elle n'arrive plus à retenir ses larmes. Je lui caresse le dos en souriant.

— T'es un monstre, Ysée ! 18,5 de moyenne en français, c'est dingue. T'es un génie ! L'héritière de Molière.

— Pff, t'es bête !

Elle se détache de moi pour essuyer ses yeux et pouffe.

— Faut absolument que je prévienne mes parents !

Je me dis que c'est en effet une bonne idée et je l'imite. Autour de nous, au milieu des cadavres de gobelets plastiques et de serviettes en papier, tout le monde est au téléphone. Je vérifie une nouvelle fois mes résultats, pour être bien sûre et je fonce dans le Whatsapp familial quand ma sonnerie retentit.

Pendant une microseconde, je suis persuadée que c'est Valentin qui m'appelle. Je ne sais pas comment, il a dû découvrir mes notes avant moi. Mais impossible, car c'est un numéro inconnu. Ma main tremble quand je décroche.

Je m'éloigne pour échapper aux cris de joie du reste du groupe.

— Allo, mademoiselle Huet ? m'interroge une voix d'homme.

— Oui, c'est moi.

— Ah, parfait ! C'est monsieur Hamour, le patron du restaurant L'Absolu.

— Ah oui !

— On s'est vus lundi dernier pour votre entretien.

— Oui, oui !

Je trépigne, j'ai l'impression que cette conversation est déjà aussi longue qu'une cuisson de quasi de veau...

— Je vous appelle pour vous dire que votre bœuf bourguignon nous a beaucoup plu. Votre interprétation était très intéressante. La cuisson du bœuf n'était pas idéale, mais cette idée de pain en pièce principale, c'était malin, vraiment, très régressif ! Ça a donné matière à réfléchir au chef, ce n'est pas rien. Votre CV n'est pas le plus impressionnant, mais on doit bien avouer que votre enthousiasme et votre détermination ont su nous retourner comme des crêpes ! Ha ha, vous l'avez ?

— Euh, oui, oui !

— Bref, tout ça pour dire que nous serions ravis de vous accueillir dans notre équipe, en tant que commis stagiaire sur une période de deux mois. Je pense que vous pourrez faire de grandes...

— AH !!

Je n'ai pas pu retenir le hurlement ni la petite danse victorieuse. Je serre le téléphone si fort dans ma main que je ne sens plus mes articulations.

— Pardon, pardon, je reprends, un peu essoufflée. Vous êtes sérieux, hein ?

— Euh, parfaitement sérieux. Simplement, je tiens à vous prévenir tout de suite que ce ne seront pas des vacances. Ce seront deux mois très denses, très intenses, et que ce soit moi, le chef Legrand ou le sous-chef Duval, nous sommes particulièrement exigeants, autodidacte ou pas.

— Bien sûr, oui, évidemment ! Je serai à la hauteur, c'est promis.

— Si vous voulez nous rejoindre, vous devez venir signer votre convention dans la journée, et il me faudra également une autorisation de vos parents, ainsi qu'un RIB. Comme ça, vous pourrez commencer dès demain, 7 heures, c'est bon pour vous ?

Je n'en reviens pas. Ma voix tremble d'excitation. C'est réel ! Je vais faire partie de l'équipe de L'Absolu, je vais passer deux mois dans une brigade professionnelle !

— C'est parfait, merci beaucoup, monsieur Hamour.

— Bienvenue dans la restauration, mademoiselle Huet.

PLAT

10

Le réveil à 6 heures du matin, quand tout le monde est en vacances, que la maison dort, ce n'est pas fou. Mais si c'est pour passer la journée à L'Absolu, faire de la cuisine, pour de vrai, avec des professionnels, bizarrement, ce n'est plus si terrible.

Hier soir, quand j'ai annoncé les nouvelles à mes parents, ils n'en revenaient pas. Je crois qu'ils espéraient qu'une des conditions ne serait pas remplie. Je leur ai prouvé ce dont j'étais capable. Maintenant, je vais leur montrer que je peux travailler pendant deux mois, sans me plaindre, sans regretter, que je suis faite pour ça.

Je m'habille de manière confortable, attache mes cheveux, me maquille et engloutis en même temps mon petit déjeuner, c'est-à-dire de nombreux restes de forêt-noire. Je suis sur le point de sortir quand j'entends un bruit dans la maison. Je me fige, sur mes gardes, et je vois débarquer la tignasse bouclée de mon frère.

— Tu pars si tôt ?

— Je ne veux pas être en retard. Et toi, encore debout ?

— Ouais, je vais me coucher là. Bon courage, Ju, je suis sûr que tu vas tout déchirer !

Il m'enlace, m'embrasse le front et me fait promettre de l'appeler si ça ne va pas. Je jure avant de foncer sur Moby. Le soleil s'est timidement levé, l'air est déjà chaud et la route est tranquille. Je sens que je vais m'habituer à traverser le pont Thinat en observant les reflets sur la Loire.

Je suis tellement excitée par ce premier jour que je dois me faire violence pour ne pas conduire trop vite. J'arrive à mon impasse favorite, je me gare et salue Philou. Je lui laisse une part de gâteau et des falafels avant de descendre en courant vers L'Absolu.

Quand je débarque dans la cour, je suis choquée de constater que celle-ci est remplie de caisses de légumes frais, de fruits, de poissons. Tout le monde s'active, vérifie les livraisons, transporte le tout à l'intérieur. Et, au milieu, je vois le chef. Il est entouré de trois personnes, et je reconnais tout de suite Rayane.

Je m'approche, mon casque bardé de stickers sous le bras.

— Bonjour, chef !

— Ah parfait, la dernière, bienvenue à vous quatre !

Tous les yeux se braquent vers moi. Une jeune fille noire me lance un grand sourire éblouissant avant de se concentrer sur Legrand. L'autre mec, un petit blanc barbu et trapu, m'ignore royalement. Et, enfin, Rayane me fixe longuement, amusé.

— Alors, on est en retard ? il murmure, si doucement que je l'entends à peine.

— Mais je ne suis pas en retard !

— Mmh, mmh, grogne le chef qui me jette déjà le même regard que ma prof de français. Comme vous le savez sans doute, je suis Michel Legrand, chef de L'Absolu depuis vingt-cinq ans. Je suis ravi de vous accueillir dans mon restaurant. Je vais vous présenter les lieux, ma manière de travailler et puis... il n'y aura plus qu'à ! Vous allez arrêter de trier les lentilles, en préparant le service du midi avec le reste de l'équipe.

Le chef nous invite à rentrer et on se présente rapidement avec les autres commis. La fille hyper cool s'appelle Angélique, le mec grognon Thomas, et le pénible, je le connais déjà.

— Bien, nous allons commencer par un premier arrêt. Toutes vos journées débuteront comme ça : vous vous changez, ou vous restez aux vestiaires, c'est clair ? Normalement, on vous a préparé un casier chacun et vous trouverez tout ce qu'il vous faut à l'intérieur : veste, pantalon, charlotte pour les cheveux et chaussures de sécurité. Je vous laisse enfiler votre uniforme et me rejoindre. À tout de suite.

— Chef.

Angélique, Thomas et Rayane ont répondu comme une seule personne. Prise de court, j'articule un timide « chef », mais celui-ci est déjà parti. On se positionne tous devant nos armoires et Thomas est prêt le premier.

À mes côtés, je sens qu'Angélique tergiverse, elle regarde autour d'elle, attend, soupire, se gratte la tête. Je suis en pantalon et soutien-gorge quand elle se tourne vers moi.

— Tu crois qu'on doit se changer... ici ? elle demande, embarrassée. Les vestiaires sont mixtes, genre ?

Je ne vois que trois portes : celle qui mène à la cour, une autre vers les toilettes et la dernière vers les cuisines.

— Oui, il n'y a pas d'autre endroit.

— Oh, c'est pas vrai...

— Je vais t'aider.

Elle accueille ma proposition avec reconnaissance. Rayane est le seul présent. Il a sans doute entendu toute la conversation et a la décence de se préparer en vitesse et de déguerpir.

Pendant ce temps, j'aide Angélique à s'habiller le plus rapidement possible en la cachant avec ma propre veste. Je détourne le regard jusqu'à ce qu'elle souffle de soulagement.

— Super, merci !

— Pas de souci, avec plaisir.

— Tu veux que je t'attende ?

Je lui fais signe que non. Elle s'éclipse donc. Mes chaussures, ma charlotte et mon pantalon sont déjà en place. Il ne reste que ma veste blanche. Je passe les manches et je me rends vite compte qu'elle est au moins deux tailles trop petite pour moi... J'arrive malgré tout à y rentrer ma poitrine, même si ma respiration en prend un sacré coup. J'ai l'impression d'être un muffin à l'étroit dans un moule qu'on n'aurait pas beurré. Je me résous quand même à sortir des vestiaires. Hors de question qu'on m'étiquette comme la retardataire du groupe dès le premier jour !

J'ai à peine mis un pied dans la cuisine que je sens tous les regards sur moi. Angélique, Thomas, Rayane, le chef Legrand, le sous-chef Duval et le patron, monsieur Hamour. On dirait qu'ils viennent de voir une courgette en bikini.

Je souris, tente de déterrer ma confiance en moi et m'avance jusqu'au groupe. C'est sans compter sur Hamour.

— Oh là là, on dirait une paupiette !

— Euh ?

Silence dans la salle. La « paupiette » sent ses joues brûler. J'ai l'impression d'être une crevette sur un gril et que toutes les mouettes du coin m'observent.

— C'est la taille standard pour les filles, mais je n'avais pas réalisé que vous étiez si... en forme. Un vrai petit lardon... Bon, suivez-moi, je vais vous donner une autre veste. Il vous faut au moins trois tailles de plus, ou alors, il faut fondre !

Comme si j'étais une motte de beurre...

J'entends des rires du côté des tables de cuisson. Des mecs ne retiennent même pas leur hilarité.

Je sais que pour sauver la vie d'un portable qui se noie, on peut le plonger dans du riz. Je me demande si ça marcherait avec mon estime de moi. Je suis ronde, très ronde, grosse pour beaucoup, mais je suis belle. Je me suis toujours trouvée belle.

J'aime les taches de rousseur sur mon nez.

Les éclats dorés dans mes yeux.

L'écart entre mes deux dents.

Et ma peau toute douce.

Et mes petits petons.

Je ne suis pas un lardon. Ni une paupiette.

Je suis la star de ma propre vie.

Mes parents avaient dit que ce serait dur. Que c'était un univers misogyne. Je me rends surtout compte qu'ils sont grossophobes. Seulement, hors de question de craquer maintenant. J'enfouis ma colère, et mes larmes de rage, et je le suis docilement.

Il me tend une nouvelle veste « en espérant que ça aille, sinon, ce sera un modèle de bonhomme, tant pis ». Quand je l'enfile, j'ignore mes doigts qui tremblent et qui ripent.

Hamour revient au bout de cinq minutes. Il analyse les plis, les bourrelets à peine dissimulés.

— Bon, ben voilà, ce sera mieux. Petit lardon est habillé !

Et il repart.

Il me faut quelques secondes pour me remettre. Pour calmer mes mains, ma respiration, mon orgueil. Quand j'entends la porte s'ouvrir une nouvelle fois, mon cœur se serre. Mais je vois le visage de Rayane. Sa mine navrée. Son sourire moqueur, qui semblait si perpétuellement accroché à sa fossette, s'est envolé.

— Je suis vraiment désolé. C'est dégueulasse ce qu'il vient de faire... Personne ne pense que tu es un lardon, je t'assure. Duval est en train de recadrer Hamour. On peut pas dire qu'il porte très bien son nom...

Je pouffe, soulagée que son humour remplace sa pitié.

— T'inquiète, j'ai l'habitude.

Terrible, mais vrai. J'ai déjà eu le droit à tellement de surnoms. Mais je pensais qu'ils étaient réservés à l'école, pas qu'ils viendraient me hanter dans le monde professionnel. Au moins, face à des camarades de cours, je pouvais répondre, insulter leur intelligence quand ils critiquaient mon poids. Ici, je suis désarmée.

— Pour ce que ça vaut, et tu t'en fiches sûrement, mais je te trouve parfaite.

— Je suis d'accord avec toi, je confirme. Je suis parfaite.

Il sourit, du même sourire que je lui connais depuis le salon de la gastronomie. Il se gratte le sommet du crâne, et désigne mon tablier, qui pend sur mes cuisses.

— Besoin d'aide ? Ta charlotte aussi est un peu partie en cacahuète, pour être honnête.

— Oh, je veux bien, merci. Et désolée, tu sais... de t'avoir menacé au salon de la gastronomie... et après l'entretien. Je me suis trompée sur ton compte, je crois.

Il pouffe, se met dans mon dos et noue mon tablier. Je devine à peine le bout de ses doigts qui se saisit des lanières. Je sens tout juste sa peau qui frôle ma taille. Ça ne lui prend même pas dix secondes. Il m'explique alors comment le plier sur le devant, y glisser un torchon, qui doit toujours s'y trouver. Enfin, il se plante face à moi, observe ma coiffe et la replace doucement. Là encore, sa main effleure ma tempe. Il range les mèches rebelles de mes cheveux et s'écarte un peu.

— Parfaite.

— On dirait que tu as fait ça toute ta vie. Ce n'est pas ta première fois, si ?

Je le sens qui se trouble, son petit rire se teinte de gêne.

— En cuisine, je veux dire ! je me reprends en urgence.

Il s'apprête à me répondre quand le sous-chef Duval passe une tête par la porte.

— Juliette, Rayane, vous êtes prêts ? Il faut qu'on enchaîne.

Il disparaît aussi vite qu'il est arrivé et on a juste le temps d'échanger un regard avant de le suivre. Je relève le menton, je gonfle la poitrine. Personne ne m'enlèvera la fierté que représente ce jour. Je ne rentrerai pas la tête basse. Je suis belle, je suis forte et s'ils veulent que je sois un lardon, soit, mais je serai le plus beau lardon qu'ils aient jamais vu !

11

Quand je déboule dans la cuisine, je m'attends à ce que tous les yeux se tournent vers moi. Mais rien de tout ça. Legrand est près du passe, l'endroit où toutes les assiettes sont analysées avant de partir en salle. Il n'y a que Rayane qui me regarde.

Je me dis que c'est mieux comme ça, personne ne fixe la petite grosse et sa veste qui est enfin à sa taille.

J'écoute le chef, prête à aiguiser les couteaux, faire chanter la poêle.

— Bien, pour commencer, je voudrais vous parler de la sécurité et de l'hygiène. C'est absolument indispensable en restauration et tout le monde ici a été formé, nous sommes régulièrement contrôlés.

C'est plus fort que moi, je trépigne. J'oscille d'un pied à l'autre en espérant que son pitch sera bientôt terminé, mais il explique tout, et avec un luxe de détails qui frise l'indigestion. Même ma mère, pourtant maniaque, n'a pas autant de règles... Nettoyer les plans de travail et les ustensiles à la fin de chaque service, ne pas poser d'aliments au sol. Pas de téléphone ou d'objets personnels, porter la tenue obligatoire, gants, lavage de mains, charlotte ou coiffe, gestion précise des déchets, de la chambre froide.

C'est comme si je revenais en cours, tout d'un coup... Moi, je veux émincer, cuire, rissoler, frire, hacher, assaisonner ! À un moment, je n'écoute plus. Je vois les lèvres de Legrand bouger, sans aucun son. Mon cerveau ne se reconnecte que lorsqu'il entend :

— Bien, on va répartir les tâches !

ENFIN !

— Je suis le chef de cet établissement, mais, et c'est sans doute un comble pour certains, je ne suis pas toujours au restaurant. Quand je suis absent, vous répondez à Horace.

Tous nos yeux se tournent vers lui. Grand, large d'épaules, sa peau est presque aussi blanche que son uniforme, on dirait qu'il est malade. Heureusement, il a une jolie moustache fine qui lui donne un petit côté Jean Dujardin dans *The Artist*.

— Ici, nous sommes dans un restaurant gastronomique, on fonctionne en brigade, comme à l'armée.

Chef Legrand rit et Thomas est le seul à l'imiter.

— Il y a Horace donc, et ensuite les chefs de partie. Maxime Legurgey s'occupe du garde-manger et de ce que vous appelez les entrées, grosso modo.

Là, un homme corpulent, à la veste encore plus serrée que la mienne, se présente avec un grand sourire de boucher. Il a le nez rouge comme un vin de Bourgogne et les pommettes hautes et pleines. Il nous dit bonjour rapidement et retourne à son poste. J'imagine que lui, personne ne le traite de « lardon ».

— Ensuite, on a les poissons, dirigés par Renaud Caron.

Renaud s'avance avec un sourire, sa peau brune luit déjà de sueur sous les nombreux spots. Il prend juste le temps de nous saluer de loin avant de se concentrer sur son écaillage.

— Pour les viandes, vous travaillerez avec Baptiste Merle.

Cette fois, je suis surprise de voir un jeune homme. Il a l'air d'un garçon à côté des autres chefs de partie. Pourtant, il a le menton haut, le regard fier et ne tremble pas quand il se présente et explique rapidement son poste.

— Enfin, *last but not least*, comme on dit, Axelle Basat, aux desserts.

L'accent anglais de Legrand est digne d'une vache espagnole, et la cheffe ne se prive pas de se moquer de lui. Elle est dynamique. Petite, fine, son corps tout en muscle semble en tension constante, ses yeux d'aigle se posent partout et elle m'impressionne déjà autant qu'elle m'intimide.

— Bien, Juliette au garde-manger, Rayane aux poissons, Angélique à la viande et Thomas aux desserts.

Je suis contente de mon attribution. Commencer par les entrées, c'est parfait, et le chef de partie, Maxime, a l'air assez bonne pâte. Je suis prête à le rejoindre pour travailler quand Legrand me rappelle à l'ordre.

— Jeune fille, avant, on va peut-être goûter, non ? Vous ne voulez pas savoir ce que vous allez préparer ?

Mes yeux deviennent aussi grands que des pamplemousses, je sens un flot de salive me noyer la bouche. Il sort alors des assiettes des chauffe-plats derrière lui et les pose sur le passe avec des fourchettes propres.

Pendant notre dégustation, le chef Legrand nous explique avec passion qu'il a à cœur de trouver de petits producteurs locaux, de changer de carte en fonction des saisons.

Mon palais est rempli de merveilles. Pas d'or, de diamants ou d'argent, mais des cuissons magistrales, des textures divines, des assaisonnements justes. Je me demande comment je vais pouvoir manger autre chose que ça à partir d'aujourd'hui.

Le plat que je préfère aussitôt, c'est l'entrée.

Une langoustine rôtie dans un beurre noisette et revenue au champagne, le tout sur un millefeuille de carottes avec un sabayon champagne. Les saveurs sont exceptionnelles, c'est une harmonie complète.

— Allez, ma petite chérie, en piste !

Je finis de déguster ma bouchée et, quand j'ouvre les yeux, je vois le chef de partie, Maxime Lefurgey, ses grosses joues rouges et son sourire d'ogre.

— Euh, moi, c'est Juliette, je tente.

Il ne m'écoute pas et s'éloigne. Je comprends que je dois le rejoindre. Il se plante devant un plan de travail recouvert de carottes, d'une planche à découper et d'un couteau sublime.

— Bon, normalement, chacun apporte ses couteaux, c'est hyper perso, un couteau, mais j't'en prête un. Si t'as une trousse, ramène-la, OK ?

Je m'apprête à répondre, mais pas le temps, il enchaîne sur la suite.

— Pour ce matin, tu vas te mettre sur ces beautés. Comme t'as vu, le millefeuille de carottes, c'est l'écrin pour le bijou qu'est notre langoustine. Je te laisse te charger de l'épluchage, je vais te montrer.

Ma bouche s'ouvre et se ferme, mes sourcils se froncent. Comment ça, me montrer ? J'en reviens pas ! Je suis autodidacte, OK, mais je sais quand même éplucher et couper des légumes ! Je ne suis pas une nouille non plus...

Seulement, quand je le vois se positionner devant la planche, placer ses deuxièmes phalanges d'une manière bien particulière, se saisir de l'économe avec confiance, je dois bien reconnaître que j'ai l'air d'une quiche...

Quand Maxime coupe une carotte, c'est plus beau qu'un tour de magie. Harry Potter pourrait lancer un « Alohomora » bien prononcé que ça ne m'impressionnerait pas autant... La main du chef vole, danse, avec une précision incroyable et une rapidité... Je me demande s'il n'en rajoute pas un peu pour m'épater, mais non, c'est juste naturel. Impossible que je fasse ça sans me couper tous les doigts !

— Eh oui, jeune fille, t'es plus à la maison là, va falloir apprendre !

Il dit ça en rigolant et en me tapotant l'épaule avant de se diriger vers un autre membre de sa brigade.

— Alors, Medhi, t'as commencé les langoustines ?

— Oui, chef !

Je me note mentalement que je dois absolument prendre ce réflexe et répondre « oui, chef ». En attendant, je me retrouve comme une poule devant un couteau en regardant ma carotte. J'inspire un bon coup, me rappelle que je suis Juliette Huet, la prochaine cheffe géniale de sa génération. Je ne vais pas me laisser abattre par cette racine.

Alors je m'applique et quand Maxime revient pour vérifier mon travail, je vois tout de suite, à ses sourcils froncés, que j'ai merdé quelque part.

— Mmmh, ça va pas, jeune fille ! Déjà, ça !

Il saisit une de mes mains qu'il porte à mon visage.

— Hein ?

— Ce n'est pas hygiénique ! Tu n'as pas entendu le chef Legrand ? Dès demain, je ne veux plus rien voir sur tes ongles.

J'admire ma manucure. J'y ai passé un temps fou. J'ai même fait des petites pastèques et des cerises pour être dans le thème, j'en étais toute contente ! Je ne discute pas et récupère rapidement mes doigts pour les fourrer dans mon dos.

— Gamine, on est en cuisine ici, pas en boîte de nuit.

— Oui.

Je me reprends aussitôt à la vue de ses sourcils encore plus froncés.

— Oui, chef !

— Et tu te mets en fois deux sur les carottes, d'accord ? Je repasse plus tard. Martin, t'en es où ?

Il repart, et maintenant, ce sont mes sourcils à moi qui se plissent. Que je renonce à mon vernis arc-en-ciel, OK. Mais qu'il se souvienne des prénoms de tous les mecs sauf du mien, ça commence à me chauffer la casserole ! Il va voir ce qu'elle a dans le bide, « la gamine ».

Je remets une mèche dans ma charlotte, et reprends mon couteau, bien décidée à faire la guerre à mes carottes. Je n'entends plus le brouhaha autour de moi, tout se joue entre elles et moi ! Mais travailler ici, c'est complètement différent de la maison... Je dois souvent me pousser, faire attention aux gens qui filent dans mon dos avec des poêles brûlantes.

Surtout, dès que le chef repasse, c'est pour me rappeler que je dois accélérer le rythme, pourtant je suis déjà à mon max. Je sens les petites mèches de ma nuque boucler à cause de la sueur qui s'accumule. Avec la veste, le tablier et les quarante mille fours et plaques qui chauffent, je suis rouge comme un piment *jalapeño*.

— Besoin d'un coup de main ?

Le sourire de Rayane vient éclairer un peu ma journée. Il jette un œil angoissé vers son poste de travail, mais je n'ai pas le luxe de refuser son aide.

— C'est normal que tu galères, t'inquiète ! Je pense que tu pourrais mieux tenir ta lame. Regarde si tu l'orientes, hop, comme ça, tu gagnes du temps et t'as moins de risque de te couper. Je peux te montrer ?

J'approuve, il se saisit de ma main, y passe le manche du couteau et me montre comment m'y prendre. Il guide mon poignet, m'aide à jauger de la force et de l'intensité puis me sourit.

— Comme une cheffe ! Tu verras que...

— Ben alors, Aladdin, on essaye de bouffer le cul du lardon dès le premier jour ? Tu perds pas de temps, toi !

Je me retourne, le couteau toujours à la main, avec une envie de meurtre, et cette fois, c'est pas les carottes qui vont déguster. Je vois un trio de chicons. Vraiment, des mecs dégingandés, aux sourires mauvais, à l'œil de poisson pas frais. Je suis sur le point de répondre qu'ils peuvent aller bouffer leurs vieux morts et que bravo, ils ont scoré pour cumuler en une phrase racisme, misogynie et grossophobie, mais Rayane s'est déjà éclipsé.

Le trio le suit à la trace, alors que je reste le couteau en l'air.

Je vois Rayane leur parler doucement, avec un calme que je suis bien incapable d'imiter. Comment fait-il ? À sa place, je serais en train de coller leur face de morue sur la plaque chauffante. Lui, rien.

Je me venge donc sur ma mission en prenant bien soin d'orienter ma lame comme Rayane me l'a montré. Au bout d'un moment, je commence à trouver ça presque aussi exaltant que des *headshot* sur *Call of Duty*.

Pourtant, de temps en temps, au milieu des bruits de métal, de casserole, de feu, de conversations, j'entends un : « Eh ben, lardon, on aime les grosses carottes, hein ? » Ce sont toujours les trois jambons au foin qui pouffent dans leur coin comme des gamins de quatrième. La troisième fois, alors qu'ils ne fuient pas vers leur poste de travail, je m'apprête enfin à répondre.

— Alors, jeune fille, on avance ?

— Euh... je me tourne vers Maxime, adossé au zinc. Chef ?

— Ne le fais pas.

— De quoi ?

Il jette un regard au trio qui se fend la pêche un peu plus loin.

— Mais, chef, je commence...

— Oui, ils se moquent, et franchement, c'est gamin, mais c'est bon signe ! Ça prouve que tu t'intègres !

— Être surnommée « lardon », à cause de mon poids, c'est bon signe ?

— Eh oui !

Il me fait un grand sourire, dévoile ses dents de carnivore et me tape sur l'épaule. Je me demande comment lui le prendrait si je le traitais de gros porc, là tout de suite, juste parce que sa veste moulante épouse son ventre en forme de profiterole. Mais je n'ai pas le temps de dire un mot, et peut-être que c'est pour le mieux.

— Bon, va aider Martin à monter les millefeuilles, le coup de feu arrive, va falloir mettre les bouchées doubles !

D'un coup, c'est comme s'il déglaçait ma colère, elle se transforme en une excitation palpable. Cette matinée a été compliquée, j'ai eu plein de grains de sable sous la dent, mais je n'oublie pas où je suis, pourquoi je suis là. C'est mon premier coup de feu ! Alors j'ignore le trio, leur rire gras et leur air de navet pour prouver que j'ai ma place ici.

J'aperçois Rayane au fond qui travaille, concentré, imperturbable.

Une lueur d'espoir dans cette mer de crabes.

Et, rapidement, je suis emportée par la vague. Je n'ai plus le temps de penser à rien. J'entends un ordre, je galope, j'obéis, je ramène, je goûte, je cours à nouveau, et ça pendant les deux heures qui suivent.

Le chef Legrand, doux comme un agneau, se transforme en loup. Il campe devant le passe, scrute toutes les assiettes à la loupe et, dès qu'un détail le chiffonne, il crie, hurle, alpague, exige, accuse tout le monde de vouloir lui faire perdre son étoile. Mais je suis tellement passée à l'essoreuse que je n'écoute personne d'autre que Maxime. C'est lui qui m'indique quoi faire de mon corps, de mes mains.

Ce sont les deux heures les plus longues et les plus courtes de ma vie. Ma veste est aussi trempée qu'une assiette à la plonge, mais je suis bien. Quand on lave nos plans de travail, qu'on savoure le calme, le silence, je sens un truc au fond de mon ventre. Et je crois que c'est une petite étincelle de bonheur.

12

Dehors, il fait beau. J'avais presque oublié. Il est quinze heures, la chaleur est étouffante, mais ce n'est rien à côté de ce que je viens de vivre, bloquée entre une dizaine de fours et de plaques de cuisson. Je respire à fond. Une fois le coup de feu passé, le travail n'était absolument pas terminé. Il a fallu ranger, nettoyer, désinfecter, pour recommencer dans quelques heures, avec le service du soir.

Dès que la dernière assiette de dessert est partie, Legrand s'est enfermé dans son bureau en fulminant et c'est Horace qui a pris la suite des opérations.

En quelques heures, j'ai appris à couper vite (et bien) des carottes, à écouter des ordres, à rester concentrée un moment, à ignorer des remarques qui, dans un autre contexte, m'auraient poussée à bout. Alors, je dirais que c'est plutôt une bonne matinée. Mes jambes ne sont pas tout à fait d'accord, mais elles s'y feront.

Je me suis changée, j'ai rangé mon uniforme dans mon casier, jeté un œil dépité aux couleurs arc-en-ciel qui illuminent mes ongles et laissé un vocal à Léandre et Ysée pour tout leur raconter. J'ai passé sous silence le lardon, le trio de cons et la misogynie de Maxime, mais j'ai fait des tartines de tout le reste. Parce que c'est le plus important, et tout bonheur a une face plus sombre...

Maintenant, enfin, le soleil sur ma peau.

Quand j'ouvre les yeux, je découvre Rayane et Angélique, qui patientent un peu plus loin à l'ombre d'un épicéa.

— Ah, on t'attendait ! s'enthousiasme-t-elle en me voyant.

— Oh, désolée, si j'avais su, je me serais dépêchée.

— Pas de souci ! On va se balader pour s'aérer l'esprit. Tu veux venir avec nous ?

J'approuve d'un signe de tête et nous voilà en marche. Sans être aussi timide qu'Ysée, je ne sais jamais comment aborder les gens. Je me retrouve toujours à balancer une phrase bizarre ou à poser la question qu'il ne fallait pas.

Par exemple, en début d'année, j'ai rencontré Inès et, quand j'ai appris qu'elle adorait les chevaux, je lui ai demandé, tout innocemment : « Oh, tu en as un ? », et elle a éclaté en sanglots en m'expliquant que Biscotte était morte pendant l'été, que c'était le cheval de sa vie et qu'elle ne s'en remettrait jamais.

Autant dire que je préfère rester silencieuse et les laisser faire la conversation.

On remonte tranquillement jusqu'à la rue Jeanne d'Arc, où les touristes ébahis prennent en photo l'allée de tram et la cathédrale qui resplendit sous le soleil. Je remarque tout de suite que Rayane et Angélique sont aussi Orléanais que moi, car ils n'y jettent pas un coup d'œil et on continue notre périple vers la place du Martroi.

C'est le cœur du centre-ville, avec la statue de Jeanne d'Arc (encore elle), qui dessert les plus grandes artères.

On y trouve une large esplanade qui fait le bonheur des parents avec un carrousel vieux comme le monde, des cafés, une librairie et des geysers d'eau.

Mes deux collègues se laissent tomber aux pieds des sabots de la statue et soupirent.

— Attendez-moi, je lâche avant de courir dans une petite rue parallèle.

Quand je reviens, je leur tends un cookie chacun, et ils le fixent comme si je venais de leur offrir de l'eau après quarante jours dans le désert.

— Oh, merci, t'es incroyable ! s'extasie Angélique.

— Avec plaisir.

— Han, mais il est trop bon !

Ses yeux s'écarquillent de bonheur et elle détaille le biscuit sous toutes ses coutures :

— Beurre demi-sel, pépites de chocolat hachées au couteau, pâte brisée à peine sucrée, surtout, la cuisson ! Le cœur est presque coulant, c'est une tuerie !

— Attends, si t'aimes pas, laisse-moi te délester, lance Rayane en avançant sa main.

— Bas les pattes ! Tu y touches et je t'enferme avec Legrand dans son bureau quand il se transforme en Koro-sensei rouge.

Rayane abandonne aussitôt.

— C'est vrai qu'à la fin, le chef était un peu... dingo, non ? je demande, en croquant avec délice dans mon biscuit.

— Carrément ! approuve Angélique. Mais ils sont souvent comme ça quand le coup de feu arrive. La pression, ça peut les faire vriller. Heureusement, Horace a l'air beaucoup plus calme et posé.

Je suis tout de suite intriguée, parce qu'à l'écouter j'ai la sensation qu'elle est habituée des cuisines. Un peu plus à l'aise, je me décide enfin à prendre en main la conversation.

— Ce n'est pas ton premier poste ?

— Non, mon deuxième, mais dans mon CAP beaucoup ont eu des chefs avec un pète au casque.

— « Pète à la toque », plutôt, non ? reprend Rayane avec un petit sourire.

— J'espère que ça se passera bien ici, L'Absolu, c'est une sacrée référence dans mon CV ! continue Angélique, imperturbable. Moi, mon kiff depuis toujours, c'est la pâtisserie.

— Tu étais à quel poste déjà ce matin ? je demande en essuyant les dernières miettes de cookie qui maculent mes doigts.

— J'étais à la viande, quel enfer ! s'emporte la cuisinière. Je suis végétarienne et j'avais qu'une peur, c'était qu'on me demande de découper un truc. Je sais que ça fait partie du métier, mais argh, ça me dégoûte.

Sa moue est effectivement sans équivoque, rien à voir avec l'air ravi qu'elle arborait quand elle parlait de dessert.

— T'inquiète, reprend Rayane, aucune chance que tu t'en occupes. On n'est que commis, tu ne mettras jamais la main à la viande, surtout pas en deux mois !

Je me tourne vers lui et le dévisage. Quand je crois l'avoir saisi, il m'échappe. Je l'imaginais timide, il est plutôt sans gêne. Je le pensais moqueur, il est assez attentionné... Il est comme une recette sucrée-salée qu'on ne saurait pas qualifier d'entrée ou de dessert, déroutant.

Je pose enfin la question qui me brûle les lèvres depuis les vestiaires.

— Mais tu as été dans la restauration ? Tu savais comment nouer un tablier, et tenir le couteau.

— Oui, j'ai toujours voulu en faire mon métier. Depuis que je suis gamin, j'aide ma mère. Un jour, je crevais de faim et elle était trop occupée pour faire à manger, alors je me suis dit que j'allais refaire son couscous, parce que, pour moi, c'était le meilleur plat du monde. J'ai fichu un bordel monstre, le truc était immangeable, mais ça a été le déclic, j'ai su que je voulais faire ça. Et puis...

Il marque une petite pause. Son visage se froisse un peu, ses yeux se perdent vers les enfants qui crient et hurlent, en culotte, au milieu des jets d'eau.

— J'ai eu un souci et j'ai dû arrêter. J'ai même cru longtemps que je ne pourrais jamais reprendre, mais je n'abandonnerai pas mon rêve comme ça.

— Oh, cool pour toi, mec ! Angélique lui tapote la cuisse et ils sourient.

— Travailler à L'Absolu, c'est un truc de fou. Vous vous rendez compte de la chance qu'on a ? Commis dans le meilleur restaurant d'Orléans !

Je vois toute la fierté que ça lui apporte, toute la joie. Angélique m'interroge alors sur mon parcours, et je leur raconte rapidement que je n'ai aucune expérience.

— Personne, chez moi, ne voulait que je tente ma chance, ils n'arrêtaient pas de me répéter que c'était dur, que je n'y arriverai jamais...

— Ben oui, c'est dur, confirme Angélique, mais si d'autres peuvent le faire, pourquoi pas toi. Franchement, commis, ça ne fait jamais rêver personne. Tu pèses les ingrédients, tu fais les tâches les moins cools, mais tous les chefs sont passés par là !

— Je sais bien, je reprends, mais... est-ce que l'ambiance est toujours aussi mauvaise ? Enfin, Rayane, t'as bien vu ! On ne peut pas se laisser faire par ces trois pommes cuites !

Angélique me regarde, puis Rayane et explose de rire.

— Les trois pommes cuites ? Tu veux parler de Grégory, Mickaël et Alexis ?

J'approuve d'un signe de tête et son fou rire redouble. Elle se frappe les cuisses et s'étouffe presque avec sa dernière bouchée de cookie.

— Ils ont l'air tellement...

L'insulte ne sort jamais, à la place, elle se met à tousser et on se retrouve à lui taper dans le dos avec Rayane.

— C'est le fond de la casserole, ces trois-là. Le mieux que tu puisses faire, c'est de les ignorer, lance ce dernier. Ils jouent les durs pour se faire bien voir, ils croient que plus ils seront beaufs, plus ils seront respectés, laisse tomber...

— Ben, c'est clair qu'ils sont au diapason avec le patron... je grommelle en repensant au commentaire qui a fait démarrer ma journée.

— Ouais, je suis désolée pour toi, Juliette. Dis-toi que, sans commis, le resto ne tourne pas, donc même s'ils ne sont pas toujours sympas, ils ont vraiment besoin de nous.

C'est maintenant ma cuisse qu'Angélique tapote. On observe un moment la vie qui s'écoule devant nous. Les cris, les enfants qui s'égaient, les couples qui s'embrassent, la musique du carrousel qui s'égrène, les cuillères qui tintent dans les tasses en terrasse, et on profite de ce soleil qui nous lèche la face comme un chien content de nous revoir.

— J'espère quand même qu'on ne va pas découper du légume pendant deux mois, je grogne, en m'imaginant éplucher des carottes tout l'été.

Angélique et Rayane se regardent, laissent passer un silence et rient. Ils sont alors deux à me tapoter la cuisse. Peut-être que mes parents avaient raison : je n'ai aucune idée de ce dans quoi je m'embarque !

Le temps passe à toute vitesse et la chaleur nous berce, à moins que ce soit la digestion des biscuits... Je suis sur le point de sombrer dans le sommeil quand le portable d'Angélique me ramène sur terre. Je sursaute, me racle la gorge.

— Mince, j'ai zappé d'appeler ma mère ! dit-elle. Je vous retrouve directement là-bas !

Et elle se fond dans la foule, le téléphone vissé à l'oreille.

Rayane fixe le coin de ma bouche et fait mine de s'essuyer un filet de bave avant de pouffer de rire. Je lui tape gentiment sur l'épaule et, vu l'heure, on décide de retourner tranquillement au restaurant.

— Je ne veux pas arriver deux fois en retard... je maugrée. Je vais avoir une sale réputation. Est-ce que tu crois que le chef et Horace ont, genre, un registre, où ils consignent tous nos défauts et nous notent ?

— Des notes ? répète Rayane, circonspect. Juliette, tu n'es plus au lycée. Legrand n'est pas ton prof, c'est ton patron.

— Je ne sais pas moi, ça pourrait être un patron qui met des notes ?

Il me regarde, amusé, et on reprend la parole au même moment, nos questions se percutent et on se retrouve à s'excuser en bégayant.

— D'accord, moi d'abord alors, je tranche.

— OK, mais ça ne doit pas concerner le boulot. On est en pause, on peut parler d'autre chose.

— Hein ? Mais tu veux que je parle de quoi ?

Il sourit et se désigne des deux pouces, tout fier.

— Je trouve, personnellement, que c'est un sujet bien plus intéressant !

Et il crâne en plus !

— Bon, eh bien, joker, alors, je n'ai aucune question...

— Quoi ? il singe une moue déçue et découragée, la cuisine est bien plus passionnante que moi, c'est ça ? Tu serais surprise, Juliette, je suis comme un millefeuille, quand tu crois avoir découvert une couche, il y en a une autre.

— Arrête de jouer les Dark Sasuke...

Il mime un tir en plein cœur, mais il en faut plus pour l'abattre. Ça, je l'ai déjà remarqué : il ne lâche jamais l'affaire.

— Ne me dis pas que tu n'aimes rien d'autre, il demande en revenant à la charge.

— Mmmh, je fais mine de réfléchir. Non. Rien.

— Un animal ? Un livre ? Une émission de télé ?

— Quinoa. *Mille et un secrets* du chef Hauser et Toque Chef.

— Quinoa ?

— Oui, le chien de ma meilleure pote.

— OK, même là c'est en rapport avec la cuisine en fait !

— Euh... ben oui.

— Tu fais quoi pour te détendre...

— Cuis...

— À part ça ! il m'interrompt d'un ton autoritaire.

— Je ne sais pas.

— Tu lis des mangas ? Tu joues aux jeux vidéo ?

— Oui, j'en lis un peu, et je joue à CoD !

Là, son visage s'illumine, il semble ravi d'avoir trouvé une info sur moi.

— Moi aussi ! C'est quoi ton pseudo ?

— KillingSashimis45, mais je te déconseille de te frotter à moi, tu pourrais perdre la tête.

— Tu me fais déjà perdre la tête, Sashimi.

Il balance ça d'une petite voix, l'air de rien, comme si un coup de vent pouvait emporter ses mots.

Puis il se tourne vers moi, s'arrête en plein milieu de la route et me tend la main.

— Moi, c'est SmashedPotatoes, à croire qu'on était faits pour se rencontrer.

Il me sourit encore, et je lui rends sa poignée de main, amusée.

13

Mon histoire d'amour continue.

Mes carottes et moi, on se retrouve en fin d'après-midi pour un *date*, les yeux dans les yeux. Petite caresse de l'économe et je les déshabille toutes... avant de les trancher menu comme un *serial killer*. Enfin, un *serial killer* qui a pris du *skill*. J'ai l'impression d'avoir passé trois niveaux en deux heures. Je m'en sors comme une cheffe ! Et même Maxime, qui me surveille, finit par me lancer :

— OK. Mieux. Accélère la cadence.

Visiblement, je ne pourrai jamais obtenir de meilleur compliment que celui-là, alors je le savoure, je me le répète à chaque nouvelle carotte que je pose dans le bac. Si je progresse autant, si je m'accroche, je pourrai prouver à tous que ma place est ici.

Ces derniers jours, j'ai cuisiné l'équivalent d'un buffet de mariage, mais j'ai aussi harcelé mon moteur de recherche. « École de cuisine à Orléans », « formations », « diplômes hôtellerie et restauration », tout y est passé. Et, grâce à Angélique, j'ai découvert qu'il existe un CAP, parfait pour ma situation. Une partie théorie, des cours, pour rassurer mes parents, et de l'expérience pure, une alternance dans un restaurant.

Peut-être que si je montre que j'ai les épaules solides, de bonnes techniques, je pourrai convaincre les chefs Horace et Legrand que je suis hyper sérieuse.

— Juliette, va sur le millefeuille avec Coline, on est en retard nom de Dieu, le coup de feu approche ! On se bouge, tout le monde !

Maxime fait geler mon cerveau. Toutes mes pensées sont balancées dans un tiroir étiqueté « pour plus tard » et je passe en mode ultra concentrée. Ma seule obsession c'est : aller VITE, mais NE PAS me couper de doigt.

Quand je relève la tête, exténuée, il est une heure du matin.

On aide rapidement les desserts à boucler le service. Mon plan de travail est déjà nettoyé et désinfecté. Quand la dernière assiette est partie, je ne peux pas retenir un soupir de soulagement. Mon dos tire, mes jambes crient, ma peau est rouge et collante, mes doigts ont été tellement crispés sur mon couteau que j'ai du mal à les replier.

Mais mon cœur, lui, se sent aussi léger qu'un soufflé.

Je m'apprête à retourner aux vestiaires. Je n'ai qu'une envie, me changer, me démaquiller, virer le vernis de mes ongles et me coucher. Seulement, la main ferme de Rayane me retient par le bras alors que je m'avance. Sans un mot, il me jette un regard lourd qu'il dirige ensuite vers Legrand.

Le chef est encore au niveau du passe, ses joues couleur betterave et ses cernes aubergine sont accentués par la lumière qui lui tombe dessus. Il soupire, balance son torchon sur le plan de travail le plus proche et nous fixe, en silence.

Je comprends qu'il faut attendre que l'équipe de salle nous rejoigne. Entre les serveurs, la sommelière, le responsable et nous, la pièce, normalement énorme, paraît minuscule.

— Bon, débrief de la journée. On ne peut pas dire que ça ait bien roulé, franchement. Le garde-manger : les bords des millefeuilles n'étaient pas droits, faut reprendre ça demain ou je dégage toutes les assiettes.

Legrand sort des lunettes de sa poche et les pose sur son nez alors qu'il s'empare d'une petite fiche. Visiblement, c'est son *Death Note* personnel, j'imagine qu'il y a inscrit tous nos noms parce qu'on est trop nuls pour lui...

— Les poissons, c'était la cata. T'en es conscient Renaud, j'espère ?

— Oui, chef.

Renaud, dont la voix résonnait avec tant de puissance pendant la journée a maintenant le ton d'un enfant pris la main dans le pot de bonbons.

— Mme Escurales a trouvé une arête dans sa sole !

Il enchaîne les critiques. Aucun souci de cuisson des viandes, pas de plat oublié, pas de légumes crus, pas d'assiettes trop ou pas assez assaisonnées. Et pourtant, les reproches pleuvent et le chef Legrand a l'air de s'étouffer avec une cuillère de cannelle.

— S'il reste des plans de travail sales, vous les nettoyez. Quand tout sera nickel, vous pourrez partir. Je vous préviens, désormais, je veux des services impeccables ! Gardez bien en tête qu'on ne sait jamais qui vient manger dans notre maison, alors vous n'avez qu'à imaginer qu'on reçoit le président tous les jours. Je ne suis pas là demain, donc écoutez bien Horace. Bonne soirée.

— Bonsoir, chef !

Tout le monde répond d'une seule voix.

Comme un bouquet de spaghettis qu'on laisse tomber dans l'eau chaude, le groupe se disperse. Je retourne avec Angélique et Rayane jusqu'aux vestiaires, où on parle de tout et de rien, comme si on ne venait pas de se prendre une rincée, comme si on ne faisait pas exprès de retarder le moment de se changer pour préserver la pudeur d'Angélique.

J'en profite pour leur demander si c'est normal que Legrand et Horace partent dans leur bureau pour discuter. Il est déjà une heure du matin, habituellement, ils sont les premiers arrivés... ce qui leur laisse... cinq heures pour dormir ? ! Mes deux amis avouent qu'ils ne pourraient pas tenir une semaine à leur rythme, mais que souvent être chef implique de ne pas trop voir sa famille... ou son lit.

Enfin, on se change, on se dit au revoir et je rentre.

Je pousse la porte de la maison le plus doucement possible pour ne réveiller personne. À cette heure, je m'attends à ne trouver que Léandre debout. Pourtant, la lumière est allumée, et mes parents débarquent, en pyjama.

— Ah ! On commençait à s'inquiéter ! soupire ma mère en m'embrassant.

— Allez, viens t'asseoir ma puce, tu veux manger quelque chose ? demande mon père. On voulait absolument te voir, on t'a misérablement loupée ce matin.

— Vous en faites pas, j'ai eu une pause dîner au resto.

Mon frère a dû m'entendre, car il débarque et on s'installe tous les quatre autour de l'îlot central, avec de petites infusions.

— Alors, comment ça s'est passé ?

Je remarque aussitôt leurs mines inquiètes et je décide de faire un compte-rendu détaillé, en enlevant les quelques taches d'ombre. Plus je parle, plus je m'emballe. Je leur raconte les lieux, les techniques, les odeurs, l'ambiance, l'énergie, les coups de feu, la gentillesse de Rayane et Angélique, les règles de sécurité, la dégustation du repas avant de démarrer.

Ça n'a aucun sens chronologique, mais tout est teinté du même enthousiasme.

Mes jambes sont un peu lourdes, mais je ne me sens pas du tout fatiguée ! J'ai déjà hâte d'y retourner demain, de changer de poste, de travailler avec un autre chef de partie.

— Quand même, tu as l'air de faire bien plus d'heures que ce pour quoi tu es rémunérée, grommelle mon père.

— C'est le but du stagiaire, nan ? je réponds en souriant. Et puis, franchement, j'irais même sans être payée !

— On verra si tu dis toujours ça dans deux mois, lance ma mère en terminant sa tasse. Physiquement, ça doit être très dur, non ?

Je ravale ma première réplique, trop acide, mais la moutarde me monte au nez. Est-ce qu'ils pourraient avoir un peu foi en moi ? Juste une demi-seconde ?

— Oui, c'est sûr que c'est autre chose que de rester le cul vissé sur une chaise pendant la journée, mais c'est tellement plus intéressant ! Et je vous jure que maintenant que j'y suis, je ne compte pas abandonner. C'est pour moi, ce métier...

Mon père me jette un regard qui vaut clairement pour un « Juliette, langage ! ».

— Tant mieux si ça te plaît pour le moment, on en reparlera. Le plus important, c'est que tu sois bien traitée, que tout le monde soit gentil et que tu ne sois pas exploitée, soupire ma mère qui débarrasse les tasses.

— Allez, les enfants, on va vous abandonner. Juliette, tu ferais mieux d'aller te coucher, toi aussi. Si tu veilles tard les soirs, tu ne tiendras pas le rythme.

— Mmh, oui, je grogne en les embrassant.

Ils nous saluent et s'éloignent au bout du couloir. Avec Léandre, on ne prononce pas un mot tant qu'on ne les entend pas claquer la porte. Puis il me regarde, casque éteint :

— Comment ça va, vraiment ? C'était bien ?

— C'était génial, je t'assure ! Quelques cons, mais rien que je ne puisse gérer ! C'est juste que...

Je soupire et hausse les épaules, un peu abattue. Je cherche comment lui expliquer la macédoine de sentiments que je ressens, pendant qu'on monte s'enfermer dans ma chambre.

— J'aimerais qu'ils me soutiennent, tu vois.

Léandre me tend le paquet friandises qu'il dégomme depuis qu'il nous a rejoints et j'en prends un que je contemple un moment avant de le trucider.

— Tu sais, Ju, les darons ne sont pas tout jeunes. Ils pensent encore qu'il faut faire des études pour réussir, qu'on gardera le même métier toutes nos vies. Ça pourrait être pire... tu pourrais être influenceuse !

On explose de rire et je lui balance ma peluche omelette.

— Moi, la seule chose qui m'importe, il reprend, c'est que tout se passe bien, que tu sois bien traitée. Maman abusait peut-être un peu en te parlant de son reportage Enquête Exclusive ou j'sais pas quoi, mais je me suis renseigné ces derniers jours et... c'est sale. Il y a des Insta qui dénoncent toutes les horreurs qui se passent en cuisine, je veux pas que... que ça t'arrive quoi. Et si tu comptes sur mon physique de crevette pour te défendre, t'es mal barrée.

— T'inquiète, il y a toujours mon physique de lardon, je bougonne.

— Quoi ? demande mon frère, sourcils froncés.

— Rien, laisse tomber ! Merci, Léou. Je te jure, ça va, mais je suis un peu blasée par les parents, c'est tout.

— Tu vas leur prouver que tu es faite pour ça. J'en doute pas.

On trinque avec nos oursons en guimauve (une espèce en voie de disparition). Je décapite le mien et lui termine par la tête. Chacun sa philosophie. On se prend souvent le chou avec ça... Ou avec notre Totally Spies préférée. Je suis évidemment *team* Sam, alors que Léandre est à fond pour Alex. Je l'adore, mais faut avouer qu'il a de drôles de goûts.

Alors que je l'interroge sur sa journée, je me redresse et fouille dans mon bureau. Je me saisis d'une petite boîte et y balance tous les vernis qui me tombent sous la main. Adieu, monde de couleurs !

— Je me suis réveillé vers 17 heures, alors je n'ai pas encore fait grand-chose, mais j'ai déjà un gros souci, Juliette.

— Quoi ? je lance en me retournant vers lui.

— Je n'ai plus ma cheffe à domicile... Une fois que j'aurais décapé les restes de ta folie culinaire, je suis foutu. C'est-à-dire, dès demain, quoi. Si je mange du fast-food tous les jours, tu me renies ?

Je l'observe de haut en bas, avec ses oursons en guimauve, et hausse les épaules.

— Bah, on verra. Peut-être que je pourrai aussi t'apprendre à cuisiner, non ? T'en penses quoi ? Comme ça, tu ne dépendras pas de ta petite sœur pour t'alimenter !

— Quelle horreur ! Cuisiner ? Non, moi, je sais que manger.

— Patate !

Je lui balance la première peluche qui me passe sous la main, mais le bougre ne prend même pas la peine de l'esquiver. Et, comme il en a l'habitude, il grignote pendant que je m'agite. Il annihile le dernier ourson avant de me demander pourquoi je massacre ma manucure parfaite au dissolvant. Je lui explique alors les règles strictes d'hygiène.

— Comme par hasard, les filles n'ont pas le droit au vernis et au maquillage... Il pue ce milieu quand même, Ju, avoue ?

— Oui, un peu, peut-être... Mais les choses évoluent, j'en suis sûre ! Et puis, au moins, c'est du temps de gagné pour me préparer le matin.

Je lui fais mon plus beau sourire, mais il a l'air peu convaincu et il continue d'observer le massacre. J'ai fait ça comme un sagouin et on dirait qu'une licorne m'a vomi sur les doigts. Léandre farfouille pendant ce temps dans ma boîte et admire chaque flacon de ma grande collection.

— Ju, est-ce que je peux te les piquer ?

— Ouais, carrément ! Je ne vais rien en faire de toute façon, en tout cas, pas pendant les deux prochains mois.

— Cool.

— Tu veux que je te montre ?

Le regard de Léandre s'illumine. Je lui apprends alors à poser une *base coat*, à faire sécher, puis à appliquer des couches proprement. On choisit ses couleurs avec soin en matant un épisode des *Totally Spies*. Finalement, une fois l'excitation évanouie, je m'endors comme un bébé, les ongles tout nus.

14

Au début, je me dis que c'est une blague. Obligé, ça doit en être une. Ce n'est pas possible. C'est inhumain, barbare. Mais Renaud ne rit pas du tout, il est tristement sérieux.

— T'as tout compris ?

— Euh, oui, chef.

— Bien, je vous laisse dessus avec Alexis.

J'ignore complètement le deuxième commis. Celui qui ne cesse de me murmurer « coucou lardon », quand il passe à côté de moi. J'ai déjà assez à faire avec la tâche du jour. Car je suis aux poissons, cette fois. Mais pas sur le magnifique haddock fumé poché au lait, non, je suis sur le velouté de fanes et de petits pois qui l'accompagnera. Et encore, juste sur les petits pois !

Moi qui les achète souvent surgelés, je découvre qu'on peut torturer des commis de manière parfaitement légale. Pour cela, c'est très simple : prenez deux jeunes gens corvéables à merci, un chef sadique et des petits pois qu'il faut d'abord écosser, puis blanchir quelques secondes, plonger dans l'eau froide pour arrêter la cuisson et préserver la chlorophylle et enfin éplucher délicatement quand ils sont bien froids. Oui, les *éplucher*, comme si c'étaient des mandarines ! C'est-à-dire, enlever la peau transparente qui les entoure, le tout sans les écraser ou les déformer, bien sûr. Avant de les faire revenir dans un peu de beurre à la poêle.

Apparemment, dans un restaurant gastronomique, les petits pois ont le goût des larmes de douleur d'un commis.

Rayane passe à côté de moi avec un bac rempli de légumes et me murmure un « bon courage ». Il était au poisson hier, mais je ne me rappelle pas qu'il ait mentionné cette torture sans nom.

Ignorant Alexis et tout ce que j'aimerais lui répondre, je me concentre sur ma mission. Je ne dois pas oublier que je suis dans le monde professionnel. Je ne peux pas me laisser emporter par ma colère. Alors je me venge sur mes petits pois, même si le bout de mes doigts est rougi par l'effort.

Quand je relève la tête, prête à débarrasser mon bac rempli de cosses vides, je remarque qu'Alexis n'est plus là.

Je l'insulte intérieurement : depuis quand cette face de cake m'a abandonnée ? Je regarde la montagne de légumineuses épluchées de mon côté, puis du sien, et je comprends que ça fait sans doute un moment déjà.

Je me faufile entre les commis surexcités, les casseroles brûlantes et les chefs concentrés. Et je repère Alexis, entouré de Grégory et Mickaël. Ils se fendent la poire et ne me remarquent même pas.

— Nan, mais je te jure, je veux trop voir sa tête ! On aurait dû planquer une caméra dans la chambre froide, pouffe Mickaël.

— Ce petit séjour va la rafraîchir en tout cas ! s'amuse Alexis, tout content de son jeu de mots.

— Vous pensez qu'elle va mettre combien de temps pour trouver notre filet de Pingoléon ? demande Grégory.

— Franchement, elle mérite d'y passer la journée, si elle connaît pas, c'est bien fait pour elle !

Alexis fanfaronne en tapant sur les épaules de ses copains, fier de sa blague. De mon côté, je comprends tout de suite. Et, en jetant un œil alentour, je me doute que la pauvre victime de ce canular ne peut être qu'Angélique.

Sans hésitation, je me dirige vers la chambre froide qu'on a visitée hier. Je passe devant le trio sans manquer de les bousculer.

— Eh ben, lardon, on veut s'offrir une petite cryogénisation pour perdre ses kilos en trop ? Pour un vrai résultat, tu peux y rester au moins trois semaines.

Grégory explose de rire. On dirait Shenzi, Banzaï et Ed, les hyènes idiotes qui obéissent à Scar. Je les ignore et fonce vers la porte. En effet, ma pote est là qui parcourt toutes les étagères de ses doigts gelés. Elle tremble un peu et je n'ose pas imaginer depuis combien de temps elle cherche l'impossible.

— Ange, stop, ils te font marcher !

— Quoi ?

Elle se tourne vers moi, les lèvres chevrotantes. Même si ma présence semble la surprendre, elle continue de farfouiller.

— Le trio de croûtons, je précise, ils se sont moqués de toi, ça n'existe pas, le Pingoléon. Enfin, si, mais... on n'en mange pas, bref, arrête de te torturer, Ange !

— Je ne comprends pas, ils disaient que...

Elle ne termine pas sa phrase. Elle se rend compte qu'elle n'aurait jamais dû faire confiance aux hyènes.

Sans Léandre et son virus Pokémon, je n'aurais sans doute pas saisi la blague non plus.

— Je suis vraiment une idiote ! Ils ont bien dû se marrer... soupire Angélique, la tête dans les mains.

Je m'approche d'elle et la frictionne dans le dos pour la réchauffer autant que pour la réconforter.

— Tu veux te venger ? je lui propose alors avec un sourire.

— Comment ?

— Tu vas voir !

Je parcours toutes les étagères et finis par comprendre comment tout est rangé. Je me saisis d'un filet de haddock fumé et fais signe à Angélique de me suivre dehors.

Elle n'ose pas regarder le trio infernal dans les yeux. Pas grave, j'ai de la haine à revendre pour deux. Je leur jette dessus le poisson à la chair bien jaune.

— Tenez, on n'a pas trouvé de Pingoléon, mais on a un filet de Pikachu. Et toi ! je fulmine en désignant Alexis, tu reviens tout de suite à ton poste : hors de question que je fasse les petits pois toute seule.

— Ouuuuh, c'est un lardon bien salé, ça !

Je serre la main d'Angélique dans la mienne et on retourne chacune à notre plan de travail, dans l'indifférence générale du reste de la brigade.

Autour de nous, les « oui, chef » fusent et tout le monde est trop préoccupé par le coup de feu qui menace pour nous prêter attention. Je fusille Alexis du regard et il joue les gros bras avant finalement de me suivre.

Je me remets aussitôt au boulot, même si mes doigts grognent un peu à l'idée de reprendre cette mission minutieuse. Alexis s'installe à mes côtés en pouffant doucement, comme s'il devait encore impressionner ses potes.

— Tu sais, lardon, si t'es pas capable de tenir le rythme et si t'as pas le sens de l'humour, tu peux toujours retourner chez toi. Tu seras très bien à faire la popote pour ton papa et ta maman.

Il se trouve hilarant, visiblement. Je n'ai pas le temps de répliquer qu'il enchaîne.

— Ici, tu vois, c'est une cuisine de bonhomme. Les petites natures, on en fait qu'une bouchée. Franchement, vous étiez juste trop drôles à chercher comme des folles dans la chambre froide, ça me donne plein d'idées.

Son ton, soudain, me fait presque peur, mais hors de question de céder face à un mec comme lui. S'il croit qu'il faut obligatoirement être une brute pour se faire respecter, je compte bien lui prouver qu'il a tort.

— Toi et tes copains, vous ne m'intimidez pas du tout. Vous êtes là depuis quoi, deux ans ? Et tu es toujours en train de faire les petits pois avec la nouvelle ? je lâche un faux rire. Un jour, tu verras, tu feras ma vaisselle avec ta langue pendant que je nourrirai les BTS.

Il se moque, mais je ne cille pas. Je le regarde fixement, quitte à le mettre mal à l'aise. Et pendant ce temps, je m'acharne sur les légumes. Ce serait mentir que de dire qu'aucun n'a été une victime collatérale de ma colère. Certains ont fini en purée entre mes doigts...

On continue de se lancer des piques jusqu'à ce que Renaud interrompe notre conversation à couteaux tirés. Il vient vérifier notre avancée et nous demander de mettre les bouchées doubles avant d'aider sur le velouté et les dressages. Le coup de feu arrive et la pression monte.

Je dompte mon irritation, je la transforme en énergie que j'insuffle dans mes assiettes. Je refuse de passer pour la gamine immature, celle qui se croit encore au lycée et qui mérite juste deux heures de colle. Je veux être pro, impeccable.

Je suis si concentrée que, quand Horace s'approche de mon plan de travail, je mets un moment à comprendre ce qu'il m'annonce. D'abord, je pense que j'hallucine. Ensuite, que ma tête a dû taper contre une plaque de feu, ou que j'ai un petit pois coincé dans l'oreille.

— Euh, quoi, chef ? je bafouille.

— Un certain Valentin est devant et demande à te voir. On a encore beaucoup de travail, donc passe la seconde, Juliette !

— Mais comment ? Pourquoi ? Qu'est-ce qu...

— Je te laisse lui poser la question ? propose Horace en souriant.

Je défais mon tablier d'une main tremblante sans comprendre.

— Alors comme ça un gros lard a voulu du lardon ? pouffe Alexis.

Je ne prends pas la peine de répondre, je balance juste une poignée de petits pois non épluchés dans ceux qu'il a déjà travaillés. Il me regarde et, soudain, se fige. Pour la première fois depuis deux heures, un sourire mesquin naît sur mon visage.

Je sors en vitesse et n'en reviens pas de découvrir Valentin qui m'attend, avec son costume de banquier impeccable et sa raie bien coiffée. En m'apercevant, il remonte ses lunettes sur son nez en me saluant d'un geste de la main.

— Coucou, Ju !

— Mais qu'est-ce que tu fais là ?

Le choc de le voir à L'Absolu me fait oublier toutes les règles de politesse.

— Ben, si tu répondais à ton téléphone de temps en temps, tu le saurais, il lance, résigné.

Il lâche le dernier mot en regardant autour de lui. La cour intérieure n'est pas l'endroit le plus sexy du restaurant, c'est sûr. Des cageots vides sont entassés dans un coin, les pigeons ont redécoré la moitié des dalles et personne ne prend la peine de s'occuper des quelques fleurs qui crèvent de soif sous le soleil de juillet. Mais, je m'y sens bien.

— Je vais devoir partir en pause déj, continue Valentin, mais je voulais te dire de vive voix à quel point je suis content pour ton bac ! Bravo !

— Ouais... Je n'ai pas eu 19 comme toi, non plus... Mais, pourquoi t'es là ?

Mon frère fronce des sourcils et se balance d'un pied sur l'autre.

— J'ai essayé de t'appeler pour prendre de tes nouvelles, il bougonne.

— Je travaille, Val ! Je dois y retourner d'ailleurs, je ne veux pas me faire taper dessus par mon chef.

— Ton chef te tape dessus ? s'emporte tout de suite Valentin.

— Ben si je ne reviens pas dans deux minutes, je pense qu'il va m'enfermer dans la chambre froide jusqu'à la fin de la journée...

— Quoi ? Mais ça va pas la t...

Il remarque alors mon petit sourire en coin et pouffe. Il se masse l'arête du nez, derrière ses verres, et soupire.

— De l'humour, c'est ça ?

— Oui, de l'humour, Val.

— Désolé, c'est juste que...

Mon frère cherche ses mots et bafouille, ce qui est assez rare pour me donner des sueurs froides.

— C'est juste que je m'inquiète pour toi. Tu sais, je rejoue en boucle la conversation de la dernière fois. Je veux être sûr que tu vas bien, que tout se passe bien ici. Maman m'a dit qu'elle avait regardé une enquête exclusive sur les violences dans la restauration et...

— Raaah, mais faut qu'elle lâche l'affaire avec son reportage ! Elle saoule tout le monde, sérieux.

Si on pouvait priver les parents de télé, parfois, ce ne serait pas plus mal. Elle pense que tout ce qu'elle voit à l'écran est réel. Elle imagine sûrement que des centaines de voitures brûlent chaque jour dans la banlieue de Marseille.

Mais je me reprends et me concentre sur Valentin. Ses sourcils froncés et sa manie de remonter ses lunettes me serrent un peu le cœur. Il a l'air profondément inquiet pour moi et c'est presque... mignon.

— Val, je te jure, tout va bien ! Est-ce que toi, papa et maman, vous pourriez juste être heureux pour moi ? Je vais enfin faire le métier dont je rêve. Donc merci, vraiment, mais tout va bien !

Je l'embrasse et m'éloigne, prête à retourner à mes petits pois, quand il m'appelle.

— Attends, Ju !

Il fouille dans sa sacoche en cuir. J'aperçois d'ici les stylos rangés dans leur étui, sa carte de bus qu'il a plastifiée, et ses nombreux dossiers, tous de couleurs différentes et parfaitement étiquetés. Je suis surprise quand je le vois m'en tendre un.

J'inspecte la pochette intitulée « Formations cuisine Juliette ». Je relève la tête, stupéfaite.

— Qu'est-ce que c'est ? je bredouille.

— Euh... j'ai pensé que tu... tu étais sérieuse quand tu disais vouloir faire ça. Et j'ai aussi pensé que si, dans deux mois, tu étais toujours sûre de toi, le meilleur moyen de convaincre papa et maman, ce serait de leur montrer que tu sais où tu vas. Alors, j'ai fait des recherches et j'ai comparé les différents cursus. Tu pourrais avoir un diplôme et même un bac ! Tu verras, je les ai tous étudiés, j'ai tout imprimé, je t'ai fait une liste « pour et contre » pour chaque filière. J'ai également fait un plan pour t'indiquer le chemin idéal pour y aller à Moby.

— Oh. Waouh.

Je parcours des yeux le dossier. Tout est là. Moi, je me suis contentée de faire un onglet « form. couisine » (oui, avec les fautes de frappe), dans un coin de mon ordi, en me jurant d'y jeter un œil plus tard, mais Valentin, bien sûr, a été beaucoup plus organisé. Et il a fait tout ça pour moi. Pour m'aider à convaincre les parents ?

Je ferme la pochette et fonce dans ses bras. Je m'interdis de baver sur sa chemise, il ne me le pardonnerait jamais.

— Merci, je renifle. Je vais regarder ça rapidement.

— Tu me promets de m'appeler et de me donner des nouvelles si ça se passe mal ?

Bien sûr, j'approuve d'un gros signe de tête et me jure l'inverse : ne jamais lui parler du trio infernal, de mon surnom ou de mes bouts de doigts brûlés. Il serait capable de faire un procès à Alexis, Michaël et Grégory, et même aux petits pois. Je suis grande, je vais gérer ça toute seule, et surtout n'apporter aucun crédit au reportage de ma mère...

— Je dois y retourner !

Je me redresse, essuie mon nez d'un revers de manche et souris en serrant le dossier contre moi.

— Ouais, je dois y aller aussi, j'ai un déj important.

On ne se dit pas tout le reste : « bisous, je t'aime frérot, merci pour tout ce que tu as fait pour moi, je te jure que je vais me donner l'ambition de mes rêves ». On se salue juste d'un signe de main et je rentre déposer ma pochette dans mon casier.

Quand je reviens à mon poste, rien n'a changé, à part l'heure qui avance et le coup de feu qui se dessine. Horace, au passe, envoie déjà les premières commandes.

— Attention, pour la 3 : deux langoustines, un foie gras.

— Oui chef !

Je me remets au travail et Renaud ne manque pas mon arrivée.

— Juliette, sur le velouté avec Medhi, tout de suite ! Tout doit être parfait !

Medhi m'explique rapidement comment apporter de l'onctuosité, puis comment le dresser, avec quelques pois durement épluchés sur le dessus. Ils sont brillants, doux, sublimes et quand j'en croque un, je comprends que ça en valait la peine. Honnêtement, ça n'a rien à voir. Sans la peau, on dirait une perle fondante. J'ai l'impression de manger un bijou.

15

Quand mon jour de repos arrive, je souffle un peu, et mes jambes me remercient de rester quelques heures au lit, à jouer à *Call of* et à lire des mangas. Je suis passée par tous les postes, des heures debout, j'ai dressé des dizaines de plats, et entendu autant de fois des « oh, lardon », mais je suis heureuse. J'ai l'impression d'être enfin l'héroïne principale de ma vie, même si ça veut dire que, pour le moment, j'épluche surtout des légumes et je pèse des ingrédients.

Angélique a plus de mal. Maintenant surnommée « Pingoléon » par les faces de cake, elle a passé quelques pauses entre deux services à pleurer sur mon épaule, ou sur celle de Rayane. Dès que le premier coup de feu est passé, on se retrouve tous les trois à la sortie des vestiaires et on va grignoter sur les bords de Loire. On joue aux cartes, ils me font écouter leur playlist, on échange nos astuces de recettes, on se plaint des chefs et, le plus souvent, on s'endort et on se retrouve avec des coups de soleil sur le nez.

On est Lardon, Aladdin et Pingoléon, mais on s'en fiche.

Le dimanche, L'Absolu est fermé. Seulement, même si c'est mon seul jour de repos, impossible de rester allongée à chiller toute la journée. Déjà, parce qu'au bout de deux heures à jouer et à lire, je commence à m'ennuyer sévère, mais surtout parce que je veux voir Ysée et lui raconter en détail tout ce qui s'est passé.

Je me gare, salue Philou en lui amenant un nouveau plat. Il me raconte son quotidien des derniers jours, et me montre le dernier son qu'il a appris à la guitare. Il devient franchement bon ! Quand je m'éloigne, il me promet de veiller sur Moby et je le remercie d'un signe de la main avant de filer vers le Campo Santo.

Le CS, c'est un ancien cloître, juste derrière la cathédrale, à côté de l'école d'art. Je n'y mets les pieds qu'une fois par an : pour le concert estival gratuit. Peu importe la programmation, tant que c'est gratuit, c'est sympa ! Je repère pas mal de gens que je connais, quelques profs même, et Léandre avec son groupe de potes. Concentré sur la musique, il ne me calcule même pas.

Dans un coin, cachée par un pilier du cloître, Ysée.

— Eh ! Ça va ?

Je la serre contre moi et l'amène à ma suite au milieu de la foule. Je finis par pousser quelques fesses pour qu'on cale les nôtres, juste en face de la scène. On écoute plusieurs sons, mais la fatigue me rattrape rapidement. Ysée, à mes côtés, ne fait même pas semblant d'osciller la tête. Alors que, quelques mètres plus loin, je vois Léandre qui agite ses boucles dans tous les sens.

On dirait les deux parties d'un marbré, ces deux-là...

— Bon, allez, j'abrège ta torture, je soupire en entraînant ma pote derrière moi.

Elle me suit sans un mot jusqu'à un foodtruck où on commande deux hot-dogs végétariens avec des carottes rôties aux épices et de la sauce barbecue. On s'installe plus loin, là où les basses ne font pas vibrer nos sternums.

Je me mets alors à lui raconter ces derniers jours au travail. Les moqueries incessantes du trio infernal, notamment, parce qu'elle est la seule à qui je puisse me confier sans craindre un « tu vois, je te l'avais bien dit » ! Je lui explique donc que j'entends des « eh ben, lardon » à longueur de journée, que je me suis mise à appeler Alexis, Grégory et Mickaël, « porcinet », « gros porc » et « tête de lard », mais que ça ne les arrête pas pour autant.

— Le mieux que je puisse faire, ce serait de les ignorer, non ? je demande en engloutissant ma dernière bouchée de hot-dog.

— Mmh, mmh.

Ysée regarde ailleurs, son repas à peine touché. Je fronce les sourcils. Normalement, elle aurait déjà dû me faire une critique détaillée de la cuisson de ses légumes, de l'assaisonnement, de la qualité du pain. Mais là, pas un mot. En fait, pire, je me rends compte qu'elle n'a pratiquement rien dit depuis qu'on s'est retrouvées.

— Ysée, ça va ?

Je la regarde et je vois alors ses yeux embués de larmes. Sans réfléchir, je me saisis de sa main, la serre dans la mienne.

— Ouais, ça va...

Mais sa voix tremble autant que ses paupières. Je ne comprends pas ce qui se passe. Prise de court, je bafouille, me refais tout le fil des événements. Est-ce que j'ai loupé un pervers collant dans la foule ? Ou une remarque désobligeante ?

— C'est que...

Ysée inspire profondément, les mots se bousculent dans sa bouche. Elle fait une pause et retire sa main de la mienne pour s'essuyer les yeux.

— Je me sens juste... très seule, c'est tout.

— Très seule, je répète avec une voix trop aiguë. Mais, comment ça ?

— Sérieux ? « Comment ça ? »

D'un coup, les larmes s'assèchent, son visage se durcit. Elle croise les bras.

— Depuis que tu es à L'Absolu et que moi je bosse à la supérette de mes parents, j'ai des nouvelles de toi. Mais est-ce que tu as la moindre idée de ce qui s'est passé dans ma vie, ces derniers jours ?

— Eh ben, oui, je...

Elle m'interrompt d'un regard sévère. Elle a raison, je n'en sais rien. Je repense à nos messages. Enfin, je devrais dire, à *mes* messages.

— J'ai fait le test de ne rien te dire, pour voir si tu allais t'intéresser à moi de toi-même, comme doit le faire une pote. Mais tu ne m'as rien demandé, tu es autocentrée, Juliette. Une amitié, c'est dans les deux sens. Tu ne sais même pas que Quinoa est malade !

L'usage de mon nom complet, c'est un poignard dans le cœur. « Juliette », c'est le nom réservé à mes parents quand ils m'engueulent, à mes profs quand ils me sermonnent, à mes chefs quand ils me donnent des ordres, pas à ma pote. Ysée ne m'appelle jamais comme ça... C'est là que je comprends que j'ai merdé. Grave.

— Tu vis ta meilleure vie, et, honnêtement, je suis heureuse pour toi et tellement désolée que des connards grossophobes puissent tout gâcher. Mais...

— Mais je te jure que je pense à toi, Ysée, tous les jours ! Je suis...

— Non, laisse-moi parler d'abord.

Sa timidité, tout d'un coup, s'est évaporée. Elle me regarde et ne cille plus. Aucune larme à l'horizon, rien qu'une déception froide qui lui mange le visage.

— Quand tu m'as dit que tu voulais arrêter le lycée, au début, j'ai mal réagi, je le sais. Mais ce que je craignais est exactement en train d'arriver ! On va s'éloigner, et toi, tu te feras d'autres potes. Moi, je perds mon unique amie. Tu m'abandonnes.

J'aimerais trouver quoi dire. Je sais qu'elle a raison. J'ai pris toutes mes décisions en ne pensant qu'à moi, sans jamais me demander ce que ça lui ferait, à *elle*.

Je n'ai pas le temps de parler : maintenant qu'Ysée a ouvert son sac, on dirait qu'elle lui a collé un sortilège d'Extension et que ce dernier est sans fond...

— Tu as toujours clamé haut et fort que tu étais le personnage principal de ta vie, que t'étais forte, indépendante, grande gueule et c'est super, Juliette. Mais tu as oublié tous tes amis. Je t'ai toujours tellement admirée, j'envie tes qualités et j'aurais aimé avoir les mêmes, mais si ça veut dire devenir égocentrique, je te les laisse...

Elle inspire fort. Sa voix est hyper calme, ça rend le tout encore plus badant. Je me doute que, pour le moment, mieux vaut que je me taise et que je l'écoute.

— Moi, j'ai été égoïste de te dire de ne pas abandonner le lycée au début, mais je l'ai tout de suite compris, pas toi. Toi, tu ne vois pas à quel point ça m'angoisse de perdre ma seule pote. Je vais me retrouver avec Inès, Hugo, Kayla, Ivan ! J'aurais juste aimé que tu t'en soucies deux secondes, que tu ne m'oublies pas après deux jours à L'Absolu.

— Tu pourrais... faire comme moi ?

Je sais, à l'instant où les mots franchissent mes lèvres, que j'aurais vraiment mieux fait de la fermer. Elle me jette un regard noir, dur, déçu.

— Moi ? Tu me connais si mal ? J'adore cuisiner avec toi, tranquilles chez nous, faire le repas pour les dimanches ou les Noëls, à la limite. Mais ce n'est pas ma vie, si je vais chez les pros, je risque juste de vouloir me noyer dans l'eau des pâtes... Non, j'avais un rêve, c'était de finir le lycée avec ma meilleure pote et de faire mes études avec elle. Maintenant, il ne me reste plus rien.

— Ysée, dis pas ça...

Les larmes nous montent aux yeux à toutes les deux. Elle regarde ailleurs, son hot-dog intact. Notre amitié vient d'exploser comme un verre tombé sur le sol. Elle est brisée en si petits morceaux que je ne sais pas comment je vais pouvoir réparer tout ça...

— Si je continue la cuisine à la rentrée, ce ne sera pas pareil, mais on pourrait... se voir les week-ends ? Pendant les vacances ? Si ça se trouve, mes parents vont m'interdire tout ça et je me retrouverai en septembre au lycée. On se prend sans doute la tête pour rien !

— Non, Juliette, on ne se prend pas la tête pour rien... soupire Ysée. On est peut-être trop différentes. Je pensais qu'on était sur la même longueur d'onde et en fait, nos vies prennent des tournures opposées. Et puis, on sait très bien que quand tu veux un truc, tu l'obtiens. Donc tu vas y arriver. T'es assez déterminée pour convaincre tes parents...

J'aimerais savourer le compliment, mais impossible. Parce que là, tout de suite, maintenant, la seule chose que je désire, c'est que tout redevienne comme avant. J'ai merdé. J'ai complètement merdé.

— Tu as Angélique, Rayane. Ils te comprendront mieux que moi. Eux savent ce que c'est que de travailler dans une brigade. Moi, je vais te parler de quoi ? D'ici la fin de l'été, on n'aura sans doute plus rien à se dire. Peut-être qu'il faut qu'on arrache le pansement maintenant ? Que je me trouve des gens avec qui traîner en septembre.

— Tu n'y penses pas sérieusement, Ysée...

Elle hausse les épaules, fuit toujours mon regard. Je la vois qui analyse la foule. J'ai l'impression qu'elle pourrait sauter sur ses pieds et disparaître en quelques secondes, mais moi, je fais tout pour la retenir, pour prononcer les mots qui la raccrocheront encore à moi.

— Tu es parfaitement capable de te faire des amis, mais personne ne te connaît aussi bien que moi. Même si on ne se voit pas tous les jours, on va pouvoir dépasser ça. Tu me raconteras le lycée, et je te parlerai du restaurant et... on pourra toujours cuisiner ensemble.

Elle évite toujours de me fixer, je tente des compliments, des phrases rassurantes, mais je patauge, rien ne vient, elle se détourne. Elle est en face de moi, et pourtant, j'ai déjà l'impression qu'elle est à des milliers de kilomètres.

— Je peux réaliser mon rêve et rester amie avec toi.

Je n'ai plus de mots, plus d'espoir. Ysée inspire un bon coup, essuie le coin de ses yeux et se redresse. Elle s'échappe, le mince fil qui nous reliait s'étiole complètement. Jusqu'à ce qu'elle le casse d'un coup sec.

— Je vais profiter de l'été pour me rapprocher des autres, préparer la rentrée. Je pense que le mieux, c'est que toi tu te concentres sur ton rêve. On se verra plus tard.

Elle m'abandonne avec son hot-dog froid et disparaît dans la foule. J'ai envie de pleurer, de crier. Car, ce n'est qu'une fois que sa silhouette s'est évanouie que je me rends compte que j'ai oublié la plus importante des phrases : « Je suis désolée ».

J'inspire un bon coup et disparais à mon tour. Je dois bouger, m'occuper l'esprit. Je viens de perdre un pilier de ma vie, alors, naturellement, mes pas me mènent au second. Je trouve Léandre dans la foule sans avoir besoin de le chercher.

En voyant mon visage, sans un mot, il comprend qu'il s'est passé quelque chose. Son premier réflexe est de prendre ma main, d'abandonner ses potes, sa musique, et de m'emmener au loin. Il me demande direct si j'ai un souci à L'Absolu. Je trouve juste la force de nier d'un petit signe de tête.

— Non, c'est pire, je souffle.

— Pire ?

Je lui explique en deux mots qu'Ysée me déteste, qu'elle ne veut plus me parler, que j'ai merdé parce que j'ai fait passer mes ambitions avant tout le reste.

Léandre ne répond rien. Un bras en écharpe sur mes épaules, il me guide dans les rues d'Orléans. Au passage, il n'oublie pas un sourire charmant pour les filles qu'il trouve à son goût. C'est plus fort que lui. Il m'assure qu'il participe à rendre la ville plus attirante, que le tourisme est en hausse grâce à lui.

Sa bonne humeur grignote peu à peu mes idées noires. Je le tape doucement, amusée.

Il continue de me tartiner de blagues idiotes, de références, de bons mots. Il a à peine remonté la rue Sainte-Catherine qu'il s'est déjà fait cinq potes.

— Tu m'emmènes où, au juste ? je lui demande en tirant sur sa manche.

— Au paradis.

— Argh, me dis pas que tu racontes ça aux meufs que tu dragues, pitié.

Il explose de rire et ne me répond pas, il me désigne juste une devanture du doigt. Je remarque alors deux choses : il porte mon vernis jaune et il me montre un restaurant que je n'ai jamais repéré.

De l'extérieur, c'est un petit bistro aux boiseries bleues, bien entretenu. Quelques tables habillent le trottoir, mais mon regard n'est pas attiré par les nombreuses plantes, le dressage sobre et élégant, il se focalise direct sur le chevalet en ardoise qui présente le menu.

Tout ce que j'y vois me fait regretter d'avoir avalé un hot-dog pas dingue juste avant. La carte est moderne, audacieuse, pleine de saveurs du monde et d'ingrédients que je ne connais même pas. Il y a peu de plats, ce qui conforte aussitôt mon idée du fait maison. Je n'ai qu'une hâte : venir goûter tout ça un jour où je n'aurai pas l'estomac complètement serré.

« La Racine » est si magique que je rêve aussitôt d'y emmener Ysée.

16

J'ai passé toute ma pause à contacter Ysée. Enfin, à essayer, elle ne répond pas. Ni à mes appels, ni à mes SMS, ni à mes messages vocaux. Après trois heures de harcèlement, le seul signe de vie que j'obtiens, c'est : « On se revoit plus tard ». Ce n'est pas une proposition, c'est une affirmation. Je comprends que c'est sa façon gentille de me dire : « J'ai besoin de temps ». Et elle a sûrement raison.

Cette dispute m'a tellement remuée que j'arrive cinq minutes en retard au service du soir. Je me change donc en vitesse dans les vestiaires et, en pénétrant dans les cuisines, je m'attends à me faire engueuler. Mais rien.

Plus bizarre encore, personne n'est à son poste de travail, les poêles ne chauffent pas, les hottes ne soufflent pas. Pas d'odeurs, pas de cris, pas de vie. Tout le monde est tourné vers le chef Legrand. Encore une fois, il est positionné d'une telle façon sous les lumières du passe qu'on dirait qu'il a un halo sacré autour de son crâne dégarni.

Le seul qui remarque ma présence, c'est Grégory, qui me lance au passage un commentaire aussi salé que d'habitude, impliquant beaucoup de gras et de lardon. Je l'ignore et me cale près de Rayane et Angélique, comme s'ils étaient deux anges gardiens.

— Qu'est-ce qu'il se passe ? je parviens à souffler le plus discrètement du monde.

— Cellule de crise, répond ma pote.

Elle ne détache pas ses yeux du chef. Ce dernier est droit, poitrine et menton relevés.

— Les gars, aujourd'hui, je veux que tout soit impeccable. On a mis les commis sur les missions qu'ils maîtrisent, tout doit être PARFAIT. C'est clair ? Pas passable, pas bien, pas excellent, PAR-FAIT.

Il inspire un bon coup et sa voix forte emplit toute la salle. Je comprends tout d'un coup pourquoi on associe si facilement guerre et restauration. Dans son uniforme brodé comme s'il était bardé de médailles, avec son lieutenant derrière lui, Legrand ferait trembler Napoléon.

— Vraiment, les gars, le premier qui déconne, je vous jure qu'il va s'en mordre les doigts. J'ai entendu dire que quelqu'un de très important viendrait dîner ce soir. Il est hors de question qu'on se casse la gueule une nouvelle fois ! J'ai déjà perdu une étoile, je ne perdrai pas la seule qu'il me reste...

Le chef Legrand sympathique et souriant qui m'a accueillie pour mon entretien est loin. Il s'est transformé en général. Seulement, je ne suis pas sûre de comprendre qui est notre ennemi.

Il liste alors nos noms, nos postes et nous envoie au front sans plus de cérémonie.

Perdue, je me tourne vers Rayane qui m'adresse juste un coup de tête discret. Il m'indique un plan de travail à côté du sien, où je le rejoins aussitôt que j'ai pris les ordres de mon chef de partie. Alors qu'on s'acharne tous les deux sur nos légumes avec plus de ferveur que jamais, j'en profite pour l'interroger.

— C'est si grave que ça de perdre une étoile ? Je ne me rends pas compte...

Je fixe l'étoile solitaire sur la veste de Legrand.

— Oui, souffle Rayane, c'est vraiment terrible... Et puis, pour en avoir parlé avec Baptiste, le plus gros souci, c'est l'argent.

Je me tourne vers lui, sourcils froncés.

— Tu perds pas mal de clients, reprend Rayane. Et, pour être deux étoiles et le rester, le chef et le patron avaient énormément investi : plus grande équipe, nouvel équipement au complet, nouveaux fours, nouvelle déco... Un gastro, en vrai, c'est à peine rentable. Du coup, ça fout la pression au chef, et si le chef a la pression, tout le monde a la pression...

Mmh, je comprends mieux. Je continue à éplucher, couper, laver jusqu'à ce qu'une question me pousse à briser le silence religieux dans lequel on travaille.

— Mais, on se bat contre qui là, du coup ?

— Si j'ai bien saisi, le chef pense qu'un grand critique gastronomique va venir ce soir. Si, en plus de la perte de l'étoile, il enchaîne sur de la mauvaise presse... ben, les carottes sont cuites.

Tout s'aligne et je comprends enfin où j'ai mis les pieds. Je regarde les visages frustrés, concentrés autour de nous avec plus d'empathie qu'avant. On est au cœur d'une cocotte-minute. Tout le monde est tellement sous tension que la moindre erreur constituerait un crime de guerre.

Savoir qu'un critique va venir pour évaluer le restaurant rajoute de l'huile sur le feu. C'est comme un rapace qui tourne autour d'une carcasse. Bien consciente de tous les enjeux, je remets ma charlotte en place, colle mes mèches de cheveux contre mon crâne. Je ne veux pas être le grain de sable qui va faire s'effondrer la machine.

Quand Renaud me donne de la « jeune fille », je ne dis rien.

Quand Grégory me bouscule, les bras pleins, avec un « bouge, lardon ! », je ne dis rien.

Quand Legrand nous hurle dessus parce qu'on a laissé le beurre noisette brûler, je ne dis rien.

Tout le monde rage, crie, tempête, s'agite. Stressés, on abat un travail monstre en un temps record. Pour ça, on sacrifie nos pauses pipi, le bout de nos doigts et notre estime de nous. Les chefs de partie, jusque-là toujours calmes, se mettent eux aussi à pester et à gueuler.

C'est un champ de bataille.

Et quand je jette des coups d'œil à Rayane. Je le trouve... bizarre. Je remarque qu'il est à côté de la poêle. Il manque de se couper trois fois, il a du mal à se concentrer et même à parler.

— Ça va ? je m'inquiète.

— Hein ?

Il lève sa tête vers moi, les lunettes emplies de buée. Il s'essuie les mains sur son torchon déjà très sale et me rassure aussitôt.

— Oui, oui, te fais pas de souci.

Je m'inquiète encore plus. Pas de sourire, pas de réflexions piquantes, pas d'humour. Peu importe la pression des services, il a toujours un mot pour rire. Mais là, rien. Et même si je trouve sa maladresse parfois assez adorable, j'ai peur pour lui.

— Tu devrais te mettre sur les petits pois, on peut demander à Angélique d'échanger avec toi, histoire que...

Quand je pense que rien ne peut être plus terrible, un cri résonne plus fort que les autres.

— La chambre froide est HS !!

Pendant une seconde, le silence. On entend juste les cuissons, mais plus un souffle.

Quand on a visité les locaux, chef Legrand nous l'avait montrée, en nous disant sur le ton de l'humour : « La pire chose qui puisse nous arriver, c'est que cette vieille dame nous lâche. Elle est le poumon du restaurant ». Il en avait tapoté la porte amoureusement.

Je le vois qui fonce vers elle comme un boulet de canon.

On est à une heure du coup de feu. Si on ne relance pas rapidement la machine, vu la canicule dehors, on risque de perdre des kilos de nourriture. J'observe Mohamed, Axelle et Renaud qui bidouillent les boutons, qui tâtonnent les murs, qui vérifient le thermostat pour s'assurer qu'il reste bien à - 18 °C. Horace est déjà au téléphone avec des réparateurs.

— Oui, Michel ? On a une urgence *ABSOLUE*, il faut que tu viennes.

Je n'ai même pas le cœur de rire du choix de ses mots. Rayane est sur le champ de bataille, en train de trier les aliments avec Mickaël et Coline, le tout éclairé à la lumière de leur portable. Avec la chaleur de juillet, la banquise risque de se transformer rapidement en pédiluve.

— Bon, les gars, tous à vos postes ! aboie Legrand. Ceux qui sont déjà dans la chambre froide, vous y restez pour éponger, contrôler, ranger le plus urgent en cellule ou en frigo. Les autres, au travail ! On a un putain de restaurant à faire tourner ! Toi, gamine, dépêche-toi !

Je mets un moment à saisir que la « gamine », c'est moi.

Je mets encore plus longtemps à retourner à mon poste.

Renaud est dans tous ses états. Il tente de tenir la barque, mais il doit sans doute penser à ses filets de haddock en train de fondre comme neige au soleil.

Du coup, quand il m'engueule parce que mes découpes ne sont pas droites, ou que j'ai pris une minute de trop à lui apporter l'assaisonnement, je ne dis rien, je comprends. Ce n'est pas moi qu'il invective, pas vraiment. Et, surtout, avec la pression, je n'arrive à rien. Je manque de précision, de rapidité, d'écoute, de concentration.

— Oh, Abrar ! Notre homme providentiel !

Alors que je me faisais saucer pour avoir mal rangé et nettoyé mon plan de travail, je vois soudain Renaud fondre dans les bras de notre plongeur. Abrar, un grand Pakistanais de cinquante ans, est la définition même de la gentillesse. Il ne râle jamais quand on lui rajoute des piles d'assiettes, a toujours un sourire, une attention, et, apparemment, il sait aussi réparer en urgence des chambres froides.

— Oui, pas de souci ! C'était le groupe de froid qui était kaput. Ça devrait au moins tenir la soirée, mais demain, je ne promets rien.

Franchement, même moi j'ai envie de l'embrasser. Je le remercie vivement, avant que le tourbillon ne reprenne. Je pensais que cette bonne nouvelle allégerait l'ambiance, mais non.

Je me demande comment les chefs Legrand et Horace font pour avoir encore de la voix quand le coup d'envoi est lancé. Les deux se postent au passe et toutes nos assiettes sont si méticuleusement observées et jugées qu'un microscope ne ferait pas mieux. Quatre plats sur cinq sont renvoyés.

— Là, une trace de doigt !

— Les proportions, les gars ! Autant de velouté que du reste.

— Ici, il manque une crevette !

— Ta salade est dégueulasse, putain ! D'où tu mets cette feuille racornie, tu t'es cru où, au Subway ?!

Les chefs de partie en prennent tous pour leur grade et, comme ils ne peuvent pas répondre, c'est sur nous qu'ils se défoulent. Tout est de notre faute et on se démène pour simplement survivre à ce service.

Jusqu'ici, j'aimais ces moments – la pression, l'énergie, la perfection, la rapidité, la concentration que ça me demandait – pas aujourd'hui. Aujourd'hui, tout n'est qu'angoisse, stress et sale ambiance. Je ne prends aucun plaisir et tout ça me paraît compliqué : chaque assiette nous demande quatre fois plus de travail, alors que Legrand nous presse comme des citrons pour aller plus vite.

Quand on envoie le dernier dessert, on n'ose même pas soupirer de soulagement. On sait qu'il reste le debrief du chef. On s'approche, tête baissée, bras croisés.

— Eh ben, les gars, je vous confirme que le critique était bien là ! Il a laissé sa carte en partant, et j'ai franchement honte de ce qu'on lui a servi aujourd'hui. C'était une catastrophe ! Et je ne parle pas de la chambre froide qui nous lâche, mais de vous. À croire que vous voulez saboter ce resto !

Il soupire très fort, comme un bœuf qui doit porter sa famille sur son dos. Il est épuisé, les poches sous ses yeux sont aussi grosses que des ravioles. La moutarde lui est montée au nez.

— On va me cracher au visage après un service pareil ! Je vais être la risée de tous les chefs, de tous les critiques, de tous les guides. Et je ne vous parle même pas du reste de la salle ! On n'a fait que huit menus en neuf services en tout. HUIT !

Il marmonne dans sa barbe, un truc du genre « c'est la fin de tout, on est foutus », mais pas assez fort pour que j'en sois sûre. Il ne prend pas la peine de nous saluer et part s'enfermer dans son bureau en faisant claquer la porte vitrée. Il en baisse les stores, et on reste là, comme des soldats sans tête.

C'est Horace qui nous sort de notre léthargie.

— Bon, allez, rentrez vous reposer. À demain, merci.

Il tente un sourire timide, mais le cœur n'y est pas.

17

On s'est tous changés dans une ambiance de mort, puis on est restés dans la cour, écrasés par la chaude soirée d'été, sans un mot. Finalement, c'est Coline et Martin qui ont motivé les troupes.

— Bon, on va boire un coup ? Il est à peine minuit, ça nous fera du bien !

Avec son grand sourire, Coline parvient à enrôler presque tout le monde.

— Ce sera sans moi, désolé, je ne bois pas, confie Rayane.

— Pareil. Et je suis crevée. À demain ! je lance, plus séduite à l'idée de retrouver mon lit que d'aller m'enfermer dans un bar bruyant.

— Wouhou, Lardon et Aladdin préfèrent aller se tremper le biscuit ? pouffe Alexis.

— Quoi ? je demande, sans comprendre l'expression.

Rayane me tire par le bras pour assumer notre désertion. On s'éloigne sous les huées et cris d'animaux. Je me retourne, prête à leur répondre, j'ai une réplique qui fera passer le vinaigre pour du lait concentré sucré.

— Laisse tomber, me souffle Rayane en se penchant vers moi. En restauration, on apprend à se plaindre en silence... ou aux gens qu'on apprécie.

Il soutient mon regard, esquisse un sourire. Le premier de la journée.

— Ouais, ben moi, le silence, je ne sais pas faire, je grommelle.

— Sans blague, Sashimi, j'avais pas remarqué.

— Ah ouais ? Parce que...

Je m'interromps et il sourit à nouveau, d'un grand et beau sourire qui réchaufferait même une chambre froide. Je n'en reviens pas, d'habitude, c'est moi qui dois presque porter des pancartes « attention, je pratique le second degré ».

— Oui, ben, j'ai grave envie de me plaindre, tu vois ! C'était quoi ce service ? Et cette ambiance ? Et pourquoi les commis, on n'a pas plus de responsabilités, je sais que c'est la loi de la jungle, qu'on est en bas de l'échelle et blablabla, mais ça me saoule, OK ? Et pourquoi Renaud me dit « jeune fille » ? Il ne connaît pas mon prénom ? Et Legrand, qui parle « aux gars », en ignorant du coup un cinquième de sa brigade ! Et pourquoi on n'aurait pas le droit de mettre du vernis, du maquillage, sous prétexte que ce n'est pas « hygiénique », tandis que vous pouvez garder vos barbes ignobles remplies de germes ?!

Je désigne son visage et l'arme du crime avant de reprendre mon souffle.

— Tu te sens mieux ? il m'interroge avec un nouveau sourire.

— Ouais, carrément, merci.

— Hésite pas, la prochaine fois que tu veux insulter ma pilosité, c'est avec plaisir.

Je me demande une seconde si je dois m'excuser, mais il se moque à nouveau de moi.

Sans opter pour mon itinéraire ordinaire, et on avance tout de même vaguement vers Moby.

— Et toi ? Tu vas bien ? Tu m'as un peu inquiétée pendant le service.

— Quoi ? Tu t'es inquiétée pour moi ? Est-ce que ça veut dire que je suis dans ton top trois des personnes préférées à L'Absolu ?

Je lui tire la langue. Force est de constater qu'il arrive à parler sans bafouiller, qu'il a l'air plus concentré et plus taquin que ces dernières heures. Peut-être que j'ai mal interprété son stress de tout à l'heure.

— J'ai insulté ta pilosité, techniquement, tu as le droit de me demander de l'aide, si jamais tu as besoin.

— « Techniquement » ? il répète, intrigué. Tu comptes les points ?

— Ouais, j'affirme, la balle est dans ton camp, Potatoe.

On passe sur les bords de Loire, puis par la place du Châtelet et sa sempiternelle odeur de poulet sauce curry. Et, comme tous les chemins d'Orléans mènent à Jeanne d'Arc, on arrive devant la cathédrale.

J'avais oublié les spectacles de son et lumière.

Tels des touristes, on est pris au piège. On remonte la voie du tram, condamnée, et on se plante devant le monument qu'on connaît si bien et qu'on redécouvre pourtant. Les vieilles pierres semblent en feu, puis se recouvrent de fleurs de lys, d'un étendard. L'histoire de la ville s'écrit, là, en pixels, sur un bâtiment séculaire, racontée par une voix grave qui résonne dans les rues.

Je suis comme une enfant. J'oublie le temps qui passe, mes jambes transformées en poteaux, mes pieds gonflés, mes doigts brûlés, ma fatigue. Je n'oublie pas Rayane, à côté de moi, à qui je montre un détail, un effet 3D réussi ou à qui je demande le titre d'une chanson que je ne reconnais pas.

On ne profite malheureusement que d'une vingtaine de minutes du show. Lorsqu'il se termine, je reste plantée là, devant cette cathédrale qui retrouve ses pierres grises et mornes.

— C'était superbe ! je m'émerveille. Avant, on venait souvent avec ma famille, mais ça faisait des années que je ne m'étais pas arrêtée.

— Ouais, je dois reconnaître qu'elle n'est jamais aussi belle que quand elle est sous les flammes.

J'explose de rire et on reprend notre balade à l'aveugle. Il m'explique qu'il habite chez un ami parti en vacances avec ses parents pendant l'été. En contrepartie, il s'occupe des plantes. Ça lui permet de dormir plus longtemps le matin et d'avoir un avant-goût d'indépendance.

On parle de beaucoup de choses, de mangas, de *Call of Duty*, mais nos conversations reviennent toujours au même sujet : la cuisine.

— J'espère qu'on aura rapidement le retour du critique, soupire Rayane. C'était dur ce soir. Heureusement qu'Abrar était là, il mérite une médaille !

— Mais de fou ! Sans lui, je crois que Legrand finissait par tuer quelqu'un et transformait L'Absolu en Auberge rouge !

Je repense au coup de feu, aux coups de gueule. Je n'ai pas été un bon commis aujourd'hui. Renaud me l'a assez fait comprendre, Legrand aussi, et même Horace.

— Je me demande si je suis faite pour ça... je lâche.

C'est la première fois que je me l'avoue. Jusqu'ici, je n'ai pas douté, j'ai fait mon travail, j'ai rebondi après chaque critique, je me suis améliorée. Pas ce soir.

— J'ai fait tellement d'erreurs, j'ai été nulle. Et si... Et si je n'avais pas ce qu'il faut pour ce métier ? Je n'ai pas cessé de crier sur les toits que c'était ma destinée mais... peut-être que je me suis voilé la face ? Mes parents avaient peut-être raison...

— Quoi ? Mais pas du tout !

Rayane s'interrompt d'un coup. C'est là que je me rends compte, qu'emportés par notre discussion, on est maintenant au niveau de l'église Saint Euverte... à l'opposé de Moby donc.

— Juliette, regarde-moi.

Il me saisit les mains et me tourne délicatement. Je suis surprise par la douceur de ses doigts et de son regard. Il me fixe comme si on se connaissait déjà depuis des années. Et souvent, j'oublie que je viens juste de le rencontrer.

— Ce métier est génial dix pour cent du temps, le reste, on en bave. Mais c'est ce qui rend les dix pour cent mémorables. Des services tendus comme ça, on en verra d'autres. Franchement, je pense qu'on s'est tous demandé ce qu'on faisait là aujourd'hui. Se retrouver à éponger le sol d'une chambre froide et avoir peur de faire face au cul d'Alexis si je me retournais, ça change un homme.

Il parvient à me faire rire, et ça allège un peu le poids qui m'est tombé sur l'estomac.

— Tu sais, il continue, même Horace en a chié. À un moment, je l'ai vu partir dans les vestiaires et il chantait *Call Me Maybe* pour se calmer.

Il s'esclaffe en repensant au sous-chef et je l'accompagne en imaginant la scène. Je me demande alors ce que faisait Rayane dans les vestiaires, c'était tellement la course que je n'ai pas remarqué son absence. Ni celle du second.

— Bon, je t'accorde une minute.

— Une minute pour quoi ? je m'inquiète.

— Pour douter de toi et de l'incroyable cuisinière et collègue que tu es. Fais gaffe, cinquante secondes.

— Cinquant... ?

— Quarante-cinq, égrène Rayane. Ferme les yeux.

Et j'obéis. Tout ce temps, j'oublie presque que mes mains sont toujours dans les siennes. Son bracelet en œil du tigre caresse mon pouce. Je sens les odeurs de bouffe qui imprègnent mes cheveux et les siens. J'ignore les bruits de circulation, les sirènes de pompier au loin et le carillon de l'église qui annonce la première heure du matin. Je me concentre sur sa voix.

— Tu es douée pour ce métier. Quand tu travailles, tu t'illumines, tu rayonnes. Tu comprends mieux et plus vite qu'Alexis, Grégory et Mickaël réunis. Tes parents pensent que tu n'y arriveras pas ? Mais eux ne tiendraient pas une journée. Et, avec un service comme celui qu'on vient de vivre, même pas une heure. Tu as ta place à L'Absolu, autant que nous tous, plus que certains d'entre nous. Voilà, maintenant, tu n'as plus le droit de douter.

Quand j'ouvre les yeux, je remarque aussitôt son regard braqué sur moi. Il sourit et je retire mes mains, soudain un peu gênée, sans savoir pourquoi.

— À la base, c'est moi qui voulais m'assurer que tu allais bien et c'est toi qui finis par me réconforter.

— Avec plaisir. Pour ça, ou pour te laisser insulter ma barbe, je suis là.

— Merci Rayane. Vraiment. Je ne pensais pas trouver un ami comme toi à L'Absolu.

Il détourne les yeux et on se remet à marcher. Cette fois, on retourne vers Moby.

— Et c'est où, chez ton pote, du coup ? je demande

— Euh... rue Parisie.

— Attends...

Je teste mentalement ma géographie orléanaise, et me souviens alors de la rue en question. Elle borde immédiatement la cathédrale !

— Mais, t'étais juste à côté ! T'aurais dû le dire, on n'aurait pas marché à l'aveugle comme ça, et tu pourrais déjà être couché !

— T'en fais pas, papi peut veiller un peu tard ce soir.

— Non, mais j'ai l'impression de t'avoir kidnappé et arraché à ton lit, du coup.

— Je m'en remettrai, souffle Rayane.

Pendant un moment, à la gravité de son ton, j'ai le sentiment qu'il ne parle plus de mon « kidnapping », mais d'autre chose. Je scrute son visage à la recherche de ce que j'ai remarqué dans la soirée, mais il a juste l'air fatigué.

— Je te raccompagne, je propose aussitôt.

— Non, t'en fais pas, tu dois rentrer, tu as plus de route que moi.

— Arrête de protester, c'est tout vu. Je suis une kidnappeuse polie et courtoise.

— Clairement, ouais.

Il sourit, mains dans les poches, et le trajet retour nous prend étonnamment peu de temps. En moins de cinq minutes, on se retrouve devant l'imposante porte cochère en bois qui mène au couloir de l'immeuble.

— Bon, désolée, Cendrillon, t'es pas rentré pour minuit du coup. Tu risques de te coltiner une citrouille pour le reste de ta vie.

— Pas grave, pouffe Rayane, j'en ferai des tartes, ou du potage.

On rit, gênés. Il joue avec le trousseau de clés et je ne trouve rien d'autre à dire que :

— Tu as mon numéro alors, si ça va pas, tu m'appelles.

Il approuve d'un petit signe de tête et on se salue gauchement de la main avant qu'il ne disparaisse derrière la porte épaisse. Il me faut cinq minutes de plus pour rejoindre ma mobylette, et prendre la route.

Je rentre sur la pointe des pieds, persuadée que je vais m'évanouir dans mon lit, mais après un moment à tourner et retourner dans mes draps, je capitule. Je tapote doucement à la chambre de Léandre qui ne m'entend pas. Je finis par lui envoyer un message pour qu'il m'ouvre, espérant que la notif résonne bien dans son casque.

Je le découvre alors avec une assiette vide à côté de son bureau. On se cale devant *Totally Spies* et je dévore les derniers oursons de son paquet en lui racontant tout.

— T'es tout sauf nulle, Ju. Et tu vas pas te laisser abattre par une soirée pourrie, si ? Tu peux pas abandonner, pas maintenant que tu m'as motivé à faire des choses pour moi, des trucs productifs, je veux dire.

— Ah bon, quoi ? je m'illumine.

— Rien d’important, je t’en parlerai plus tard, t’inquiète.

— Quoi ? Je te sauve de toi-même et j’ai aucune info ?

Il sourit, avec un prometteur « plus tard », un doigt verni sur les lèvres. Je le complimente au passage sur ses talents en matière de manucure. Je tente une nouvelle question sur son projet. Puis un « chaud ou froid », ou un « ni oui ni non », mais il ne veut rien lâcher alors je me venge en décapitant son dernier ourson en guimauve.

Si j’ai pu l’inspirer, même un peu, je suis ravie. Peut-être qu’il rejoue enfin de la guitare, reçue à un Noël cinq ans plus tôt, et qui prend la poussière depuis.

Puis je finis la journée comme je l’ai commencée : en envoyant un message à Ysée.

18

On aurait pu espérer que la nuit effacerait les souvenirs de la veille, adoucirait l'atmosphère, mais pas du tout. Quand je retourne à L'Absolu le lendemain matin, l'ambiance est toujours aussi délétère. Les gens sourient à l'envers, abattus. Legrand n'est pas là aujourd'hui, pourtant on en a tous gros sur la patate.

Les chefs de partie sont encore très stressés, ils sont sur le dos de tout le monde, à extérioriser leur frustration sur des commis en détresse. Heureusement, je suis à la pâtisserie aujourd'hui, donc sous les ordres d'Axelle, qui est sans doute la plus cool de tous. Seul point négatif : c'est le poste que j'aime le moins. On y passe la plupart du temps à peser, peser, peser. Au gramme près. Ça demande une extrême précision, je déteste ça.

Quand Axelle a présenté les deux desserts de la carte, je m'attendais à éplucher les fruits, mais pas du tout ! Je confectionne le biscuit qui sera ensuite garni d'un curd à l'abricot, avec sa ganache montée au chocolat blanc et verveine citron, et sa pêche pochée.

Je suis la recette de la base avec une application à faire pâlir mes profs de lycée.

— Juliette, tu t'en sors ?

Axelle débarque dans mon dos si discrètement que je ne l'entends pas et sursaute, balançant une partie de la farine sur mon plan de travail, impeccable jusque-là. À croire que la maladresse de Rayane est contagieuse.

— Oui, cheffe, je bafouille en tentant de reprendre mes esprits et de contrôler le tremblement de mes mains.

— Bien. Fais-moi goûter l'appareil.

Confiante, je lui tends mon cul-de-poule et une cuillère propre. Elle en prélève un bout qu'elle recrache aussitôt dans le creux de sa main avec dégoût.

— Bon sang, Juliette, tu ne peux pas faire une erreur de débutante pareille ! Tu as salé ! Pas sucré. Refais-le, et dépêche-toi !

— Mais... je...

— Pas de « mais », Juliette, tu recommences maintenant et tu vérifies tout.

— Oui, cheffe.

Je bafouille, prise de court. Incrédule, je l'imite, doutant un instant des papilles gustatives d'Axelle. Mais elle a raison, j'ai fait une erreur monumentale.

Une petite voix me souffle que je devrais arrêter, retourner au lycée et oublier ce rêve idiot. Jusqu'à ce que j'entende de *vraies* voix. Des ricanements, plutôt. Je découvre alors, sans surprise, les trois faces de cake, dans un coin, fiers comme des coqs.

Je me précipite vers eux, abandonnant mon plan de travail.

— Encore vous, sérieux ? Vous n'avez pas trouvé mieux à faire, surtout après le service d'hier soir ?

Je tempête, mais ils s'appliquent à parer leurs côtes d'agneau en me lançant de petits regards amusés.

— Eh ben, lardon, c'est le gras qui te monte à la tête, ou quoi ? On n'a rien fait, proteste Grégory.

— Ah ouais ? C'est pas vous qui avez échangé sel et sucre pour ma recette ?

— Oh, waouh, chaud comme erreur... souffle Alexis.

Il n'est pas assez bon acteur pour me convaincre, et Angélique enfonce le clou en débarquant à mes côtés.

— Je te confirme que c'est bien eux, je les ai entendus se vanter quand tu t'es fait choper par Axelle.

— Oh, ça, s'amuse Mickaël. Désolé, on a dû mettre le bordel dans les épices, ouais, mais on ne voulait pas que tu en... *pâtisses.*

Les autres pouffent et l'acclament comme s'il était un rappeur qui a gagné un *battle.* Fier de lui, il ricane et j'explose. Je suis une bouteille de champagne laissée trop longtemps au congélateur.

— Mais vous êtes des bouffons, ou quoi ? Vous saoulez tout le monde avec vos remarques de gros beaufs, vos attitudes de porc et votre racisme. Vous pensez que vous faites rire qui ? Personne ne vous supporte, vous nous cassez les bonbons et...

— Juliette, ça suffit !

La voix m'interpelle, alors que j'ai mis les pieds dans le plat et que je dois avoir de la sauce jusqu'aux cuisses. Je n'ai pas besoin de me retourner : je comprends qu'ils ont tous suspendu leurs gestes pour me regarder et que, derrière moi, il y a Horace, en pétard. J'ai réussi cet exploit de le faire sortir de ses gonds. Wouhou, bravo, moi.

— Juliette. Bureau. Tout de suite.

J'ignore les ricanements redoublés du trio infernal, la mine désolée de Rayane et la moue apitoyée d'Angélique pour le suivre, tête basse. J'ai intérêt à marcher sur des œufs comme si je parlais à la poule en chef de la volière.

Horace ferme la porte derrière nous. J'attends son signe de main et je m'assieds en face de lui. Il s'accoude, les doigts en forme de tipi, juste devant son nez.

— Juliette, de manière assez unanime, et malgré ton absence d'expérience, tous les chefs de partie sont d'accord pour dire que tu es un bon commis. Tu es à l'écoute, efficace, appliquée et pleine de bonne volonté. S'il te manque certaines techniques, ils apprécient tous de travailler avec toi et de te voir évoluer si rapidement.

Je sens que le « mais » ne va pas tarder à me taper fort derrière la tête...

— Mais tu ne peux pas te comporter comme ça. Tu ne peux pas te laisser emporter par ta colère à la moindre remarque.

— À la moindre remarque ?! je m'insurge.

D'un regard, Horace me renvoie au silence. Je ne sais pas ce qui est le pire : son ton calme, alors que je m'attendais à prendre la sauce de ma vie, ou le bureau vitré, mieux qu'une télé-réalité pour mes collègues.

— En t'engageant à L'Absolu, le chef Legrand, monsieur Hamour et moi-même avons pris un risque : te faire confiance. Confiance en tes compétences culinaires malgré ton CV vide, en ta détermination, en ton sérieux et ton professionnalisme. Avec ce que je viens de voir, laisse-moi te dire que ce dernier point bat sacrément de l'aile.

Il jette un regard vers le trio infernal.

— Ici, tu es en entreprise, Juliette, pas au lycée. Ces trois-là sont des idiots doublés de balourds misogynes, mais à aucun moment on ne peut tolérer que tu t'emportes, et que tu cries comme ça. Tu es dans le monde du travail, tu dois grandir.

Je me mords la langue fort, histoire de ne pas aggraver mon cas. Que ce soit moi qui me retrouve devant lui, à parler de manque de respect alors que ce sont eux qui m'insultent depuis des jours, ça me rend chèvre.

— Tout ce qu'ils voulaient, reprend le second, ils l'ont eu : te faire réagir et sortir de tes gonds. Et, j'irai même plus loin, tu es en tort aussi dans cette affaire. Tu sais pourquoi ?

Je ne peux pas articuler un mot, j'ai peur que le bouchon pète. Je me contente donc de hocher la tête, c'est plus sûr.

— Tu n'as pas goûté ton appareil, Juliette. On te le répète souvent pourtant, moi, comme les autres chefs de partie : toujours tout vérifier, tout le temps. Là, tu aurais compris que tu salais ton biscuit bien plus tôt.

Échec et mat.

— Tu dois apprendre à te contrôler, à dire les choses, mais posément, sans t'abaisser à leur niveau. Si tu veux qu'on en discute, tu sais où me trouver, on peut en reparler.

Il se lève, calmement, et me laisse dans le bureau du chef Legrand, à admirer une photo en noir et blanc de L'Absolu depuis le ciel. Je reste là quelques secondes, j'inspire, j'expire, et je repars travailler, toujours sans un mot.

J'ignore le trio et goûte chaque ingrédient, chaque étape de ma base biscuit. Au moment où Axelle revient me voir, l'appareil est parfait. Ça me laisse tout le temps de digérer les paroles d'Horace, de me rendre compte qu'il a raison : je voulais à tout prix quitter le lycée, je dois assumer, être à la hauteur du monde professionnel, y compris quand je dois régler mes comptes.

Quand la fin du service de midi sonne, Rayane et Angélique se dirigent d'un même pas vers le vestiaire et se retournent, étonnés que je ne les imite pas.

— Je dois parler à Horace, je souffle.

Ils approuvent d'un petit signe de tête et m'abandonnent alors que je me tourne vers le bureau vitré.

— Chef ?

— Oui, entre Juliette.

Il est devant l'ordinateur, entouré de feuilles de comptes, d'inventaires et de fiches de maraîchers. Je m'assieds et inspire un bon coup pendant qu'il me regarde.

— Voilà, j'ai bien réfléchi depuis tout à l'heure. Et je sais que vous avez raison. Sur tout. Seulement, quand on me manque de respect, je réplique. J'ai déjà gardé mon sang-froid très longtemps, plus longtemps que ce que j'aurais fait au lycée, et c'était la goutte qui a fait déborder l'eau des pâtes...

J'essaye de calmer ma voix qui s'emballe à mesure que je parle. Ma colère se réveille comme le piment de Cayenne dans un gâteau au chocolat. Elle est toujours là, en fond de bouche, prête à tout brûler.

— Mickaël, Grégory et Alexis ont commencé, dès le premier jour, en reprenant le surnom bien aimable que m'a donné monsieur Hamour : « lardon ». Je crois qu'ils ne connaissent même pas mon prénom. Pour se moquer des origines algériennes de Rayane, ces incultes l'appellent « Aladdin », ils s'en sont aussi pris à Angélique, qu'ils ont envoyée chercher du Pingoléon dans la chambre froide... Vous savez ce qu'est un Pingoléon, chef ?

Perdu, il fait une moue circonspecte.

— C'est un Pokémon. De la quatrième génération, pour être précise. Et, comme si ça ne suffisait pas, ils ont volontairement saboté mon dessert, enfin celui d'Axelle. Et il n'y a pas qu'eux, il y a aussi le chef Legrand qui dit toujours « les gars », sans tenir compte des femmes dans sa brigade, Renaud qui m'appelle « jeune fille » comme si j'avais huit ans. Hier, c'était très dur, alors, aujourd'hui, je n'ai pas su me contrôler. Je suis désolée.

Et là, le silence. Il n'y a même pas l'agitation de la brigade pour rattraper la pesanteur. J'enfonce mes ongles dans la paume de ma main, une phrase de plus et je sens qu'il va me virer, si ce n'est pas déjà fait...

Juliette-Boulet-De-Canon, ça devrait être mon nom si j'étais un personnage Marvel...

— Merci pour ta franchise.

— Hein ? je m'étrangle.

— Ne sois pas si surprise, il répond avec un sourire amusé. Tu sais, c'est mon rôle d'écouter l'équipe, de m'assurer que tout se passe bien et que vous travailliez dans les meilleures conditions. Et, vu ce que tu me racontes, je comprends que j'ai sans doute sous-estimé pas mal de choses... Je me doutais que le trio était pénible, mais je n'avais pas conscience de toutes leurs frasques.

Il soupire, se laisse tomber au fond du gros fauteuil en cuir, qui couine sous son poids.

— Ce que tu dis, ça m'aide. Je préfère les gens qui ne tournent pas autour du plat.

Je ne peux pas retenir un sourire amusé, qu'il partage avec moi avant de reprendre.

— La brigade n'est pas parfaite, je ne suis pas parfait, le chef Legrand non plus... et depuis la perte de l'étoile, on a du plomb dans l'aile. On a dû réduire l'équipe, et c'est pour ça qu'on a embauché des commis. Ils craignent tous pour leur emploi, et ils ont peut-être raison.

Le regard d'Horace est fixé sur les plans de travail désertés comme sur un cimetière. Il repense sans doute aux collègues dont ils ont dû se séparer, au climat de L'Absolu, quand il ne ressemblait pas au Titanic post-iceberg.

— Je suis content que tu oses tout me dire, que tu sois assez en confiance pour me rapporter ce qui te pèse, et je ne veux pas que cette relation change. Mon but, c'est que l'ambiance soit saine, et j'ai conscience qu'on en est loin. Mais c'est déjà bien mieux qu'à mon époque...

Il est à nouveau perdu dans ses pensées, jusqu'à ce qu'il en sorte et qu'il me raconte ses premières années. Au début, je suis persuadée qu'il en rajoute pour m'apitoyer, ensuite, je me dis qu'il faut surtout que ma mère ne l'entende jamais parler de ça ou elle m'enverra dans un couvent.

Horace a commencé la cuisine quand il avait 14 ans. Gosse « à problèmes », son père l'a menacé : c'était ça ou l'armée, il devait « rentrer dans le rang ». Et il y est rentré avec un chef violent. Seulement, à ce moment-là, il ne s'en est pas rendu compte. C'était normal.

Normal, pour un chef, de saisir un commis par le col et de manquer de l'étouffer.

Normal, pour un chef, de plaquer un cuisinier contre le mur.

Normal, pour un chef, de coller une casserole brûlante sur sa peau.

Normal, pour un chef, de hurler, du matin au soir.

Normal, pour un commis, de boire pour tenir le coup.

Je n'ose plus parler. Je regarde Horace, qui caresse le dessus boursoufflé de sa main gauche. Il réveille le fantôme du passé, cette cicatrice qui le marquera à jamais. Mon cœur s'effondre.

Si c'était Léandre, je le prendrais dans mes bras, je lui confectionnerais des oursons au chocolat.

Si c'était Angélique, je lui demanderais de me raconter son meilleur dessert.

Si c'était Rayane, je l'emmènerais contempler la cathédrale à minuit, sa main dans la mienne.

Mais pour Horace, je ne peux rien faire. Il croise mon regard désolé, et me fait une petite moue rassurante.

— C'était ma deuxième grande maison. Au service du soir, le chef était stressé, comme toujours. Je blanchissais des courgettes, mais au milieu du coup de feu, on a eu une urgence, je ne sais plus quoi exactement, et j'ai quitté mon poste des yeux pendant trente secondes. Le temps pour mon chef de venir goûter mes légumes, de me cracher qu'ils étaient ébouillantés, et de poser ma main à plat avant de plaquer la poêle dessus. Au début, je n'ai même pas eu mal, je ne comprenais pas ce qui se passait... mais depuis, je n'ai plus jamais raté une cuisson de courgettes !

Il rit, comme si c'était la blague de l'année, mais je n'arrive pas à l'imiter. Ma gorge est serrée, mes yeux me piquent.

Je ne peux pas détacher mon regard de sa brûlure. Je l'avais remarquée, bien sûr, mais je pensais à un accident, à ce genre d'événement qui nous rappelle qu'on doit toujours être prudent. Horace ramène sa main sur sa cuisse, loin de mon air désolé.

— Pourquoi ? je demande, la voix étranglée.

— Pourquoi quoi ?

— Pourquoi n'avoir rien dit, pourquoi ne pas porter plainte ? Vous avez démissionné au moins ? !

— Parce qu'on n'a pas tous ta gouaille, Juliette.

Sur le coup, je ne sais pas trop comment le prendre, mais je capte assez vite que c'est un compliment. Il réfléchit un moment avant de me répondre, hésitant.

— Je ne suis parti que deux ans plus tard.

— Quoi ?

— Eh oui... J'avais besoin d'un poste, c'était un restaurant réputé, le meilleur que je pouvais mettre sur mon CV. Et l'époque était différente. Personne n'aurait parlé, ce qui se passait dans les cuisines restait dans les cuisines. On n'était souvent qu'une bande de « jeunes à problèmes », comme ils disaient. Ils pensaient sûrement qu'il fallait nous éduquer à la dure, c'était normal. On pardonnait tout aux chefs, comme s'ils étaient des dieux.

J'ai du mal à comprendre comment Horace, calme, intègre, respectueux, a pu un jour se laisser marcher dessus comme ça.

— Bref, tout ça pour dire que, même si je me doute que L'Absolu est loin de tout ça, j'aurais aimé qu'il soit exemplaire. Je souhaite vraiment qu'on ait un lieu de travail sain, agréable, égalitaire. Donc je vais sérieusement surveiller les autres. Leur comportement est intolérable. Ils méritent une bonne leçon.

— Pas de courgettes, quand même ? je demande avec un sourire timide.

— Non, pas de courgettes. Des petits pois.

Il me lance un clin d'œil amusé et je capte aussitôt que la punition sera terrible pour eux. Mais parfaitement justifiée !

— Je vais tout faire pour les remettre dans le droit chemin, mais, si tu préfères quitter les cuisines, je le comprendrai tout à fait et je t'écrirai la meilleure lettre de recommandation du monde !

— Quoi ? Quitter L'Absolu ? Mais ça va pas la tête !

Pendant une seconde, j'ai encore oublié à qui je parlais et je me retrouve une main devant la bouche, désolée.

— Dans ce cas, parfait ! Je compte sur toi pour faire bon usage de ton franc-parler, et je me chargerai d'arranger ces problèmes. C'est bon pour toi ?

Il s'est levé, et il me tend la main, par-dessus le bureau, avec un sourire. Je n'en reviens pas, au début de l'entretien je pensais que j'allais me faire virer pour avoir (encore) ouvert ma grande bouche, mais voilà que je me retrouve à faire un pacte avec le second pour l'aider.

— Oui, chef !

— Et, ça vaut pour les attitudes de Michel, monsieur Hamour, et la mienne, évidemment. Surtout la mienne. J'aime les gens francs, au moins, on n'a pas de surprise, avec eux. Fais juste attention, ce n'est pas toujours le cas de tout le monde.

19

Quand je sors dans la cour intérieure, l'air chaud m'étouffe, ma peau devient aussi moite qu'un ravioli vapeur. Malgré mes cheveux relevés, mon débardeur et mon short, j'ai encore l'impression de porter trop de vêtements.

Par réflexe, je regarde mon téléphone : pas de nouvelles d'Ysée. Un cliché du petit-déjeuner de Léandre me soulève le cœur : il a cuisiné une bouillie informe. Un SMS de Valentin qui me demande si j'ai étudié son dossier, et un message dans notre groupe « ABSOLUment géniaux », où Rayane a pris Angélique en photo, en pleine sieste, la joue écrasée contre le ponton.

Je préfère les laisser profiter, j'ai besoin de me défouler, et aussi de me mettre à bûcher sérieusement pour le CAP, la formation qui me séduit le plus. Je refuse d'être une autodidacte qui a des lacunes. Je veux être la meilleure. Alors, pour une fois, je vais réviser à fond et, pour ça, Valentin m'a offert des guides de référence, des manuels pour la première et seconde année dont je ne me sépare plus. Si j'ai la chance d'être prise dans cette formation, je veux être armée comme jamais. Je serai la « Ysée » de ma classe.

Je marche à l'aveugle, mon sac à dos lourd de livres sur mes épaules, à l'opposé des bords de Loire et du restaurant.

Tête basse, je ne peux pas m'empêcher d'envoyer un petit message à ma meilleure amie. Je ne lui raconte pas mon entretien avec Horace (même si ça me démange), je lui demande si elle va bien. À l'occasion, je lui partage une recette que je trouve cool. Elle réagit d'un pouce en l'air, répond à mes questions une fois sur deux. Je ne sais pas comment revenir vers elle.

Elle me manque tous les jours. J'aimerais qu'on se voie, qu'on en parle, qu'elle me laisse m'excuser, qu'elle me croie si je lui dis que je veux qu'elle soit sur l'affiche du film de ma vie.

Quand je relève la tête de mon portable, mes pas m'ont menée... à La Racine. Le restaurant que Léandre m'a fait découvrir après ma dispute avec Ysée. C'est un signe. Malgré la pause déj avant le service, je devrais pouvoir trouver une petite place. Aujourd'hui, je ne me contente pas d'analyser le menu et je pousse la porte sans plus d'hésitation.

— Bonjour, ce sera pour une personne ?

— Oui, s'il vous plaît, juste pour un dessert, si vous servez encore.

Le sourire de la jeune femme qui m'accueille me réchauffe le cœur comme une glace après une rupture. Ses cheveux blonds sont noués en un chignon qui caresse sa nuque et révèle les nombreuses boucles d'oreilles qui ornent son cartilage. Elle est petite, menue et a un look à faire pâlir les stars de rock que Léandre adore tant.

Elle se dirige vers le fond de la pièce, près d'une cuisine ouverte, propre et plus intimiste qu'à L'Absolu. En un coup d'œil, je me rends compte qu'il n'y a presque que des femmes ici. La chargée de salle, et derrière elle, quatre cuistots, dont un seul homme. J'entends les accords d'une musique hip-hop depuis les fourneaux et je ressens surtout l'ambiance, aussi légère qu'une mousseline.

— Un couvert pour un dessert, OK pour vous ?

— Yes, chat, pas de souci !

La réponse vient de celle que j'identifie aussitôt comme la cheffe. Elle respire la confiance en elle, la force et la détermination. Ses cheveux sont courts, rasés sur les côtés, mais les racines noires se délavent en violet sur les pointes et je remarque surtout d'ici les multiples tatouages dessinés sur sa peau.

— Je vous laisse vous installer ?

La serveuse est revenue vers moi, son sourire toujours accroché aux lèvres. Elle me désigne une petite table et me tend le menu.

— Pas besoin, merci, je sais ce que je vais prendre.

— Et ce sera ?

— Le chou au chocolat gianduja avec des grains de passion torréfiés !

— Très bon choix.

Elle s'éloigne, lance ma commande au passe ouvert et tout le monde répond avec joie, sans cri, sans énervement, sans pression. Je n'arrive pas à en détacher mes yeux. J'ignore tous mes livres et le dossier de Valentin posés devant moi, hypnotisée. Ils travaillent main dans la main, chacun semble changer de poste selon les besoins. Les commis goûtent tout, donnent leur avis. Ils chantonnent, ils rient.

Vu l'heure, je suis, sans surprise, une des dernières tables. Et j'observe les clients régler leur addition, et partir en encensant leur déjeuner.

— Eh, Hanaé, top cette nouvelle carte, merci, hein !

— Merci à vous, à bientôt les gars.

La cheffe sort du passe, salue, serre des mains, sourit. C'est l'arrivée de mon chou qui détourne mon attention. À la première bouchée, je suis obligée de fermer les yeux pour savourer toutes les textures, tous les goûts. L'acidité de la passion équilibre l'amertume du chocolat, le tout porté par une pâte à chou agrémentée d'un craquelin croustillant. Le dessert est à peine sucré, c'est un gros câlin qui ravit les papilles.

— C'était bon ? me demande la serveuse une fois mon assiette vide.

— C'était dingue ! J'ai senti aussi des petits éclats, c'était quoi ? De la noisette ?

— C'est ça. Hanaé l'expliquerait mieux que moi.

— Hanaé, c'est la cheffe ?

— Oui, la cheffe, la patronne, la big boss ; moi, c'est Simonne, l'autre cheffe, patronne, big boss, mais plutôt pour la salle.

Derrière elle, je reconnais les plans de travail qu'on nettoie, les plaques qu'on récure, les poêles qu'on essuie, les stocks qu'on vérifie, la plonge qu'on finalise. Je comprends qu'elles doivent fermer pour basculer sur le service du soir, mais je me sens si bien ici que je n'ai pas envie de partir, j'ai vingt mille questions.

— Vous changez souvent votre carte ? Et cette inspiration pour le chou, c'est fou. Comment vous avez pensé au gianduja ? Je ne connaissais pas du tout, j'ai dû regarder ce que c'était et je ne m'attendais pas à ce goût...

— J'appelle Hanaé, ce sera plus simple...

En parlant du radis, on en voit la queue – la cheffe débarque, sa veste ouverte sur un débardeur blanc, ses manches relevées. Je remarque alors que tous ses tatouages sont en rapport avec son métier : un piment, un « LOVE » et un « FOOD » sur chaque bras, un fouet, même un nugget, un onigiri, un homard. Sa passion est encrée sur sa peau.

Elle passe une main amoureuse autour de la taille de Simonne.

— En fait, euh... je tente de ravaler de mon excitation pour faire des phrases claires et intelligibles. Je me demandais d'où venaient toutes les idées de votre menu. Je n'ai goûté que le dessert, mais il était parfait ! J'imagine que vous avez cuit le chou en deux fois ? D'abord à 180 °C pour le gonflement et la coloration et ensuite à 160 °C pour le dessécher, non ?

— Euh... ouais, répond la cheffe, étonnée.

Puis elle fronce les sourcils, observe les livres sur ma table et croise les bras sur sa poitrine.

— Tu t'intéresses à la cuisine, ou tu fais partie de ceux qui ont trop regardé Toque Chef ? elle demande, grognon.

Sa voix grave et puissante me trouble un peu : j'ai posé une question qu'il ne fallait pas ? Je me rassure en voyant l'air amusé sur le visage de Simonne qui lui tapote gentiment le bras.

— Euh... en fait, je suis autodidacte, mais je fais un stage à L'Absolu et je cherche ensuite à me former, pour de vrai quoi.

— L'Absolu ? Mmh, grogne Hanaé.

— Mmmh ? je répète, avec le même ton un peu blasé, pas sûre de comprendre.

— Ignore-la, me conseille alors Simonne.

J'ai l'impression de voir Minus et Cortex en face de moi : la bombe de joie, et le râleur. Mais, surtout, je ne veux pas qu'elle se méprenne et j'enchaîne aussitôt pour effacer tout malentendu.

— L'Absolu, c'est la technique, c'est l'excellence, mais vos plats me touchent beaucoup plus, cheffe Hanaé ! C'est moderne, piquant, audacieux ! Et c'est hyper créatif ! Enfin, L'Absolu a de bonnes idées, mais...

Je ne peux pas continuer, Simonne pouffe et m'observe, amusée.

— « Cheffe Hanaé », carrément ? Pour percer cette carapace, elle rajoute en désignant sa copine du pouce, pas sûre que ce soit la meilleure technique.

— Nan, mais je suis sincère !

— Je n'en doute pas...

Hanaé me fixe comme si je devais compléter sa phrase.

— Juliette ! je m'empresse de répondre.

— Juliette. Je connais beaucoup de personnes qui ont trop regardé d'émissions et pensent être les nouveaux restaurateurs de demain... Mais ravie que ma carte te plaise !

Elle observe la grande horloge hyper stylée qui occupe presque tout un mur du restaurant.

— Bon, je dois y retourner, j'imagine que toi aussi ?

Je me redresse avec précipitation. Panique totale ! Je fourre mes livres dans mon sac, me débats pour mettre la main sur mon portefeuille afin de payer quand Simonne me pose doucement la main sur le bras.

— T'en fais pas, c'est offert par la maison ! Et n'hésite pas à repasser, ce sera avec plaisir !

— Han, merci beaucoup, mais faut pas, je...

Je manque de me prendre la porte, de trébucher sur la petite marche qui mène au trottoir, et je peste avant de saluer Simonne qui s'inquiète de savoir si tout va bien. Je lui assure que oui et m'élance dans les rues pour arriver, suante, essoufflée, à L'Absolu.

J'ai encore en tête la créativité de la carte et le goût du gianduja sur le bout de la langue. J'ai rarement découvert une cheffe aussi charismatique et je me demande si j'aurais dû lui dire autre chose. Elle a l'air de me prendre pour une quiche aux pois chiches...

Quand j'arrive dans les vestiaires, il ne reste plus que Rayane. Je m'arrête d'un coup, un peu honteuse d'être si dégoulinante.

— Tu m'attendais ? je le questionne, amusée autant qu'étonnée.

— Nooooon, il ment.

Il sourit, je souris et on pouffe devant son pitoyable jeu d'acteur. Je me change en vitesse et en profite pour éponger ma peau luisante.

— Je voulais juste savoir si ça allait. Comment ça s'est passé avec Horace ?

— Ouais, faut que je vous raconte, c'était une dinguerie ! je m'exclame. Il était vraiment à l'écoute. Mais là, faut qu'on se magne, on va se faire engueuler si on traîne.

— T'as raison. Au front, soldat !

Il me tient la porte en souriant et on fonce à nos postes. Les poêles et les ordres fusent déjà. Pas de musique hip-hop, pas de carte d'une modernité folle, pas d'égalité, pas de cheffe cool (et grognon). Je marque une pause, incapable de faire un pas de plus. Je comprends que ce n'est pas seulement le chou au gianduja qui m'a séduite à La Racine.

— Allez ma petite, file ! me lance Renaud en passant à mes côtés.

Je rejoins Medhi, un commis sympa et souriant. J'aime bien travailler avec lui, il n'hésite jamais à me corriger gentiment quand il voit que je fais une erreur.

Quand Legrand débarque, à deux heures du coup de feu, je sens un changement immédiat dans l'air. Je me demande si, avant la terrible perte de l'étoile, l'ambiance ici était apaisée. On n'y a jamais écouté de hip-hop, ça j'en suis sûre, mais peut-être qu'il n'y avait pas cette pression. J'aurais aimé connaître cette version du chef et de L'Absolu.

Alors que je me concentre sur mon sablé (que j'ai déjà goûté trois fois), Rayane passe à mes côtés et me désigne discrètement le trio maléfique. Je les découvre qui épluchent des petits pois avec une tête d'enterrement. Je vois Horace qui me lance un sourire entendu que je lui rends, heureuse.

Rayane retourne à son poste en me soufflant à l'oreille.

— Bien joué, Sashimi !

Finalement, L'Absolu n'est pas le pire endroit du monde.

On trouve même quelques gouttes de crème au milieu de cette purée de petits pois.

20

Je fais face aux pires clients. Le genre qui n'hésite pas à dire que ça ne va pas, que la cuisson n'est pas bonne, à faire de petites remarques « gentilles » que l'on encaisse comme de mini cure-dents enfoncés sous les ongles. Et ce sont les seuls à qui je veux plaire : mes parents.

Ce soir, je leur propose un dîner aux petits oignons.

J'ai réinvesti tout ce que j'ai découvert à L'Absolu pour leur montrer mes progrès. Léandre m'a aidée, et ça m'a rappelé toutes ces fois où on discutait en cuisinant.

— On est rentrés ! crie ma mère depuis l'entrée.

Je cours l'accueillir avec un sourire, lui barrant le passage vers mes fourneaux. Léandre joue les serveurs attentionnés et les installe avec cérémonie dans la salle à manger, où la table est déjà dressée.

— Oh là là, mais c'est en quel honneur ? Léandre, tu t'es encore trompé sur ma date d'anniversaire ?

— Quoi ? mime mon frère, une main sur le cœur. Non, bien sûr que non, je sais bien que c'est le 2 février.

Maman s'apprête à le reprendre, contrariée, quand elle comprend qu'elle vient de se faire « léandrer » en beauté. Elle lui tapote gentiment le bras et on s'installe pendant que mon père sort une bouteille.

— Alors, qu'est-ce qui nous vaut de retrouver notre petite cheffe préférée ? il demande, en servant un verre à ma mère.

— Eh bien, je voulais juste vous faire profiter de tout ce que j'apprends. Je me suis dit qu'on n'avait pas pu trop se voir depuis que j'ai commencé mon stage.

Sans le désirer, j'ai mis une pièce dans la machine. Mes parents s'enflamment sur le fait que, c'est vrai, je cours tout le temps partout, c'est trop d'horaires, ça doit être bien trop dur pour moi. Je suis sauvée par Léandre qui s'extasie.

— Huuum, c'est trop trop bon, Ju !

— C'est absolument divin ! renchérit mon père.

Soudain, ses couverts rebondissent sur son assiette et il me regarde par-dessus ses lunettes en peau de cochon, inquiet.

— Ne me dis pas que tu tentes de nous brosser dans le sens du poil pour nous annoncer, après seulement dix jours, que tu veux abandonner ?

— Ah non, Juliette ! s'emporte ma mère sans chercher plus loin. Hors de question. On t'avait prévenue : tu commences, tu finis, pas de négociations !

Je les observe, estomaquée.

— Vraiment, Juliette, peste mon père, si tout le monde renonce à la première contrariété, ce n'est pas possible !

— Mais vous allez la laisser parler, deux secondes ?

Mon frère a arrêté de manger pour les foudroyer du regard. Il pointe un doigt vers moi, qui suis restée silencieuse. Il y a encore quelques semaines, je me levais de cette table, furieuse. Aujourd'hui je veux les convaincre que j'ai grandi, quand eux ne voient toujours en moi qu'une gamine orageuse qui n'en fait qu'à sa tête.

J'aimerais qu'ils comprennent que j'ai enfin trouvé un rêve qui me donne envie de me battre.

— Mais, bafouille ma mère en saisissant les doigts de Léandre entre les siens. Ce n'est pas le vernis de ta sœur ?

Tout d'un coup, toute l'attention de mes parents se focalise sur ses mains.

— Si, mais je ne vois pas le rapport, se défend Léandre.

— Non, aucun rapport, je trouvais juste la couleur jolie.

Maman étonne mon frère et ils se sourient. Le seul qui n'oublie pas le sujet, c'est mon père. Il reprend son plat en me faisant un signe de tête.

— Bon, Juliette, qu'est-ce que tu voulais nous dire ?

— Eh bien... je me gratte la gorge. J'aime vraiment ce que je fais : apprendre d'un chef, les coups de feu. Alors, j'ai réfléchi.

— Ouh là, ironise mon père.

Je ne l'ai peut-être pas volée, celle-là. La dernière fois que je leur ai dit que « j'avais bien réfléchi », c'était pour leur annoncer que je voulais me faire tatouer un sushi sur l'intérieur du bras...

— Valentin m'a aidée à chercher différentes formations. J'en ai trouvé une qui me semble géniale : elle m'offre un diplôme – oui, reconnu par l'État, papa – et ça me permettrait, en même temps que les cours, de faire une alternance.

Mes parents échangent un regard que je ne comprends pas. J'imagine qu'on développe toujours un langage secret après trente-sept années de mariage.

— Maintenant, j'espère que vous allez me soutenir aussi.

— Alors, ça te plaît vraiment ? Mais, l'ambiance n'est pas trop violente ? Les chefs ne sont pas trop durs ? Et tes jambes ?

Je trouve quand même que tu as l'air fatiguée, Juliette. On dirait même que tu as perdu quelques kilos, non ?

Ma mère m'analyse sous toutes les coutures alors que mon père reste silencieux. J'ignore sa dernière remarque, je n'abandonnerai pas cette discussion.

— J'adore tout, maman. Et je me sens à ma place.

Sous la table, conscient de l'effort que ça me demande de passer outre l'infantilisation et les réflexions sur mon poids, Léandre serre ma main dans la sienne.

— Je veux finir mon stage, aller en CAP, faire une alternance. À L'Absolu, pourquoi pas.

— Bon... ma mère inspire un coup, échange un autre regard avec mon père. Si ça te plaît, je suis contente Juliette, vraiment. Mais une chose à la fois. Déjà, termine ces deux mois et on verra ensuite. Je pense quand même qu'un bac général est essentiel, ma puce. Ne gâche pas tes chances pour l'avenir !

Après ça, j'ai arrêté d'écouter. Je croyais avoir bien défendu mon cas, avec maturité. J'ai réduit ma peine, je devrais être contente : mes parents ne parlent plus de faire des études supérieures, juste de passer le bac. Pourtant, ça ne me suffit pas. Pas du tout même.

*

Je repense à tout ça, le lendemain au restaurant, alors que je découpe les légumes qui accompagneront l'agneau préparé par Baptiste.

Je leur ai assuré pendant tout le repas que tout allait bien, que le reportage de ma mère n'était pas fiable (oui, elle est revenue dessus, trois fois...). Je préfère encore manger des petits pois de cantine non épluchés pour le reste de ma vie que de leur avouer qu'ils avaient en partie raison.

Il n'y a qu'à Léandre que j'ai fini par confier que l'ambiance n'était pas toujours incroyable, et j'ai dû le rasséréner tout le reste de la soirée sur le fait qu'Horace, le second, prenait soin de tout le monde, que la punition du trio n'avait rien à envier aux supplices grecs.

Ce à quoi il m'a répondu :

— Je sais que tu gères, tu t'en sortiras très bien.

Je ne veux repenser qu'à ça, et pas aux doutes des parents.

Ou aux missions de commis, toutes plus répétitives les unes que les autres. Maintenant, je peux éplucher et couper tous les légumes, récupérer une livraison, m'assurer de la qualité d'un produit, mais je n'ai pas cuit un seul poisson.

J'ai vraiment beaucoup appris, mais j'aimerais tellement que ça aille plus vite. Angélique et Rayane semblent beaucoup plus patients que moi.

Rayane est capable de jouer trente *games* de *Call of*, de perdre, de comprendre ses erreurs, et de recommencer. Je suis plutôt du genre à frapper la manette contre le mur si j'enchaîne deux défaites...

Alors je m'interroge : est-ce que je suis vraiment faite pour les *étoilés* ? Faite pour cette hiérarchie, cette discipline, cette maîtrise ? Je me deman...

— Aaaaaaah !

C'est un cri ! Tout le monde s'arrête, comme si on était mis sur pause, et je me rends compte qu'il vient de Rayane. J'abandonne mes céleris branches et me précipite vers lui.

— Poussez-vous !

La voix d'Horace fait autorité et il débarque avec une trousse de secours. Il nous écarte, nous oblige à retourner à nos postes, mais je ne peux pas m'y résoudre. L'index gauche de Rayane disparaît rapidement dans des bandages et sous des gazes. Il est pâle, tremblant, mais trouve encore le moyen de sourire quand Horace tente de lui remonter le moral.

— Bon, Rayane, je suis désolé, mais... je ne pense pas que mon pauvre pansement suffise, il faut t'emmener à l'hôpital, pour être sûr que tout va bien.

— Je peux l'accompagner, je propose.

Le sous-chef m'examine, pèse le pour et le contre, regarde l'heure et approuve.

— OK, faites ça. Vous m'envoyez des nouvelles tout du long et vous revenez dès que possible ! Avec vous deux en moins, le service du soir risque d'être chaud.

J'aide Rayane à se relever et on part en direction des vestiaires en urgence. On se change, on attrape toutes nos affaires et j'attends que l'ambulance l'emmène avant de le suivre avec Moby vers les urgences.

Je le retrouve, assis seul sur une chaise, le pied martelant le sol comme un batteur électrique. Je m'installe à côté de lui.

— Ça va ? je demande.

— Ouais, ça va, il répond, le visage pâle comme un torchon propre.

— Non, Rayane, est-ce que ça va ? Vraiment ?

Je l'oblige à me faire face et à croiser mon regard. Il hausse les épaules. Réfléchis. Admire le reste de la salle d'attente, les pansements faits à l'arrache, les gens qui s'endorment, le distributeur automatique qui ronronne.

— En fait, je suis diabétique. De type 1, il précise aussitôt, comme si ça devait tout m'expliquer. Ça s'est déclaré quand j'avais quatorze ans. Heureusement, mes parents s'en sont vite rendu compte, mais ça a changé ma vie. Avant, je pouvais manger tous les bonbons d'Halloween sans réfléchir, me faire un McDo sans conséquence, mais après... Mon cerveau a dit à mon pancréas qu'il pouvait faire la grève et depuis, c'est la merde.

Je ne sais pas quoi dire, je ne crois même pas qu'il ait besoin que je prononce le moindre mot. Alors je me tais, je saisis juste sa main droite, celle intacte, et je la serre dans la mienne.

— Depuis toujours, mon rêve, c'était d'être cuistot. Mais avec cette maladie, j'ai cessé d'y croire. C'était trop dur à gérer, trop de stress. Et puis, un cuisinier qui doit faire attention à ce qu'il mange, c'est un peu con, tu vois ?

Je ne vois pas trop, parce que je n'y connais rien au diabète, mais j'approuve d'un signe de tête.

— Depuis quelque temps, je contrôle mieux mon taux de sucre et ma maladie.

Il sort alors un petit boîtier qui ressemble aux MP3 que Valentin possédait, plus jeune. On dirait vraiment une sorte d'iPod, avec un fil qui remonte jusqu'à... son ventre. Il relève juste assez son tee-shirt pour que je comprenne que ce ne sont pas des écouteurs. J'imagine que le boîtier est directement relié à son pancréas ? Je me demande comment je n'ai pas pu remarquer ça avant.

— Ce petit truc a changé ma vie, mais il y a quand même des jours plus compliqués que d'autres. Et si parfois je suis bizarre, c'est parce que je fais de grosses hypo. Quand le service est trop intense, j'arrive pas à me resucrer et je tremble, je bégaie, je deviens encore plus maladroit et... enfin voilà.

Il me tend son doigt enrubanné en souriant. J'ai des dizaines de questions, mais je ne veux pas gaffer. La seule chose que je connaisse du diabète, c'est que c'est ce qu'avait ma mamie, mais on disait que c'était parce qu'elle mangeait trop. À côté, Rayane est une crevette, j'ai du mal à comprendre qu'il puisse avoir la même affection.

— Mais, là tu fais toujours une « hypo » ? je demande.

— « Hypo », c'est pour hypoglycémie. Et non, je me suis resucré avant de partir.

Vu ma tête, il sent qu'il me faut des phrases complètes.

— J'ai englouti trois barres de céréales pour remonter mon taux de sucre, en gros. J'ai oublié de checker et, comme j'étais concentré, je n'ai pas bien réglé mon insuline. Erreur de débutant. Des fois, je me demande si je ne devrais pas arrêter.

— Je te laisse une minute pour douter de toi, je dis en reprenant ses mots. Mais ensuite, je ne veux plus jamais que tu imagines que ta place est ailleurs que derrière les fourneaux.

Je serre encore plus sa main dans la mienne. Je culpabilise tout d'un coup. J'ai l'impression d'avoir répété l'erreur d'Ysée avec lui : j'étais tellement concentrée sur mes doutes que je n'ai pas vu qu'il se débattait avec ses propres incertitudes.

— Mais, tu n'as pas prévenu les chefs ? Peut-être qu'ils peuvent adapter ton poste, te permettre de retourner aux vestiaires à tout moment, coup de feu ou pas.

— Non, je ne voulais pas leur en parler. J'avais peur que ça les inquiète, qu'ils ne me donnent pas ma chance. J'ai été con, je pensais vraiment que j'arriverais à gérer tout ça.

— Tu n'es absolument pas con, Potatoe. Et t'es un cuisinier exceptionnel. Tu es appliqué, passionné, patient, organisé. Tu as tout pour prendre la place de Legrand dans... vingt ans, quoi.

Il sourit et regarde nos mains, puis mon visage.

— Peut-être qu'il faudrait que tu leur en parles ? Je suis sûre qu'Horace saura parfaitement bien réagir. Tu ne peux pas continuer comme ça. Tu pourrais te faire encore plus mal.

— Ouais, t'as peut-être raison.

— C'est sûr que j'ai raison, oui !

On reste là, sans bouger, sans séparer nos doigts. Je le sens qui s'apaise.

— Tu veux que je prévienne tes parents ? Il faut qu'on leur dise, non ?! je m'exclame en le lâchant soudain pour m'emparer de mon portable.

— Oh, t'en fais pas... il soupire, blasé. Ils sont déjà prévenus.

Il scrute alors le bout d'un couloir. Et là, apparaît un homme qui semble être le sosie de Rayane, avec trente ans de plus. Il a plus de bidou, une barbe poivre et sel et des cheveux accordés, avec la même mèche qui retombe sur des lunettes rondes que je reconnais presque.

Je ne peux pas retenir un petit rire en voyant l'air saoulé de Rayane, face à celui qui ne peut être que son père. Un médecin, avec la blouse blanche et le stéthoscope qui entoure son cou.

— Rayou, ça va ? Qu'est-ce qu'il s'est passé ?

Il saisit sa main blessée avec rapidité et douceur. Il retourne le pansement, le sonde, appuie sur des nerfs, des muscles, ou je ne sais pas trop quoi. Il l'interroge ensuite sur son taux, son insuline, sa pompe, son hypo et je ne comprends rien, à part que Rayane trouve les mots pour le rassurer.

— Bon, je vais m'occuper de toi, on va te remettre comme neuf.

Le regard de « papa Rayou » se pose alors sur moi, qui n'ai pas osé bouger.

— Paps, Juliette. Juliette, mon père.

— Oh, je m'en suis doutée, je pouffe.

— Enchantée, mademoiselle.

Les yeux du docteur deviennent brillants tout d'un coup, ils passent de son fils à moi avec un plaisir non dissimulé.

— Je suis le docteur Amrouni, le fier papa de ce *beau*, grand, et gentil garçon...

— Oh nan, s'apitoie Rayane, la tête dans ses mains.

Je suis ravie de rencontrer le père de mon ami et n'hésite pas à lui serrer la main avec joie.

— Et je suis Juliette, fière collègue de votre beau, grand et gentil garçon.

— Achevez-moi, soupire Rayane.

— Oh, lâche le docteur qui semble déçu. Collègue ? Pas petite copine ? C'est domma...

— Allez, on y va !

Rayane s'est levé d'un bond, les joues rouge harissa et il le pousse le plus loin possible de moi. Ça n'empêche pas ce dernier de me faire un salut, amusé, pendant que son fils le supplie de se dépêcher.

Ils disparaissent au bout d'un couloir et je me rassois pour attendre mon « collègue ». Je trouve ça mignon que son père ait pu me prendre pour sa petite copine...

Et, comme mes pensées n'ont pas plus de sens qu'un plat de restes, je décide plutôt d'envoyer un nouveau message à Ysée. Encore une fois, je ne raconte rien de ma vie, de mon super collègue, de mon aprèm aux urgences ou de mon repas de la veille avec mes parents. Je me contente d'un simple :

> Coucou Ysée, tu vas bien ?
>
> Je pense à toi, j'espère que Quinoa se porte comme un charme, tu me manques.
>
> À très vite ? ❤

21

Quand je retrouve Rayane, son index est bien emballé. Et, je ne sais pas comment il a fait, mais il s'est débarrassé de son père au passage. N'empêche qu'il tient quand même à ce qu'on parte rapidement, pour ne pas le recroiser.

— Tu vas pouvoir travailler ?

— Oui, plus de peur que de mal, et j'ai de la chance, je suis droitier. Ça risque d'être un peu handicapant, mais j'ai convaincu mon daron de ne pas me faire un arrêt. Il faut juste que je fasse attention.

— Je te tiendrai à l'œil alors, je lance avec un sourire.

— Avec plaisir.

On se retrouve devant les urgences, à regarder le ballet des voitures et des taxis. Je lui désigne Moby d'un léger signe de tête.

— Tu veux que je grimpe là-dessus ? il demande avec un air suspect.

— Moby, Rayane. Rayane, Moby.

Il esquisse un sourire à peine soulagé. Je ne comprends pas pourquoi il est angoissé, je ne crois pas lui avoir dit pourquoi Ysée refuse de monter avec moi en mobylette...

— Si je me dépêche, on devrait arriver pile pour le coup de feu de ce soir, je suggère en enfilant mon casque bardé de stickers et en lui tendant celui qui traîne toujours dans le coffre.

Il s'en saisit, et je l'aide à le mettre, car il est clair que son index est encore un peu douloureux. Il ne me quitte pas des yeux.

— Et si... il commence, dans un murmure.

— Et si quoi ? je répète, aussi bas que lui, comme si les arbres pouvaient nous entendre.

— Et si on séchait ?

— Quoi ? Comme les cours ?

— Personne ne sait qu'on a eu un passe-droit aux urgences. Normalement, on aurait dû attendre genre 5 heures. On pourrait envoyer un message et juste...

— S'enfuir au soleil couchant ? je finis.

— Ouais.

— OK. Ça peut être cool.

Il répète doucement « cool », à son tour, comme une formule magique et on reste là, à écrire et réécrire le SMS que j'envoie à Horace, les casques toujours sur nos têtes même si la chaleur nous étouffe. Une fois que c'est fait, j'arrive à le convaincre de grimper sur l'engin.

— Tes mains sur mes hanches.

— Quoi ? s'étrangle Rayane.

— Pour pas tomber, Potatoe...

Pendant une seconde, je me dis qu'il n'aura peut-être pas envie de me toucher, de mettre ses mains sur mes bourrelets, que, sans doute, je le dégoûte. Mais non. Il s'accroche. Et je démarre.

Après un kilomètre, je sens qu'il se détend un peu, nos casques s'embrassent sur le trajet tant on est collés l'un à l'autre. On savoure le vent qui nous fouette le visage, le soleil qui commence à caresser la Loire en mille reflets chauds et vibrants. Je prends mon temps, je fais un détour pour faire durer le moment, maintenant qu'il est à l'aise. À chaque feu rouge ou stop, il me hurle dans l'oreille pour que je l'entende. On passe devant son ancien collège, on suppose qu'on a dû se croiser plusieurs fois à la médiathèque, ou au McDo, au centre Place d'Arc.

On a les mêmes repaires, des souvenirs en miroir.

Pendant tout le trajet, je n'arrive pas tout à fait à oublier ses mains sur mes hanches. On dirait presque qu'elles ont toujours été là. Je crois qu'à part Ysée, je n'ai jamais supporté que quelqu'un se tienne à moi comme ça, mais avec lui, ça semble naturel. Normal.

Je remonte la rue d'Escures et tourne à gauche après l'église pour garer Moby à sa place habituelle. Je dis bonjour à Philou et lui présente mon ami.

— Collègue ? Pas copain ? Eh ben, la jeunesse, qu'est-ce qui vous...

— Désolée Philou, on doit y aller !

Je saisis Rayane et l'embarque à ma suite.

— Qu'est-ce qu'ils ont tous ? je soupire quand on est assez éloignés.

— Ouais, c'est...

— C'est dingue ! Comme si on pouvait être ensemble.

Je ris avant de m'arrêter rapidement. Ma blague ne semble pas lui faire trop d'effet...

Je préfère changer de sujet et lui demande où il veut aller. Il m'entraîne alors jusqu'au parc Pasteur. On fait le tour, il me montre où il a chuté du petit train, gamin, ce qui lui a valu une cicatrice en forme d'étoile sur le genou. Pour preuve, il me la fourre sous le nez en pouffant. Moi, je lui désigne l'endroit où j'ai embrassé mon premier copain, à huit ans. Juste derrière le carrousel alors qu'on était en sortie avec l'école.

Il me pose plein de questions, et on rit et la nuit tombe et on se fait mettre hors du parc. C'est là qu'on se rend compte qu'on a faim, et que cette soirée de liberté est encore longue.

— Viens, je sais où on peut manger.

— Hum... si tu trouves un resto que je ne connais pas, c'est plus vingt points, car ça commence à devenir très rare, je lance avec prétention.

— Peut-être que tu connais, mais c'est mon préféré.

On redescend toute l'avenue de la République, la place du Martroi. Quand on arrive place de Gaulle, où les trams se croisent devant la maison Jeanne d'Arc, et qu'il me dit que c'est là, j'ai du mal à y croire. Il n'y a qu'un kebab répugnant et une boulangerie dans le coin...

Il me désigne alors une petite enseigne, bloquée entre une agence de voyages et une laverie.

— Les meilleurs falafels d'Orléans ! Franchement, la bouffe libanaise, c'est top tier.

— Quoi ? Comment tu peux faire une liste ? Comment tu peux départager un plat de pâtes d'un sushi ou d'un chawarma ?

— Tu auras un tout autre discours quand tu auras goûté les plats d'Issam, je te le dis !

— T'es bien confiant, Potatoe...

D'un pas assuré, il rentre et salue Issam, le patron, avec qui il échange un check avant de me présenter.

— Dis-moi, chef, tu manges quoi ce soir ? demande Issam.

Avec aplomb, Rayane commande pour nous deux avant qu'on ne grimpe à la salle en mezzanine. On s'assied l'un en face de l'autre et je remarque qu'il rougit d'un coup.

— C'est cool d'être avec toi... il commence, en dehors du taf et tout, je veux dire. Enfin, avec toi, pas « avec toi avec toi », mais avec toi, comme des potes, tu vois ? Je...

Je le regarde, comme un robot qui me réciterait l'alphabet à l'envers. Plus il s'enfonce, plus il devient rouge radis. Il se frotte le font, dégage sa mèche d'un revers de main, soupire.

— Je suis le pire, oublie ce que je viens de dire !

— Non, non, moi aussi je suis contente de passer du temps avec toi. Par contre, je te préviens, si ce resto libanais est mauvais, je risque de ne plus jamais t'adresser la parole.

Il sourit, et je dois avouer que les falafels sont très bons. Mais le soudjouk, le kefta et le houmous me laissent sans voix. Le mezzé est divin et je soupire d'aise tout le repas, à analyser les cuissons et les épices, à ne pas savoir par quelle bouchée finir. Rayane me regarde avec amusement et me fait des suggestions que j'écoute avec avidité.

À la fin, je suis convaincue que je vais rouler dans les escaliers. Mais par miracle, je parviens à les descendre dignement. On se dirige vers la caisse et Issam nous demande nos impressions. Je l'enroule dans les compliments comme un poisson dans la panure et lui pose trois cents questions.

Je vais pour payer, mais Rayane me prend de court. Et, quand on est sur le point de partir, Issam nous arrête avec un sourire :

— Eh, les amoureux, je vous offre deux nanmouras pour le trajet, tenez !

Il nous propose une petite boîte en carton, et quand on sort, il nous suffit d'un regard pour pouffer à nouveau.

— Décidément, faut croire qu'on est sacrément bien assortis, Sashimi.

— Tu l'as dit, Potatoe.

On rit avant que Rayane me tende les pâtisseries. Je commence à râler, protester, affirmer que je ne pourrais jamais plus rien avaler, quand il me lance avec un sourire :

— C'est juste pour contrôler mon niveau de sucre, Ju. Tu peux le tenir deux secondes ?

— Oh, oui, bien sûr.

Comme je n'y connais rien, je me tourne pour lui laisser une certaine pudeur et je l'entends qui pouffe.

— Je me déshabille pas en pleine rue, tu sais.

Il remonte sa manche de tee-shirt, pose son téléphone sur l'arrière de son bras et consulte son écran avant de modifier les données de sa pompe. Je l'observe, ébahie, et il m'explique tout : le capteur qui analyse son taux de sucre, les infos récoltées, le pic de sucre du repas qu'il va devoir gérer avec son insuline. Il est clair, attentionné, et je me rends compte qu'il porte toujours des manches jusqu'aux coudes.

— Ouais, il soupire. Parfois, les gens ne comprennent pas pourquoi j'ai un rond en plastique dans le bras et ça les fait flipper ou je sais pas... à croire que le diabète est contagieux.

— Ce sont des idiots, je confirme. Alors, c'est bon, t'es sucré comme il faut ?

Il rit et me dit que tout est OK.

C'est là que je me rends compte qu'il y a beaucoup de monde pour un soir de semaine, en pleines vacances, c'est étonnant... Comme des saumons, on remonte le courant.

— Mais oui ! il s'exclame. C'est le feu d'artifice pour le 14 juillet. On y va ?

Je confirme d'un signe de tête et on se tient l'un à l'autre pour se faufiler dans la cohue et se frayer un chemin jusqu'au George V. Un magnifique pont en pierres qui disparaît sous la foule. C'est le meilleur spot pour admirer le spectacle.

Au milieu de toutes ces têtes, je reconnais une chevelure que je ne peux confondre avec aucune autre.

— Oh merde, je m'exclame. Suis-moi !

Je tiens la main de Rayane dans la mienne et me précipite à la suite d'Ysée. Elle ne répond plus à mes messages, c'est sans doute ma seule chance de lui reparler, de m'expliquer. Après une minute de lutte, je parviens à ses côtés et tapote son épaule. Elle se retourne et je n'arrive pas à lire son visage qui oscille entre surprise, joie, et frustration ?

— Eh, Ysée, ça va ? je demande d'une petite voix, me rappelant soudain que mon excitation de la voir n'a aucun sens dans notre *no man's land* amical.

— Oh, salut, Juliette. Oui et toi ?

OK. Pas le salut le plus chaleureux de l'humanité, mais hors de question de me laisser refroidir pour si peu. Je ne trouve pas les mots, mais j'espère qu'elle comprend tout ce que je n'arrive pas à lui dire avec mes yeux. Mes regrets. Le manque de la voir. Mon amour pour elle.

— Salut, moi, c'est Rayane. Fier collègue de cette belle, grande et gentille fille.

Il n'est plus à ça près, ce n'est que la quatrième fois de la journée qu'on rejoue cette scène, après tout. Un léger sourire m'échappe en l'entendant répéter les mots de son père.

Comme Rayane est le malheureux témoin de notre échange silencieux et gêné, il se met à parler pour trois.

— C'est cool de te rencontrer, Ysée. Tu es venue voir le feu d'artifice ?

— Ouais, je reprends, retrouvant mes esprits et saisissant le sujet à la volée, tu es venue pour le feu ?

— Hey, c'était ma réplique, geint faussement Rayane.

— Oui.

Ysée nous regarde tour à tour, comme si elle ne comprenait pas notre petit manège et j'aimerais lui expliquer. Lui raconter toute cette journée, nos délires et cette nouvelle amitié déjà si importante pour moi. Mais qui ne rattrape pas celle que j'ai perdue...

— Et t'es venue avec... quelqu'un ?

Je prends juste assez de recul pour me rendre compte que j'ai l'air d'un vieil ex toxique en lui demandant ça, mais c'est plus fort que moi.

— Euh. Je suis avec Inès, Hugo et Ivan.

— Oh ? Cool.

Mais ce n'est pas cool du tout. Je me sens abattue. Ces gens sont des nullos, des personnes qui ne comprendront jamais Ysée. Autrement, ils sauraient qu'elle a peur de la foule, et que l'abandonner sans un regard en arrière est la pire trahison envers elle. Qu'elle se fasse des potes, c'est déjà compliqué à digérer, mais des potes aussi merdiques et irrespectueux, ça me rend triste...

— Ouais, reprend Ysée, d'ailleurs, je pense que je devrais vraiment y aller, je crois qu'ils ne m'ont pas attendue...

— Tu peux rester avec nous, si tu veux.

Ysée arrête de chercher ses trois « amis » pour poser ses yeux sur nous. Elle fait une petite moue, semble hésiter et finit par hacher menu tous mes espoirs.

— Non, désolée, je vais essayer de les retrouver. À toute ?

— Ouais, à toute ! Carrément !

Mais elle ne me répond pas et s'éclipse. Je ne débusque plus sa chevelure au milieu des dizaines de têtes qui me dépassent.

— Pff, je ne comprends pas qu'elle préfère passer la soirée avec des imbéciles pareils...

— Oh, je ne crois pas qu'elle en ait vraiment envie. Je ne la connais pas, mais elle avait l'expression de quelqu'un qui doit manger un pot de moutarde là, tout de suite.

Je regarde Rayane, pour savoir s'il le pense ou s'il dit ça pour me rassurer. Il semble sûr de lui. Alors, pourquoi ne pas rester avec nous, me redonner une chance ? J'inspire un bon coup et nous nous avançons au bord du pont pour avoir une vue dégagée.

On se retrouve contre le garde-corps. La nuit est pleinement tombée et les lumières se reflètent sur la Loire. Rayane est à mes côtés alors qu'on attend le début du feu. Je l'entends tout juste murmurer « Juliette, je voulais te d... » que la première explosion multicolore retentit dans le ciel.

Pendant vingt minutes j'en prends plein les yeux, plein les oreilles, à tel point que j'oublie complètement qu'il voulait me parler.

22

Aujourd'hui, je suis en avance.

Mes parents étaient choqués que je doive travailler un jour férié. La vérité, c'est que je culpabilise déjà d'avoir séché le service de la veille. Alors, 14 juillet ou pas, j'ai tout donné ce matin pour rattraper mon absence.

Rayane est arrivé, son doigt toujours aussi bien emballé qu'une ballottine de volaille. Il se vante auprès du reste de la brigade de sa blessure de guerre, et Horace lui assure que c'est le métier qui rentre. Le second adapte malgré tout ses tâches, même si Rayane lui jure que tout va bien.

Pendant toute la préparation du matin, je le surveille du coin de l'œil. Je crains qu'il se coupe à nouveau, qu'il tombe dans les pommes, mais le plus souvent, il se fend la poire. Il est attentif, précautionneux, concentré et n'en loupe pas une pour arracher un sourire à son chef de partie. Pourtant, il épaule Baptiste, qui n'est pas connu pour être le clown de la troupe. Parfois, je remarque qu'il s'échappe vers les vestiaires, en toute discrétion.

Alors que je suis aux entrées pour la journée, je repense à la discussion qu'on a eue devant nos falafels. Rayane me racontait à quel point il était fier de bosser pour L'Absolu, qu'il apprenait énormément. J'ai tempêté : éplucher des légumes pendant deux mois, ce n'est pas apprendre. Mais Rayane n'était pas d'accord. C'est vrai que, quand je le regarde, je vois qu'il traite chaque carotte comme un trésor.

Je me concentre sur mon propre plan de travail que j'organise. Les fleurs de courgettes sont destinées à devenir de jolis poupetons farcis avec une duxelles de champignons de Paris et de truffes. Mais, pour ça, il faut qu'elles soient parfaites. Du coup, je m'applique, je répète le geste, je me chronomètre mentalement. Le chef m'a expliqué qu'elles étaient toutes soigneusement choisies, qu'elles ne devaient jamais prendre l'humidité car elles ne restent pas fraîches longtemps. Je me répète les instructions de Renaud et m'applique : je frotte doucement la courgette pour enlever les petits poils, je coupe le pédoncule, puis le plus dur commence. Je tire délicatement les pétales, l'ouvre et je retire le pistil que je jette. Enfin, je fourre la fleur et la réserve.

Une fois que le geste est devenu mécanique, une seule pensée m'obsède : il se peut qu'à la fin de l'été je ne remette plus jamais les pieds dans une cuisine. Je dois savourer, étouffer ma frustration.

— Alors ma petite, t'en es où ?

— Elles sont préparées, chef, prêtes pour la cuisson.

Maxime observe mon travail à la loupe. Il examine chaque fleur, approuve, en écarte deux. Il finit par arborer une moue de satisfaction, et c'est ce que j'aurai de plus proche d'un compliment. Il me remontre le geste, m'explique ce que je fais mal.

— Et attention, ma petite, chaque fleur est fragile et coûte cher. Souviens-toi que quand tu te trompes et que tu n'es pas à la hauteur de ce que l'on sert dans nos assiettes, c'est une perte pour le restaurant.

— Oui, chef.

Je ravale difficilement le « oui, mon grand » que j'aurais aimé lui répondre. Ce n'est pas si grave qu'il me surnomme « ma petite » et qu'il appelle Nicolas par son prénom et pas « mon poto » ou « ma couille ». Je préfère profiter de ses conseils que me battre contre lui. Je lui pose donc des questions et le fais répéter autant de fois que nécessaire. Il est d'abord surpris, mais visiblement ravi.

Quand il s'éloigne, il sourit.

— Allez, Juliette, transforme ces fleurs de courgette en reines de beauté, OK ?

Et je lui rends son sourire, car il se souvient enfin de mon prénom. Je mets du cœur à l'ouvrage et donne tellement de moi que j'ai même le droit d'aider Nicolas à faire la sauce avant le coup de feu.

Quand le dernier dessert décolle du passe, Legrand soupire et applaudit doucement.

— Bien, super, merci tout le monde ! Profitez de votre pause, soufflez un peu et on se retrouve à 17 heures pour le brief.

Je remarque qu'il ne nous a pas asséné du « les gars ». Je jette un œil discret à Horace, à droite du chef, qui me fait un signe de tête, d'un air entendu. Je commence à me demander si une petite révolution n'est pas à l'œuvre ici.

Je défais ma charlotte, ravie de laisser mes mèches respirer et m'approche de Rayane et Angélique.

— On se pose aux BDL ? je propose en réprimant un bâillement.

— Sans moi, je dois... parler aux chefs, répond Rayane.

Il jette un coup d'œil vers Legrand et Horace qui partent s'enfermer dans le bureau vitré. J'imagine qu'il veut prendre les mesures qui s'imposent avec son diabète. Je pose ma main sur son bras, pour le rassurer.

— Je t'attends ?

— Non, merci, ça va aller. J'espère que je serai encore là pour le service de ce soir.

— Mais oui, bien sûr. Baptiste ne survivrait pas sans ton aide !

Je me tourne alors vers Angélique, qui a déjà le nez dans son portable.

— Et toi ? je lui demande avec un sourire.

— Argh, désolée, ma belle, j'ai un rancard.

— Ouuuuh, on minaude avec Rayane. Elle s'appelle comment ?

— Julie...

Angélique inspire un bon coup et file se changer, tant que les vestiaires sont vides. Je m'apprête à abandonner Rayane, lui assurant qu'il peut me joindre à tout moment.

Je reste juste le temps de le voir accueilli par les chefs, et je pars à mon tour.

Je savoure alors cette solitude inattendue. Elle n'est interrompue que par le chant des oiseaux, le bruit des voitures, et un joyeux grognement de mon estomac. Je sais où je dois aller. Où je *veux* aller.

Alors que j'écris à Valentin, qui me harcèle à propos des formations, je remonte vers La Racine. C'est fou, mais mon frère est mon plus gros soutien. Je pensais qu'il me renierait si j'abandonnais le lycée, au lieu de ça, il me rappelle tous les papiers que je dois remplir pour l'administratif, il contacte lui-même les secrétariats pour avoir des renseignements. Il a ouvert un Google Doc où il note toutes ses démarches. Il a déjà envoyé ma candidature et, bien sûr, il a fait un calendrier avec les dates de réponse, de relance. C'est un génie terrifiant.

— Tiens, si c'est pas notre toquecheffe ! s'exclame Simonne qui m'accueille avec un grand sourire.

C'est étonnant, mais en passant la porte du restaurant, j'ai l'impression de rentrer à la maison. J'ai le même sentiment de confiance, de bonheur. Je me sens à l'aise. Hanaé rit avec des habitués et Simonne m'installe à la table qui a la meilleure vue sur le passe. Elle me lance un clin d'œil avant de m'indiquer les desserts.

Je dévore quand même le reste de la carte des yeux.

En entrée : crémeux à l'avocat brûlé, avec un xérès de tomates et un sablé cheddar maturé. Suivi d'un bœuf mariné sous vide pendant 24 heures, un condiment tigre qui pleure et un chou kale avec ses radis daikon et ses pêches pochées. Et enfin, la gourmandise que j'ai hâte de présenter à mon palais : une panna cotta aux framboises et son samoussa aux amandes et aux épices.

Je trépigne sur ma chaise en l'attendant. Je sors mes livres, mon carnet, mais au lieu de griffonner des recettes, des techniques, des termes à apprendre, je liste juste les questions que je voudrais poser à Hanaé après lecture de son menu.

Quand ma coupelle arrive, je suspends ma cuillère puis la plonge dans la panna cotta onctueuse. Mon couvert rencontre une toute petite résistance. Mon palais est ravi par les saveurs sucrées avant d'être percuté par une touche acide de framboise. Je goûte tout séparément. J'admire la précision du samoussa, son feuilletage, sa farce aux épices. Et quand je déguste l'ensemble, mes fesses gigotent toutes seules sur mon siège.

— J'en déduis que le dessert n'était pas trop mal ? me questionne Hanaé en s'approchant de ma table.

— C'est un truc de malade, les textures sont folles ! Ça croque, ça fond, ça englobe tout, ça explose en bouche, et puis ça caresse. Une grande baffe aux papilles, puis la douceur prend le dessus pour leur faire un câlin, l'air de dire : « Oh, mais ça va aller, mes chéries ». Et ensuite, les épices qui reviennent, comme un méchant de Disney qu'on croit mort, mais en fait pas du tout, et elles habitent tout le fond du palais. Sauf que ce sont des méchantes qui deviennent gentilles, elles sont juste là en mode « on te réchauffe pour les nuits d'hiver qui arrivent ».

— Oh, waouh.

Je rougis, me cache les yeux d'une main. La nourriture d'Hanaé doit être empoisonnée, c'est sûr. À chaque fois, je me transforme en pauvre fan hystérique, elle a jeté un sort à ma langue, c'est obligé...

— Franchement, j'ai des milliers de questions !

— Ouais ? demande Hanaé.

Je ne sais pas si je l'embête, si je l'amuse, si je l'indiffère, ou un mix des trois. Son visage est comme un masque sublime, mais impassible. Bras croisés, elle me regarde.

— Eh ben, pose-les, m'encourage-t-elle finalement avec ce que je crois être un sourire.

Comme je ne m'accorde plus aucune confiance, je m'empare de mon carnet et lui lis simplement ma liste. Elle me répond avec une patience que je ne lui imaginais pas. Je note tout : les épices qu'elle m'indique, les conseils dont elle saupoudre son discours, avec une attention de meilleure élève qui ferait pâlir Ysée « Hermione » Buti.

— J'aime tellement cette vision, je soupire, les étoiles dans les yeux. Voyager, apprendre de cultures différentes, puis dépayser les clients qui viennent simplement au restaurant. Je voudrais faire ça aussi, un jour. Travailler dans ce genre d'endroit, où tout le monde parle, échange.

— Oui, j'imagine que ça change de L'Absolu, pas vrai ?

J'approuve d'un signe de tête, mes yeux encore fixés sur le passe. Je n'arrive pas à me défaire des commis qui s'activent, rient, nettoient, un sourire au visage.

— Et, tu... vous prenez des commis, parfois... quand ?

Je m'embrouille à nouveau, rougis à outrance et n'ose plus croiser son regard.

— Tu peux me tutoyer hein, les « chefs » à tout-va m'ont toujours ennuyée de toute façon. Et ouais, parfois, on embauche, mais comme tu peux le voir, on est une très petite équipe.

Le constat m'avait déjà frappée. J'ignore l'échange silencieux de Simonne et Hanaé, obnubilée par ceux qui s'agitent derrière les fourneaux. J'ai l'impression d'être du mauvais côté du rideau, avec les spectateurs passifs. Je ferais tout pour être à leur place, un jour.

Mes yeux ne se déconnectent que lorsque je me rends compte que Simonne s'est postée à côté de sa femme, à qui elle murmure un truc dans l'oreille.

Hanaé se gratte le cou. Sa peau est tatouée, au-dessus de son col, d'un bol de ramen avec des baguettes, d'une moitié de tranche de citron et d'un petit oignon. Le reste se perd sous sa blouse blanche maculée de taches de gras et de sauce tomate.

Elle me fait face, et sans cérémonie me lance une phrase que je n'aurais jamais espéré entendre. Du genre qui me transforme comme une panna cotta, samoussa aux épices. C'est piquant, tout doux, sacrément réconfortant et plein de promesses.

— Qu'est-ce que tu dirais de venir bosser avec moi – avec nous – après L'Absolu, pendant ta pause ? On pourrait te montrer deux trois trucs, t'aider pour ton CAP ?

DESSERT

23

La proposition d'Hanaé me fait plus d'effet que de trouver une fève dans une galette des Rois. Son offre vaut plus que mille couronnes. J'ai dû me faire violence pour ne pas enlacer Simonne, que j'imagine être ma bonne fée dans cette histoire...

Ma vie pourrait être parfaite.

Mais un repas délicieux, si on le mange seul, n'a plus de saveur.

Et moi, je ne veux partager mes coups de cœur culinaires qu'avec une personne. C'est avec elle que j'aurais dû y aller, dès le début. Avec elle qu'on aurait dû analyser les plats, les influences, avant de tout consigner dans notre carnet, de donner une note, de le classer dans notre top des restaurants d'Orléans.

Après en avoir parlé à Léandre la veille au soir, j'ai passé ma matinée de repos aux fourneaux. Je voulais reproduire une recette de La Racine. Seulement, j'ai dû improviser avec ce que j'avais dans mes placards. J'ai concocté un plat d'amour, qui montre à Ysée la modernité de La Racine, et à quel point je suis désolée.

J'emballe tout ça comme le meilleur livreur Uber Eats et je fonce jusque chez elle. La supérette des Buti est juste à côté de leur maison, je salue le papa d'Ysée, toujours au charbon, avant d'aller sonner.

C'est elle qui m'ouvre, ses boucles vénitiennes relevées en chignon par un crayon. Elle a ses lunettes sur le bout du nez et des taches d'encre sur les mains, comme toujours. Qu'est-ce qu'elle peut bien réviser en plein mois de juillet ?

— Sal...

Je n'ai pas le temps de finir qu'elle me fonce dessus. Je suis tellement soulagée que je sens les larmes me monter aux yeux. Ysée, elle, sanglote carrément.

— Tout va bien ? je m'inquiète, le nez chatouillé par ses frisottis.

— Voui, voui, ça va.

Ses mots sont noyés par l'émotion. Je ne m'alarme pas plus que ça car je sais qu'elle est capable de pleurer pendant un épisode de Toque Chef où un candidat fait une omelette en l'honneur de sa mamie décédée.

— Désolée pour tes cheveux.

Elle tente d'essuyer mes mèches, avant de me faire rentrer. On s'assoit autour de la table, dans un silence un peu bizarre. Je vois qu'elle évite mon regard, les joues rouge grenade.

— J'ai vraiment été une grosse quiche, elle finit par lâcher. Je...

Ses doigts s'emmêlent comme des spaghettis.

— J'avais peur d'être seule, je me suis sentie tellement abandonnée, sur le coup. Je ne pensais qu'à la rentrée, au fait que tu ne serais pas là, que tu vivrais ta meilleure vie. Sans moi. Du coup, je me suis rapprochée de toute la bande, avec qui je n'ai rien en commun, et je me suis sentie encore plus bête, et encore plus seule.

Ysée ose enfin relever les yeux. Je connais tous ses tics par cœur, je sais qu'elle a dû culpabiliser, je comprends pourquoi mon annonce a résonné comme un coup de tonnerre pour elle.

— Bref, soupire-t-elle, quand je t'ai vue sur le pont, j'avais qu'une envie, c'était de rester avec toi, de te parler, de te raconter toutes les idioties que ces blaireaux peuvent déblatérer...

— Et, on n'insulte pas les blaireaux, je proteste en souriant. Léandre est Poufsouffle, je te rappelle.

Ysée mime une moue scandalisée, mains sur la bouche et je remarque qu'elle se détend aussitôt. Quand elle reprend la parole, sa voix est aussi affirmée qu'une mayonnaise bien montée.

— En fait, je n'osais pas répondre à tes messages, ou venir te voir. Je me suis dit que, peut-être, tu étais passée à autre chose, que tu ne souhaiterais plus entendre parler de moi après le cirque que je t'ai fait au Campo Santo. Tu aurais eu raison de m'en vouloir... Je ne savais plus comment revenir vers toi.

— Mais tu rigoles ?! J'attendais que ça.

Je l'enlace en la rassurant comme je peux. Je n'ai jamais été très douée en effusions sentimentales, mon câlin semble avoir plus de force que mille mots.

— Je pensais à toi tout le temps, je reprends en m'éloignant un peu. Je me disais que la quiche, c'était moi. Je suis tellement désolée, Ysée, vraiment. Tu m'as trop manqué.

— Tu m'as encore plus manqué, patate.

— Et tu te feras d'autres potes. Je sais que c'est toujours compliqué pour toi d'aller vers des gens, mais tu rencontreras du monde. Bon, ils ne seront pas aussi géniaux que moi, mais ça fera l'affaire. Et Quinoa ?!

— Nickel, c'était juste une infection urinaire, rien de grave.

On sourit, et elle me tapote le bras avec douceur.

Et là, notre timidité se brise aussi simplement que le caramel d'une crème brûlée sous les coups d'une cuillère. Je lui impose un interrogatoire aux petits oignons, lui fais répéter les inepties de la bande du lycée, ou les anecdotes des clients de la supérette. Elle m'explique qu'elle a découvert le point de croix, que ça la détend, qu'elle a sauté de joie quand la date de diffusion de la nouvelle saison de Toque chef a été annoncée. Enfin, elle m'avoue que, pendant ce temps, elle n'a pas une seule fois pensé à Léandre. Elle se demande donc si elle crushait vraiment sur lui, en fin de compte.

— Ramen à ça si tu comprends finalement qu'il n'est pas fait pour toi ! je m'exclame.

— Bon, et toi ? elle me supplie. Je t'ai tout raconté, maintenant, j'ai mille questions, et tu as intérêt de répondre à tout !

Je la fais encore mariner un peu, le temps de déballer mes samoussas au brie, canard et fruits de la passion. Pour marquer nos retrouvailles, elle sort les plus belles assiettes de ses parents et on monte se poser dans sa chambre avec notre repas improvisé.

Entre deux bouchées, je lui relate mes derniers jours à L'Absolu, l'ambiance en brigade, le machisme constant, les bonnes rencontres, les tâches ingrates, mais riches, l'épluchage de légume, le Pingoléon et les petits pois.

— Je serais incapable de travailler dans la restauration, encore moins pour un chef étoilé… elle lâche, en léchant ses doigts. Je suis beaucoup trop sensible, je me mettrais à pleurer toutes les deux minutes. Je crois que je préférerais rester au lycée avec la bande d'idiots que de passer une semaine avec des pros. J'aurais l'impression d'être nulle, lente.

— Oh, ben, j'ai le même sentiment, tout le teeemps, je lui confirme. Franchement, au début, quand ils m'ont expliqué comment éplucher une carotte, je riais, maintenant, je me rends compte que je ne savais pas faire en fait…

— Il faudra que tu me donnes des cours ! Que tu me montres tout ça.

J'approuve d'un grand signe de tête, c'est une trop bonne idée ! C'est le meilleur moyen pour moi de continuer à partager des choses avec elle.

— N'empêche, reprend Ysée qui tente de me voler mon ultime bouchée, toi qui détestais les cours, tu travailles dans deux restos, révises pour ton CAP…

— Ouais, qui l'eût cru ? je pouffe. Je vais me donner toutes les chances, si j'arrive à convaincre mes parents, à changer d'orientation, à être acceptée, je ne veux pas être le chocolat à l'orange dans la jolie boîte de truffes…

Elle explose de rire, mais acquiesce.

— Maintenant, je refuse d'avaler quoi que ce soit tant qu'on ne sera pas allées à La Racine !

Ysée m'oblige alors à lui décrire tous les plats que j'ai vus à la carte, de lui raconter encore une fois les deux desserts que j'y ai mangés. L'Absolu, à côté, lui semble tout d'un coup beaucoup moins sexy.

On se promet de trouver un moment, très vite, pour y aller ensemble.

Pendant une seconde, je pense qu'elle va encore m'interroger par le menu sur ma recette de samoussas et l'épice que j'ai rajoutée au dernier moment, mais pas du tout. Son regard, chelou, se pose sur moi et elle s'approche, coude sur les genoux.

— Et le mec avec qui tu étais au feu d'artifice ? C'était... Rayane, c'est ça ?

Comme si, avec sa mémoire de dauphin, elle ne se rappelait pas son prénom. Je ne sais pas où elle veut en venir, mais je la connais assez pour comprendre qu'elle est en mission.

— C'est aussi en partie pour ça que je n'ai pas osé rester le 13... elle continue.

— Comment ça « pour ça » ?

— Ben pour vous deux.

— Quoi, « pour vous deux » ?!

— On aurait dit que j'interrompais un *date*.

Je pouffe, persuadée qu'elle rigole. Mais quand mon hilarité s'arrête et que je l'observe, elle ne rit pas du tout, elle est même sacrément sérieuse !

— Ysée, non, bien sûr que non ! Rayane est juste un ami.

— Un... ami ? Un ami qui te dévore des yeux comme si t'étais un dessert de La Racine ? Qui ne regarde que toi ? Qui te dit que tu illumines les pièces où tu rentres ? Que tu accompagnes à l'hôpital et qui ensuite te paye un resto ? Oui, c'est sûr...

— On peut être ami avec un mec, non ?

— Ju, ne me fais pas passer pour la rétrograde, tu sais que je crois en l'amitié filles-garçons, mais pas quand le garçon est fou amoureux de la fille et que la fille est complètement aveugle. Rayane serait prêt à te filer son ultime bouchée de samoussa juste pour te faire sourire...

— Tu penses ?

Ma voix a la même consistance qu'une gelée. Je me rejoue le film de ces dernières semaines. Depuis notre rencontre fortuite au salon de la gastronomie, jusqu'à la veille, quand on s'est dit au revoir en se promettant de se retrouver une ou deux heures sur *Call of*. Je repense à ce moment, quand il semblait vouloir me parler sur le pont, à notre balade nocturne, à ses sourires.

— Oh, merde.

— Voilà. Bon sang, il était temps qu'on se revoie !

Je n'ai jamais vraiment eu de copain. J'ai embrassé Alexandre derrière le carrousel. Roulé ma première pelle à Julien au camping, quand j'étais sûre que je ne le croiserai plus jamais. Mais je ne suis jamais tombée amoureuse, je n'ai jamais eu de *crush*, à part pour un candidat de la saison deux de Toque chef. J'ai toujours eu peur d'être trop nulle, trop bizarre, trop différente, trop indépendante.

— Qu'est-ce que tu ressens pour lui ? me demande Ysée, enfoncée dans son pouf, une peluche serrée contre elle.

On n'a jamais parlé de mec. Enfin, d'un autre mec que Léandre. Je revois la tête de Rayane et...

— Je ne sais pas. Je l'aime bien ?

— Avec un point d'interrogation ? questionne Ysée.

Je peux décortiquer tous les éléments d'une sauce, mais pas les sentiments que j'éprouve pour lui. Devant mon silence abruti, Ysée s'engage à me changer les idées.

Pendant le reste de l'après-midi, on regarde Objectif Toque Chef, car elle comme moi n'avons pas osé mater les épisodes pendant notre dispute. On discute de tout, de rien, surtout pas de Rayane et j'oublie presque que je dois le revoir le lendemain. Quand je rentre, c'est avec la promesse qu'on se retrouve vite.

Après avoir discuté un peu avec mes parents, je file dans ma chambre. Dans le couloir, je devine des accords de guitare, à peine étouffés par la porte fermée de Léandre. Je souris. J'ai hâte qu'il soit assez à l'aise pour me faire écouter, mais je sens déjà grossir en moi une énorme fierté.

Je m'effondre dans mon lit, lance *Call of Duty*, quand mon portable sonne.

— Valentin ? je demande, alors que j'ai parfaitement bien lu son nom sur mon écran.

— Oui, Juliette, c'est moi, ton frère. J'ai mis à jour le Google Doc pour le bac pro, tu as vu ?

— Euh, oui. Tu appelles pour ça ?

— Non, je t'appelle parce que j'ai réussi à avoir le secrétariat du CAP, c'était un enfer, comme on est au mois de juillet. Ils ont bien reçu ton dossier, et répondront d'ici fin août.

Je joue nerveusement avec les franges d'un de mes coussins. Ce CAP, c'est notre *top one*, on a travaillé sur ma candidature pendant des jours.

— Merci Val, vraiment.

— Non, ne me remercie pas. J'ai été injuste avec toi, Ju, je suis désolé. Je n'arrête pas de repenser au dîner et à comment je t'ai poussée à faire un bac général, comme moi.

Mais tu n'es pas comme moi, c'est clair, tu es bien plus douée en cuisine.

Malgré l'émotion qui commence à me serrer la gorge, je ricane. Valentin est capable de rater la cuisson d'une Pasta Box. C'est l'euphémisme de l'année.

— C'est ma manière de te soutenir, il reprend. Je sais que le plus dur reste à faire, convaincre les parents, mais tu as toutes les cartes en main, on va y arriver !

Ce « on » me fait un bien fou. Je le remercie encore, on regarde même ensemble la liste de toutes mes candidatures. Tous mes dossiers sont partis, dernière case de notre to-do : attendre.

24

Pendant deux semaines, je ne vois pas le temps passer. J'enchaîne L'Absolu, puis La Racine. Valentin me harcèle pour savoir si j'ai eu une réponse de candidature en avance (*spoiler alert* : non). Je me réveille quand Léandre s'endort, j'arrête de travailler quand Ysée part dormir.

Et, au milieu de tout ça, j'évite Rayane. Parce que je ne sais pas quoi faire de mes sentiments qui sont aussi clairs qu'un gruau d'avoine, je ne veux pas prendre le risque de le blesser...

La plus grosse nouvelle dans mon quotidien, ça a été de toucher ma première paye ! Mes premiers euros à moi. Et Angélique, ce démon génial, m'a tout de suite convaincue de les dépenser.

Pendant une pause, elle m'a traînée jusqu'à une petite boutique énorme où je n'avais jamais pris la peine de rentrer, St Joseph : le paradis des *serial killers* et des cuisiniers. Des canifs de chasseurs aux Laguiole, tout y était. Angélique m'a avoué qu'elle était venue là pour acheter ses premiers « vrais couteaux de pro », c'est comme un rite initiatique. Un rite très très cher... Après beaucoup de questions, beaucoup de conseils, j'ai fini par opter pour les trois couteaux de base de toute sacoche :

— Un couteau d'office, pour la majeure partie des préparations.

— Un couteau de chef, hyper polyvalent.

— Un éminceur, pour les herbes et les légumes.

Impossible de craquer pour le couteau de chef, le Santoku, ou le couteau « filet de sole » sans y perdre un rein. Mais, au moins, je sais quoi demander pour les dix prochains Noëls.

Le reste du temps, je me réfugie à La Racine : j'y vais pour réviser toutes les bases théoriques.

Hanaé me fait goûter les plats de sa carte, les classiques et les nouveaux, elle m'a présentée à son équipe : Tharaya, Diego et Esmée. Je me sens comme une crevette dans un pot de mayonnaise : au bon endroit.

Quand j'arrive là-bas, j'oublie ma fatigue, ma frustration, mes interrogations, je m'interdis de songer à ce que la rentrée me réserve.

Je me pose à une table, je sors mes livres. Parfois, j'assiste au début de la mise en place du service du soir ou à une démonstration d'un des cuistots qui veut m'enseigner une technique, me tester sur mes connaissances. Je tente de me faire toute petite, ce qui n'a jamais été mon fort. J'écoute, au lieu de parler. Je pose des questions, au lieu de la ramener.

— Tu sais, me confie Hanaé qui épie ma leçon du jour par-dessus mon épaule, c'est Simonne qui m'a convaincue de te laisser venir et de t'aider.

— Je le savais, je réplique avec un franc sourire.

À force de passer mes après-midis ici, j'ai appris à déchiffrer l'air de vieil ours mal léché de Hanaé. J'ai découvert qu'elle grogne beaucoup, répond en monosyllabe dès qu'elle le peut, cherche le regard de Simonne en permanence, et s'emploie à ne dévoiler aucune émotion. Elle les infuse dans sa cuisine. Pour savoir comment va Hanaé, il suffit de décortiquer son menu.

Quand mon insolence la fait maugréer, je n'ai plus peur qu'elle me vire de son restaurant, je sais que c'est plus de l'affection qu'autre chose.

— Ouais, bref. Œuf parfait ?

Ses yeux attentifs dévorent mon manuel. Elle lit tout, analyse la technique détaillée et grommelle, encore. Cette fois, mon guide de traduction hanaéen est un peu grippé et je suis obligée de demander :

— Quoi ? Elle est nulle ma recette ?

— Non.

— Parce que je n'y arrive pas. J'ai essayé dimanche dernier, j'ai dû rendre une poule stérile à force de balancer des œufs dans mon eau chaude, sérieux. Léandre a de quoi manger jusqu'à la fin du mois... Et pourtant j'ai...

— Suis-moi.

Je jette un regard désespéré à Simonne. OK, j'ai appris à connaître un peu mieux sa compagne, mais de là à croire qu'elle ne me fout pas les jetons, c'est vite dit.

Simonne me rassure d'un sourire réconfortant comme une tranche de kouign amann et j'emboîte le pas à Hanaé, qui est déjà derrière le passe.

— Eh, coucou Juliette ! me salue Esmée alors qu'elle vérifie les stocks pour le service du soir.

Diego et Tharaya sont sûrement en pause, car je ne les vois nulle part. Hanaé enfile son tablier, se lave les mains et me regarde. Ce n'est que parce qu'Esmée me fait des gros yeux, dans son dos, que je comprends que je dois l'imiter.

Je me plante à côté de la cheffe, sans oser bouger, tablier sur le ventre, charlotte dans les cheveux.

— Montre-moi, elle me lance en me tendant une boîte d'œufs.

Je la pose sur le plan de travail, me saisis d'une casserole et d'un thermomètre et je reviens devant le feu. Je fais chauffer l'eau, mesure la température, puis y plonge délicatement mes œufs.

— Et là, faut attendre 45 minutes, je précise à Hanaé.

— Oui, je sais. Dis-moi comment tu fais, une fois cuits.

— Je les sors de l'eau...

— Avec quoi ?

— Euh, en fait, je vide la casserole dans l'évier et je les récupère.

— Ensuite ?

— Ben, je les écale. Enfin, j'essaie.

Hanaé grogne. Je suis plus impressionnée que quand j'ai passé mon oral de français. Qui eût cru qu'on pouvait créer autant de nuances de grognement ?

— Pour commencer, le mieux, c'est de sortir plusieurs œufs d'un coup à l'aide d'une écumoire pour ne pas te brûler. Mon astuce magique, pour les écaler, c'est de les placer dans un pot de confiture, avec de l'eau et de les remuer, ça enlève la coquille comme par enchantement. Ensuite, tu les laisses dans une eau à 55 °C, environ, pour qu'ils restent chauds le temps que tu les serves. C'est une technique facile, mais elle ne supporte pas l'approximation. Ça se joue au degré près, c'est tout.

— OK. Merci !

— Réessaie chez toi, et dis-moi si tu y arrives.

— Oui, parce que je voulais les marier avec...

— Juliette, ne te précipite pas. Apprends déjà la technique, puis recommence encore et encore. Jusqu'à ce que tu connaisses la température de ta plaque sans thermomètre. Ensuite tu penseras recette et créativité. Chaque chose en son temps.

C'est fou, mais depuis quelques semaines, j'ai l'impression que j'entends beaucoup ça.

— J'ai tellement hâte de rentrer pour essayer. Je pourrai t'envoyer une photo, pour que tu valides la cuisson ? Et je pourrai te faire goûter, quand j'en serai là, bien sûr ?

Elle marque une pause et approuve d'un petit hochement de tête. Je crois même deviner un sourire.

— Comment tu as atterri à L'Absolu ? elle me demande alors que, derrière nous, l'œuf danse un ballet dans l'eau à ébullition.

— Un soir, je me suis pris la tête avec mes parents. Ils voulaient à tout prix que je passe mon bac, mais je déteste le lycée. J'ai compris que, mon rêve, c'était faire de la cuisine ! Alors je suis allée au salon de la gastronomie et j'ai vu l'annonce de L'Absolu. Je n'avais aucune expérience, mais avec du culot et l'aide de ma meilleure pote, j'ai écrit une lettre de motivation de dingue. Ensuite, j'ai revisité la recette du bourguignon, et ils m'ont prise.

En racontant tous les événements de ces dernières semaines, je me rends compte que j'ai eu beaucoup de chance, mais que je n'ai pas arrêté de la provoquer.

— Bref, depuis je suis plus convaincue que jamais que c'est ce que je veux. Pas forcément L'Absolu, même si c'est une bonne maison, mais travailler dans la restauration. Je me suis inscrite pour un CAP, j'attends les résultats. Encore faut-il que mes parents acceptent...

— J'aime bien les gens qui osent, c'est ceux qui vont loin.

Je croise son regard, et je souris. Je n'en reviens pas, on dirait presque un compliment, non ? Hanaé brise aussitôt ce moment en désignant d'un coup d'œil l'œuf derrière moi. Je vérifie en urgence la température.

— Je suis curieuse de goûter ta version du bœuf bourguignon.

Esmée, qui traîne plus loin, crie à son tour.

— Moi aussi !

— Ouais, avec plaisir ! J'ai fait en sorte que le pain, gorgé de sauce et grillé, soit au centre de l'assiette, avec un effiloché de bœuf et des légumes glacés.

— Oh. Pas mal. Bonne idée.

— Merci !

Je suis excitée comme jamais. Si je pouvais, je tournerais sur moi-même, comme mon œuf dans l'eau bouillante. Hanaé ne sourit pas, ne bouge pas, mais je vois qu'elle me prend au sérieux, qu'elle est intriguée, même un peu épatée par mon parcours. On attend la fin de ma cuisson, je n'ose rien dire. C'est elle qui brise le silence.

— Et pourquoi L'Absolu ? Tu aurais pu trouver un stage ailleurs, j'imagine ?

— Ouais... Honnêtement, ma première idée était de supplier Hauser de goûter ma tartelette kimchi, de m'écrire une lettre pour assurer que j'étais le prochain espoir de la gastronomie française, alors...

Cette fois, Hanaé et Esmée pouffent franchement. Je les imite. Comment j'ai pu croire que ça marcherait ?!

— Il s'est avéré que Hauser était...

— Un con ? propose Esmée qui se joint à nous.

— Ouais ! Il n'a pas voulu goûter à mon plat et ensuite, je suis tombée sur L'Absolu par hasard, mais ça a fait sens. J'y ai mangé il y a deux ans et je me souviens encore de ce que j'ai ressenti en dégustant le bœuf du chef Legrand. C'est la première fois que j'étais... émue. J'aurais aimé ne jamais finir cette assiette. Elle était magique.

— Donc, c'est ta première expérience ? m'interroge Hanaé.

Je quitte mon thermomètre des yeux, rassurée de voir que l'eau est bien à 64 °C.

— Oui !

— C'était un choc, non ? demande Esmée, avec un réel intérêt.

— Franchement, ouais ! J'ai toujours cuisiné toute seule, chez moi, tranquille, à mon rythme, et tout d'un coup, je me retrouve à 7 heures du matin dans une brigade de vingt personnes, à me faire crier dessus par un chef qui me dit que je ne sais pas éplucher des carottes. Mais j'apprends beaucoup. J'ai juste tendance à m'ennuyer rapidement. J'espérais... pouvoir faire plus que ça.

Hanaé et Esmée échangent un regard que je ne comprends pas trop. Sur le coup, je me dis qu'elles doivent me prendre pour une insolente. Tout le monde préfère des commis comme Rayane et Angélique, c'est sûr. Ceux qui travaillent vite, bien, sans se plaindre, qui sont prêts à éplucher des légumes pendant des années avant de monter les échelons.

— J'ai jamais apprécié les étoilés non plus, me confie Hanaé. Ici, j'aime que tout le monde participe. Je valide les plats, parce que c'est comme ça que je peux aider à faire progresser les gens, mais on construit le menu ensemble.

— Sérieux ? je demande, ébahie.

Je jette un regard à Esmée qui approuve d'un petit signe de tête.

— Être étoilé, c'est beaucoup de pression. Je préfère la liberté de travailler comme on veut, sans se prendre le chou. Mais ne laisse pas passer ta chance, bosser aux côtés de Legrand, c'est une occasion en or. Il a énormément à t'apprendre. Des techniques, un sérieux, une organisation, qui te serviront toujours. Si tu continues dans cette voie.

Sa dernière phrase me serre un peu le cœur. Je n'envisage pas d'autre avenir. Et je suis assez fière que la première ligne du CV du reste de ma vie commence par « Stage de deux mois à L'Absolu, chez le chef Legrand ». Je sais que je dois apprendre à maîtriser mes humeurs, à museler mon impatience. « Une chose à la fois », a dit Hanaé, et elle a raison. Je n'ai que 17 ans, et je travaille déjà dans une maison étoilée.

J'ai rencontré Rayane, Angélique et mon ange gardien, Horace. Ça vaut le coup d'éplucher des légumes pendant encore quelques semaines.

— N'empêche, j'ose avec des yeux de merlan frit, mon contrat se termine fin août et ensuite... Ben, je serai sans cuisine fixe.

Hanaé m'observe un moment, puis elle regarde Esmée en se mordant un bout de lèvre, elles finissent par exploser de rire.

— Clairement, toi, tu ne manques pas d'air, lâche la cheffe.

Bah, qui ne tente rien n'a rien, non ? Et, je ne sais pas pourquoi, mais au fond de moi j'ai comme l'impression que cette discussion ressemblait pas mal à un entretien d'embauche.

— Comme disait Papitate, ce n'est pas parce qu'on t'a déjà servi le plat que tu ne peux pas regarder le menu !

25

Hanaé préfère me faire taire en me rappelant à l'ordre pour mon œuf parfait. Mais je sens qu'elle est plus détendue. Elle sourit à Simonne, en train de préparer la salle. On discute de tout, de rien, surtout de ses voyages. Elle m'explique qu'elle est d'origine japonaise, et que ça impacte beaucoup ses recettes.

À la seconde où le minuteur résonne, elle m'indique quoi faire.

Elle est comme un chirurgien, dès que le travail arrive, il n'y a pas d'à peu près, elle occupe toute la place avec une force et une autorité naturelle. Ses ordres sont fermes, sans être écrasants.

— Allez, coupe-moi cette beauté !

Hanaé trépigne jusqu'au moment où mon couteau révèle le jaune, gluant, mais sublimement uni.

— Eh bien voilà, madame, votre premier œuf parfait !

Simonne et Esmée m'applaudissent et je pouffe de joie. Hanaé me donne de nouveaux conseils, mais surtout, elle m'enjoint à en faire encore des dizaines, jusqu'à ce que j'aie des œufs parfaits... parfaits.

— Et, quand tu en seras là, réfléchis à ta recette et viens me la faire goûter. Qui sait, si ça me plaît, je la mettrais peut-être même à la carte !

— Mais NON ?!

Je hurle presque, estomaquée, sous les rires des trois autres femmes. Simonne interrompt mon euphorie en me rappelant l'heure, et cinq minutes plus tard, me voilà en train de courir sur les pavés orléanais. Je fonce dans les vestiaires, me change plus vite que la cuisson d'un œuf poché et débarque en ajustant ma charlotte.

Je suis toute à ma recette, que j'ai déjà modifiée au moins quarante fois dans mon crâne (lamelle de lardons – ou de chorizo ? – émulsion parmesan, et têtes d'asperges vertes – ou des petits pois ? – un beurre au piment d'Espelette – ou au wasabi, pour séduire Hanaé).

Ce n'est que lorsque je me dirige vers mon poste du jour (les poissons) que je remarque le regard triste que me lance Rayane. Je lui réponds d'un sourire, mais il s'éloigne à la pâtisserie sans me le rendre. Je l'ai évité pendant des jours, mais c'était justement pour ne pas le faire souffrir. Parce que je ne sais pas ce que je ressens. Je suis comme une gosse devant un frigo à qui on demande si elle est plutôt salée ou sucrée.

Ce n'est qu'au bout d'une heure, alors que je suis de retour des toilettes, que je le croise dans les vestiaires. Il mange une barre de céréales en regardant son portable. Dès qu'il me repère, il le fourre dans son casier et avale les dernières miettes de son casse-croûte.

— Salut, il souffle, comme s'il craignait que je m'envole.

— Salut.

Je suis terriblement mal à l'aise, je ne sais pas quoi répondre.

— Ça va ? je demande.

— Est-ce qu'on peut... se voir en fin de service ?

— Oui, OK !

— OK ? OK !

Rayane ferme son placard, m'adresse un autre sourire et repart en cuisine. Je reste là, comme un flan, sans bouger. Finalement, les mains tremblantes, je trouve le courage de tapoter un message à Ysée pour la prévenir de ce qui vient de se passer. J'ai besoin d'aide, et de conseils. Maintenant.

Je retourne à mon poste où Renaud m'accueille en levant les bras au ciel en soupirant.

— Enfin ! Allez, Juliette, magne, on doit finaliser les sauces des cabillauds.

Je ne lâche mes légumes du regard que pour observer Rayane au loin. En un battement de cils, on est aux vestiaires avec Angélique.

Malgré l'heure tardive et les deux services, elle est resplendissante. Je mets ça sur le compte de Julie. J'imagine que son *date* s'est très bien passé.

— T'as remarqué, elle me souffle en se changeant – désormais plus aussi pudique que les premiers jours –, tout le monde nous appelle par nos prénoms. Même le chef a arrêté de dire « les gars » ! Ça fait un bien fou...

— Ouais, je pense qu'on peut remercier Horace pour ça.

Si ma tête ne bouillonnait pas comme un potage qu'on a laissé trop longtemps au feu, je serais sûrement plus heureuse, mais mes yeux passent d'Angélique à Rayane, derrière elle, puis à mon portable.

Ysée : OH LALALALA. Bon. Peut-être que c'est juste pour discuter, te demander pourquoi t'es distante (normal, franchement…) ou alors c'est un *date* ? Genre peut-être qu'il veut te parler « pour de vrai », tu DOIS y aller. Mais surtout, tu DOIS me donner toutes les news. J'attends.

Maman : Pas de souci pour rentrer plus tard, ma puce. Tout va bien au moins ? Fais attention ! Bises.

J'inspire un bon coup, salue Angélique qui s'éloigne vers les quais. Et je me rends compte qu'il n'y a plus que Rayane et moi. Et ma respiration hachée au couteau.

— T'as faim ? il me demande alors avec un sourire.

— Toujours.

D'un signe de tête, il désigne la porte et on sort tous les deux dans l'air chaud de l'été. On entend d'ici les musiques des guinguettes du bord de Loire, les cris, les rires. J'ai tout juste le temps de dire à Ysée qu'il m'invite à manger, et je range mon téléphone dans mon sac. Je l'oublie à la minute où je croise le regard noisette de Rayane.

On remonte les rues et on arrive à la cathédrale. Là, on ne jette pas un œil à la fin du spectacle de son et lumière. Il prend à droite et je me demande si on rejoint un restaurant. Ce n'est qu'une fois devant la porte cochère que je comprends : on va chez lui. Enfin, chez son pote.

— Tu comptes me kidnapper et me faire manger des oursons en guimauve jusqu'à ce que je te supplie d'arrêter ?

— Est-ce qu'on peut jamais être dégoûtés des oursons en guimauve ?

Un point pour lui, même s'il esquive très subtilement la première partie de ma phrase.

— Tu les manges comment ?

Pour n'importe qui, la question aurait sans doute été étrange, mais lui semble me comprendre tout de suite, parce qu'il répond comme si c'était une évidence :

— Le mieux à faire, pour ces pauvres bêtes, c'est de les décapiter d'un coup sec. Pas de larmes, pas de sang.

OK... Deux points pour lui. Je souris et le suis dans le hall de son immeuble.

On monte des escaliers en bois vermoulu, qui grincent salement sous mon poids. J'ai beau tenter de me mettre sur la pointe des pieds, le supplice sonore me poursuit jusqu'au troisième et dernier étage. Je découvre alors un appartement très lumineux, même s'il est sous les combles. Il est assez petit, mais parfaitement aménagé, comme un catalogue Ikea.

— Suis-moi, je te montre la meilleure pièce.

Dans un autre contexte, et avec un autre mec, j'aurais pu m'attendre à un truc graveleux. Avec Rayane, bien sûr, il s'agit de la cuisine, qu'il désigne avec un sourire ébahi. Elle est à l'échelle du reste de l'appartement, mais le petit bar permet de jouer les plans de travail de secours et tout l'espace est optimisé. Rayane y règne en vrai chef et je le vois qui sort des ingrédients.

Je l'observe, prise de court. Si je me rends de l'autre côté du comptoir, mon bidou risque de rentrer en collision avec ses fesses et ce n'est pas un truc souhaitable. D'un sourire, il a chassé tous les nuages de mes sombres pensées. Je suis juste heureuse de passer du temps avec lui, et je regrette tous les jours où je l'ai lâchement ignoré...

— Besoin d'aide ? je demande, incapable de rester inactive.

— Tatata !

Il rouspète comme un prof de maternelle en me jetant hors de son espace de travail à petits coups de torchon.

— Toi, tu t'assois et tu ne fais rien.

— Ouais, t'as vraiment décidé de m'amener ici et de me faire vivre un supplice... je grommelle, frustrée de ne pas pouvoir mettre la main à la pâte. Littéralement.

— Supplice en trois services, s'il vous plaît.

Je remarque alors qu'il a apporté un sac de L'Absolu qu'il a posé sur un bord de table, le reste, il le sort du frigo parfaitement rangé. Il me verse un Coca dans un verre à vin. On trinque et il commence à préparer son plan de travail. Il enfile un tablier grotesque qui imite des abdos avec un dessin de tablette de chocolat.

— Je peux aussi défiler, si tu veux, il s'amuse en me voyant le dévorer des yeux.

Je pouffe et observe ses gestes mécaniques, précis, malgré son doigt blessé. Et moi, qui adore me trouver de son côté des fourneaux, j'apprécie pour la première fois de rester inactive. Je vois le soin qu'il y met, les sourires qu'il me lance au-dessus des poêles. J'ai l'impression d'avoir autant de consistance qu'un cœur coulant...

J'ai toujours cuisiné. Pour ma famille, mon frère, pour le restaurant.

Cette fois, Rayane me fait à manger. Ça me touche plus que je ne l'aurais jamais imaginé. C'est mieux que le meilleur restaurant gastronomique. Mais ça réveille une petite peur dans mon ventre... et si je n'arrive pas à voir clair dans mes sentiments ? Et si je fais souffrir ce mec génial parce que je suis la pire des indécises ? Je voudrais envoyer un message à Ysée, mais je me rends compte que mon portable est dans mon sac. Et qu'il est dans l'entrée...

Pour me calmer, je le questionne sur le menu. Sur le cheesecake melon et herbes qu'il assemble devant moi pendant qu'il s'occupe du plat. Je comprends qu'il a déjà des préparations, qu'il a anticipé ce repas... au risque que je refuse.

— Je vois ce que tu fais, il lance avec un sourire amusé.

— Quoi ? Je fais quoi ?

Je réplique, affolée, comme s'il pouvait savoir que j'envoie des messages télépathiques de détresse à Ysée dans l'espoir qu'elle réagisse et que nos dons X-Men se révèlent enfin...

— Tu paniques.

— Je panique pas ! je réponds, en paniquant.

Pour me calmer, il me tend une cuillère remplie d'un mélange noisettes, avocat et chantilly au raifort. La puissance bouleverse mes papilles, mais la rondeur de l'avocat est sublime. Il a fait revenir les noisettes dans un fond de beurre et la gourmandise de l'ensemble m'apaise.

— Tu sais, je... j'avais juste envie de te voir en dehors de L'Absolu, c'est tout. Passer un peu de temps avec toi, il explique. On ne se croise que pour bosser. C'est pas pareil.

— Non, je suis d'accord.

Je voudrais m'excuser de l'avoir si salement *ghosté*, mais Rayane détourne le sujet. Me pose des questions sur Léandre, sur ma famille, sur mon amour pour les oursons en guimauve. Il prépare le repas et m'enveloppe de délicieuses odeurs et de sourires réconfortants. Quand il s'assied à côté de moi, avec les entrées dans les mains, je n'ai qu'une envie, c'est les tester.

— Chère Juliette, je vous présente un cheesecake fromage frais et melon aux herbes. Bon appétit.

Son assiette n'aurait pas à rougir à la carte de La Racine, ou de n'importe quel restaurant d'ailleurs. Le dressage est dingue. Le gâteau est rond, parfait, la couche de sablé sert de matelas à un succulent fromage frais assaisonné. Sur le dessus, comme des pétales de fleur, le melon, saupoudré de zeste de citron, enlace des chips de lard.

Sans pitié pour son œuvre d'art, j'y plante ma fourchette pour la déguster. L'équilibre est parfait, les textures sont sublimes, la fraîcheur arrive à point nommé pour calmer le rouge de mes joues.

— Haaaan... épouse-moi ! je lance sans réfléchir, les yeux encore mi-clos.

— Je peux t'embrasser, avant ?

Je suis sur le point de donner un autre coup fatal au cheesecake, ma fourchette reste suspendue en l'air. Il n'a pas touché à son assiette. La vérité, c'est qu'il me regarde, comme je regarde son entrée. Avec gourmandise. Avec amour.

Mon couvert me tombe des mains et s'écrase sur une tranche de melon.

Maintenant, ça me semble évident. Évident que l'embrasser doit être plus agréable et plus délicieux que n'importe quel plat. Évident que c'est la seule chose que je souhaite. Il n'y a plus de sombres nuages, plus de doutes.

Lui et moi sommes déjà si proches, accoudés au bar, que nos épaules se touchent. Quand j'approuve d'un signe de tête, sans le lâcher des yeux, il se contente de se tourner lentement vers moi. Sa main chaude se cale dans mon cou, son pouce juste sous le lobe de mon oreille qu'il caresse.

Son visage s'avance vers le mien, doucement. Nos nez se frôlent avant que ses lèvres ne se posent sur les miennes. On garde nos yeux ouverts. Et il s'éloigne aussitôt. Je déglutis comme une assoiffée du désert. Mais surtout, je souris. Et au baiser suivant, c'est moi qui colle nos nez, nos bouches, nos langues, qui nouent mes bras derrière sa nuque. Et si c'était physiquement possible, je continuerais de sourire. Après, je ne sais plus qui s'avance le premier, je sais juste qu'on met plus d'une heure avant de finir nos entrées.

Meilleur dîner *ever*.

Nos baisers ont le goût de melon frais. De nuit chaude d'été, de sueur et de bonheur. La saveur d'un lendemain heureux. On ne dit rien, mais on se comprend tout de suite.

— Tu m'as cuisiné une lettre d'amour... je souffle, la respiration coupée, en regardant le plat qu'il vient de composer devant moi.

« Il n'y a que deux chemins qui mènent au cœur des gens : les mots et la nourriture. »

26

Quand j'arrive à L'Absolu, le lendemain matin à 7 heures, j'espère croiser Rayane, mais c'est Ysée qui m'attend à l'entrée de la cour intérieure ! En l'apercevant, je marque une pause, la mâchoire m'en tombe. Elle ne se réveille jamais si tôt si elle peut faire la grasse mat. Il va se mettre à neiger en plein mois de juillet.

— Mais... qu'est-ce que tu fais là ?

— Tu ne répondais pas !

Elle a l'air sur les nerfs et je comprends alors que je suis sa série Netflix du moment, et que, en ignorant ses messages, c'est comme si je lui avais coupé le wifi.

— Mince, désolée, je suis rentrée... tard et j'avais la tête... ailleurs.

Elle me tire par le bras pour m'emmener plus loin.

— Sérieux ? Tu as une meilleure amie et tu ne daignes même pas la tenir au courant quand il se trouve que tu es invitée chez un mec ?!

Elle crie en chuchotant, concept assez étrange, mais qu'elle maîtrise sacrément bien. Son pied ne cesse de marteler le sol et ses yeux se sont arrondis comme pour me contraindre à me livrer.

— Désolée, ça a été un peu... intense.

— Intense ? INTENSE ? Mais bon sang, Ju, lâche le morceau !! Ton portable était éteint. Tu m'envoies un dernier message en me jurant de tout me dire et en fait, tu ne me dis rien. Mets-toi à ma place, il se passe enfin quelque chose d'intéressant dans ma vie, me prive pas de ça !

J'explose de rire et lui promets de tout lui raconter très vite.

— Mais là, Ysée, je dois aller bosser, je vais me faire engueuler sinon.

— On se retrouve à 15 heures, elle assène sans me laisser le choix.

— Euh. OK !

— À La Racine, comme ça on fait d'une pierre deux coups.

— Oui, cheffe.

Ysée semble se rendre compte de son ton autoritaire. Elle bafouille des excuses peu crédibles, affirme qu'elle ne veut pas me retenir plus longtemps et m'enlace.

Quand je rentre et que je croise les yeux noisette de Rayane et son sourire en coin, j'ai le souvenir du goût de melon sur mes lèvres. Je me place à côté de lui pour écouter le speech du chef. Alors qu'il distribue les rôles (ce sera viandes pour moi), je sens les doigts de Rayane effleurer les miens. Il joue avec la paume de ma main mais observe droit devant lui comme si de rien n'était.

— L'article du critique devrait sortir aujourd'hui, lance Legrand à la fin de son discours.

Puis il part s'enfermer dans son bureau où il tourne en rond comme un homard dans une casserole. On échange tous des regards, le stress du chef se répercute déjà sur nos visages.

— Bon courage, me souffle Rayane avant de filer au garde-manger.

— Toi aussi.

Je parviens à esquisser un sourire avant de foncer voir Baptiste qui nous fournit tous les détails de la recette du jour : joue de bœuf braisée, tranches de chou-fleur rôties, jus à la figue.

Mon cerveau ne cesse de revenir à la veille. Au repas délicieux de Rayane. Aux baisers dingues de Rayane. À la douceur incroyable de Rayane. Il a servi le plat, puis le dessert divin préparé par Angélique pour l'occasion : une tartelette fraise framboise poivron avec un sirop basilic-fleurs.

En vrai gentleman, il m'a même laissée finir son assiette, en échange de quelques baisers fruits rouges. Puis, il m'a raccompagnée jusqu'à Moby, et on a mis encore un moment à se séparer.

— Juliette, tu commences la journée dans la cour, réception et vérification des stocks, s'il te plaît.

— Oui, chef.

Je dépose mon tablier et me saisis du bon de commande. Les maraîchers, bouchers et poissonniers du coin nous présentent leurs produits, ils en parlent avec amour et passion pendant qu'on contrôle chaque cabillaud et chaque pièce de bœuf.

— Vous ici, souffle alors Rayane dans mon dos.

Je me retourne avec un grand sourire. Il est là avec son propre bon de commande, jette un coup d'œil derrière nous et m'embrasse fugacement avant qu'Angélique et Thomas ne nous rejoignent.

— À charge de revanche, je lui promets en retrouvant le boucher pour vérifier les joues du midi.

On en a parlé hier et on a convenu qu'il valait mieux rester discrets. Bien sûr, Angélique ne cesse de nous lancer des regards lourds de sens, impatiente d'en apprendre plus sur notre soirée. Pour le reste, on veut s'épargner les commentaires désagréables, les insultes racistes et grossophobes des trois chicons, ou les sous-entendus relous des autres.

Alors que le boucher me tient la grappe, je remarque que Rayane fait semblant d'être occupé dans la réserve. Il vérifie trois fois le même bon de commande, attrape et remet les ingrédients à leur place de départ. Quand j'arrive enfin à le rejoindre, il mime la surprise. J'écrase mes lèvres sur les siennes en savourant le goût de la barre de céréales qu'il a dû manger entre-temps.

Mes mains se posent sur son ventre et je les retire d'un coup.

— Merde, je te fais mal, si je fais ça ? Je ne risque pas, de... je sais pas... te tuer ?

— Hein ?

Il suit mes yeux, qui vont de la sonde jusqu'au boîtier dans sa poche et rit doucement.

— Non, t'en fais pas. Ce serait un souci si tu tentais de me l'arracher avec les dents. C'est pour ça que je t'ai fait à dîner hier, pour être sûr que t'aies pas envie de me dévorer tout cru. Qui sait ? avec mon diabète, j'ai peut-être le goût du caramel.

Je pouffe et le tape doucement sur l'épaule. Il se nourrit de mon rire, embrasse mon cou et saisit mes hanches pour me rapprocher de lui.

Je ne pensais pas pouvoir être si à l'aise avec quelqu'un, pouvoir aimer avec une telle simplicité. Mais ce n'est pas difficile avec Rayane. Mon amour pour lui fait gonfler mon cœur comme un soufflé.

— On devrait y retourner. Ça me désole d'être si professionnel, mais on ferait mieux de s'activer.

Il me vole un dernier baiser et repart à son poste. Je lui laisse dix secondes d'avance avant de le rejoindre, le nez dans mon bon de commande.

Legrand passe dans les rangs en permanence, il alpague Coline, rouspète Baptiste, engueule carrément le trio infernal, me tape sur les doigts. Quand, au moment du coup de feu, il renvoie presque toutes les assiettes à la recherche du moindre défaut, je me demande si la critique est tombée, et si elle n'est pas négative. Ce qui s'écroule, en tout cas, c'est l'ambiance positive des derniers jours et tous les efforts d'Horace.

C'est d'ailleurs lui qui nous remotive en milieu de service, profitant de l'absence temporaire de Legrand.

— Allez, tout le monde, on lâche rien, c'est super ce que vous faites !

— Oui, chef !

Je vois les épaules de Baptiste s'affaisser de soulagement en envoyant sa dernière joue de bœuf.

— Bien joué, l'équipe.

D'un coup d'œil, je remarque que les desserts sont dans le rush, et je fonce les épauler.

— Ange, je te fais quoi ? je demande en changeant de torchon.

— Euh, vois avec Axelle. On a eu un souci avec le gâteau, c'est un enfer !

Je sens sa panique et la rassure en gardant mon calme autant que possible. Je l'aide à monter les plats, on est quatre sur une même assiette. L'un pose le gâteau, l'autre les éléments, je poche la chantilly et Axelle, en cheffe de partie, nettoie les traces de nos doigts gras avant de soumettre notre travail à Legrand.

Heureusement, on termine le coup de feu sur une bonne note et le chef ne trouve rien à redire aux desserts.

— Oh la vache, merci ! soupire Axelle qui s'autorise à respirer.

Quand je relève la tête, quelques mèches me collent au visage et je vois alors que le trio a mis la main à la pâte, pour de vrai, sans râler et sans mauvaise foi.

Tout le monde range en vitesse pendant que Legrand débriefe. Il se montre beaucoup plus positif qu'en début de service et on est tous soulagés en repartant dans les vestiaires : le critique n'a pas descendu le restaurant, il a salué la technique impressionnante, le bourguignon « à se damner » et a juste déploré le manque de prise de risque du menu. De quoi aiguiser l'orgueil de Legrand. Angélique me retient par la manche, l'air mutin.

— Aloooors ? elle demande.

— Quoi « alors » ?

J'aime bien jouer aux idiotes et elle rit en me tapant le bras.

— Tu sais très bien.

— Eh ben, écoute, euuuh... je crois que Rayane et moi on est... ensemble ? Même si pour être honnête, on n'a pas vraiment parlé de ça. Est-ce qu'on doit formellement poser la question ? J'avoue que j'en sais rien...

Elle soupire, les bras croisés et, pendant une seconde, je suis perdue.

— Évidemment que vous êtes ensemble, ça crève les yeux. C'est assez clair que votre *date* s'est plutôt bien passé !

Je suis horrifiée à l'idée que quelqu'un d'autre qu'Angélique ait pu remarquer notre nouvelle complicité, mais ça ne semble pas du tout la préoccuper.

— Non, je voulais savoir : mon dessert, il était comment ?

Je suis tellement surprise que j'explose de rire.

— Très bon ! Et merci d'avoir pris le temps de faire ça pour nous. C'était dingue. Les petits éclats de nougatine dans la tartelette, un délice ! Et je n'aurais jamais pensé à associer le poivron avec les fruits rouges, mais ça marche de fou.

— Ah, t'as vu ?! Bon, super, je suis contente. Je suis sûre que c'est grâce à mon dessert que vous vous êtes rapprochés, ma recette machiavélique a fait des merveilles !

Elle mime un rire de méchante Disney.

Jetant un œil à l'heure, je remarque que je suis à la traîne pour rejoindre Ysée et me change en vitesse en écoutant Angélique me raconter que Julie et elle ont un concert dimanche. Je reconnais le nom obscur du groupe de rock que mon frère va également voir.

Finalement habillée, je repère Rayane qui m'attend à l'entrée, en train de grignoter.

— Oh, désolée, je ne suis pas dispo. Mais promis, je ne te *ghoste* pas du tout !

— Pas cette fois, en tout cas.

Il me sourit, amusé, car je lui ai tout avoué hier : ma peur de le blesser et ma réaction de nullos totale qui essaie d'éviter de se retrouver avec lui pour ne pas avoir à gérer ses émotions.

Il s'approche de moi, embrasse ma joue, timide. Je n'aurais jamais cru que les mots « à tout à l'heure » pouvaient être si sexy. Je rougis, et les laisse profiter des bords de Loire avec Angélique. Elle me fait un signe de la main, amusée, et je fonce à La Racine où je rejoins Ysée, qui m'attend déjà.

— Ah ben, enfin, te voilà.

27

— Tout a l'air si bon...

Un peu plus, et Ysée baverait sur le trottoir, devant le chevalet du menu. Je la saisis par le bras pour l'entraîner à l'intérieur. Je salue Simonne et Hanaé, Esmée, Tharaya et Diego que je devine derrière le passe. Ils me sourient et on s'installe à la table désignée par Simonne, à qui je présente rapidement ma meilleure pote.

— Votre menu est fou, elle s'enthousiasme. Est-ce que je pourrais goûter le sorbet ?

— Deux, je rajoute.

— Avec plaisir, je vous ramène ça !

Hanaé a dû inventer ce dessert il y a peu : un sorbet kiwi-miso avec une mousse au sésame noir et un samoussa sucré. En attendant nos plats, Ysée revient vite à sa préoccupation principale.

— Maintenant, je veux touuut savoir ! Je vis par procuration, là, il ne se passe rien à l'épicerie de mes parents, alors vends-moi du rêve, pitié.

Elle avance ses coudes, pose sa tête sur ses mains et me fixe sans ciller.

— D'abord, il a cuisiné un cheesecake au melon, avec un fromage frais aux herbes, c'était juste une dinguerie.

Le melon était parfaitement mariné, le biscuit croquant. Mais le plat, c'était la *masterclass* ! Un avocat...

— JU ! Je m'en fiche de ton menu ! Enfin, non... super, mais ce n'est pas le principal. Est-ce que vous... tu ?

— On s'est embrassés, ouais.

Ysée crie et trépigne sur sa chaise avant de s'excuser auprès des autres clients. Je souris et me prête à ses questions, toutes plus curieuses que les précédentes. Mais c'est légitime, à sa place, je ne la laisserais pas respirer non plus.

— Et vous avez... tu sais ? Vous êtes pas allés plus loin ?

— Quoi ? Non, ça me semble encore trop tôt. Et il m'a déjà bien assez vue en soutif dans les vestiaires.

Ysée pouffe et oublie toutes ses questions quand elle repère Simonne avec nos deux assiettes. On la remercie et on se penche sur le bol avec avidité. Le plat est monochrome et sublime : le sorbet est masqué par les petits samoussas et des bouts de biscuits, le tout recouvert d'une mousse de sésame noir et d'une fleur jaune dont je ne connais pas le nom.

— Un, deux, trois.

Comme notre rituel l'exige, on prépare minutieusement notre première cuillère en la blindant de chaque élément. Et on attend pour la déguster en même temps. Ysée a d'abord une tête surprise, avant d'être complètement conquise. J'ai l'impression de me voir à sa place quand j'ai mangé ici pour la première fois.

On discute alors de son père qui lui fout la pression à l'épicerie, de la série qu'elle regarde, du dernier plat qu'elle a cuisiné, et de notre amour commun : Quinoa, qui a découvert la planque à croquettes.

— Bon, et toi ? Des nouvelles de ta formation ?

— J'attends toujours une réponse. Franchement, je suis bien contente de passer mes journées à bosser, ça m'évite de stresser, je n'ai pas le temps d'y penser.

— Ouais... et puis, t'as d'autres sources de distraction, elle me lance, taquine.

Je lui tire gentiment la langue sans pouvoir lui donner tort. Je soupire et reprends, la tête maintenant tournée vers le CAP.

— Je me dis que mon expérience à L'Absolu, en noobie complète, devrait être un bon point, non ? J'espère qu'ils ne regarderont pas trop les notes sur l'année...

— Écoute, tu fais tout ce que tu peux, me rassure Ysée en me tenant la main. Tu t'es remué les fesses et tu as décroché le stage le plus prestigieux possible, t'as eu ton bac de français, tu travailles dans une cuisine pro. Et tu vas faire des plats géniaux à ta meilleure pote pour les cinq prochaines années, tu es à ton max.

— Pas sûre que la dernière étape m'aide beaucoup pour mon dossier, si ?

— Oh si, elle répond parfaitement sérieuse. Attends, tu ne l'as pas indiqué ? Aïe, Ju, désolée, mais je crois que ça ne va pas le faire...

Je pouffe, mais dès que je pense à la rentrée de septembre, c'est comme si je mettais du sel sur une plaie, et ça réveille aussitôt des angoisses auxquelles je ne suis pas habituée.

— Ouais, mais je n'arrête pas de me dire que, si ça se trouve, j'ai fait tout ça pour rien : L'Absolu, mes révisions, mon dossier, mes notes au bac. Même si je suis prise, mes parents vont peut-être me dire « non », et ce sera la fin de la discussion...

Ysée réfléchit, sourcils froncés. Elle les connaît et sait qu'ils sont gentils, mais butés, protocolaires et vieille école.

— Salut, Juliette. Et salut, l'amie de Juliette.

Hanaé et Simonne se tiennent à côté de notre table avec un sourire. La cheffe porte deux assiettes qu'elle dépose devant moi. Mes yeux s'agrandissent.

— J'ai bien reçu tes *nombreux* SMS, Juliette, explique Hanaé. Et voici ce que je voulais tester pour toi à partir de ton idée d'œuf parfait, lamelles de chorizo grillées, émulsion parmesan et pointes d'asperges vertes.

Je suis choquée de voir mon idée à La Racine, servie par la cheffe elle-même. Même si on vient de finir notre dessert, je repasse au salé.

Simonne et Hanaé dégustent en même temps que nous ma « création ». Ysée se pâme de la cuisson de l'œuf, parfaite, parce que son onctuosité contrebalance la sécheresse du chorizo grillé.

— Et c'est ton concept ? T'es un génie, Ju. T'es trop douée !

— Merci.

Pas moyen que je nie cette affirmation après avoir goûté. Je suis tellement flattée qu'Hanaé ait pris le temps de lire mes messages et d'essayer la recette si vite.

— Attends, mais moi aussi je suis un génie, s'exclame Ysée en me tenant le bras.

Hanaé et moi, qui discutions de certains points à améliorer, nous arrêtons net pour l'écouter.

— Et si... (elle lance comme si elle s'apprêtait à braquer une banque) et si tu concoctais un repas complet à tes parents ? Et si tu leur prouvais que tu es faite pour ça ? Pas juste pour mitonner un petit plat le dimanche midi, mais comme un vrai chef.

Je sens les regards confus de Simonne et Hanaé qui ont été embarquées malgré elles dans notre conversation. On dirait qu'elles ont un bout de fenouil dans leur gâteau au chocolat. Moi, je n'ai d'yeux que pour Ysée, qui s'illumine.

— Pour que ça marche, il ne faudrait pas qu'ils découvrent que c'est toi. Leur faire croire que ça vient d'un restaurant...

Elle s'appelle sûrement Ysée *Subtilité* Buti, car elle glisse un regard appuyé à Hanaé. Je vois que cette dernière comprend le plan machiavélique que dessine ma pote. Elle sait, comme sa femme, que mes parents ne sont pas très « CAP-friendly »...

— L'idée, ce serait de leur servir un repas de « chef », mais de révéler à la fin que tout a été imaginé par leur fille ? résume Hanaé.

— Exactement !

Ysée est aussi joyeuse que si elle venait d'apprendre que sa moyenne générale de bac est de 19,9... Elle trépigne sur place. Je vois que Simonne et Hanaé échangent un de leur fameux regard. Moi, je m'interroge. Le plan est génial, sur le papier. Mais impossible à organiser...

— On peut faire ça ici, propose Hanaé.

— Quoi ? on demande d'une seule voix avec Ysée.

Simonne a un immense sourire et elle se colle contre l'épaule de sa femme avec fierté. Hanaé croise les bras devant elle, le long couteau de cuisine tatoué sur sa peau juste sous mes yeux.

— Tu pourrais venir ici entre les deux services, le dimanche, si tu es motivée. On travaillerait sur un menu pour tes parents. Mais je te préviens : mes fourneaux, mes règles. Tu dois promettre de m'écouter et de...

— J'écoute toujours ! je proteste aussitôt.

Simonne me lance un regard circonspect et Ysée pouffe de rire.

— Donc, comme je disais, on peut s'entraîner. Je t'aiderai à améliorer tes idées, tes recettes, tes techniques. Et on va voir avec Simonne comment organiser une soirée spéciale où tu pourras inviter tes parents.

— Et je pourrais venir aider le jour J, si besoin ! propose Ysée, excitée.

L'enthousiasme d'Ysée me réchauffe le cœur comme une tartiflette en plein hiver. Simonne me serre le bras, embrasse la joue d'Hanaé qui rougit et elle commence à réfléchir à une stratégie pour ouvrir sans avoir à gérer trop de clients.

— Merci beaucoup, Hanaé, je souffle, bouleversée par ce qu'elle fait pour moi.

— J'aime bien les gens qui se battent pour réaliser leurs rêves, on va tout faire pour leur montrer ce que tu vaux. Mais tu m'écoutes, on est d'accord ?

— Ouais, promis.

Je souris, et elle me rend mon sourire. Et c'est un vrai sourire.

28

Quand je retourne à L'Absolu, après avoir dit au revoir à Simonne, Hanaé et Ysée, je suis excitée comme si j'avais mangé dix éclairs au café. Je profite de la première occasion que j'ai, dans les vestiaires, pour raconter le plan à Rayane et Angélique.

Ils me font jurer de leur demander de l'aide.

Il me reste un mois. Un mois avant la rentrée. Un mois pour changer de vie, travailler sur un menu, obtenir l'accord de mes parents et mon admission en CAP. Mais j'ai ma propre brigade : Ysée, Rayane, Léandre, Valentin, Angélique, Hanaé et Simonne. Ils me soutiennent, ils me comprennent, et ils sont prêts à me porter sur leurs épaules pour m'aider à atteindre mes rêves.

J'ai profité du service pour réfléchir à la suite, et il faut que je parle de tout ça à Léandre. Je fonce à la maison dès la fin du travail et quand j'arrive, j'envoie un message à Rayane.

Bien arrivée, Potatoe ❤

Bonne nuit, Sashimi

Puis je monte sur la pointe des pieds pour ne pas réveiller les parents. Je tape à la porte de Léandre, mais il ne répond pas. J'insiste et finis par ouvrir, la main sur les yeux.

— Léandre ? je souffle.

— Putain de m...

En écartant un peu mes doigts, je comprends que je viens de lui faire la peur de sa vie, il a sursauté, s'est cogné contre son bureau, et a la main sur le cœur. Dans sa précipitation, il a fermé son écran d'ordinateur.

Il fait tomber son casque autour de son cou et reprend sa respiration.

Je pousse la porte de sa chambre pour ne pas réveiller toute la maison.

— Qu'est-ce que tu caches ? je demande, intriguée et amusée.

— Mais rien ! Rien du tout.

— Tu matais du porno ?

Mon sourire se transforme en moue de dégoût. Je suis sur le point de faire demi-tour, mais il me fixe plutôt comme si je venais de péter dans son milk-shake.

— Quoi ? Mais pas du tout !

— Tu peux le dire, hein.

— Mais je te dis que non !

— Tu regardes des trucs bizarres, c'est ça ? Non, oublie que j'ai posé la question, je ne veux pas savoir.

— Mais arrête, bon sang !

Je m'assieds sur son lit. Il reste à son bureau, la respiration toujours hachée par la surprise. Il rouvre son ordinateur et me le tend. Je le prends sur mes genoux, sans comprendre.

— Qu'est-ce que c'est ? je demande, sans savoir ce que je regarde.

— Tu te rappelles, on voulait monter un groupe avec Elona et Jordan ?

— Ouais, ça fait trois ans que vous en parlez... J'y crois au moins autant qu'un bon gâteau à la réglisse.

— Ben, on se lance. Pour de vrai. Et c'est un peu grâce à toi. J'ai repris la guitare ces derniers jours, et je tente de bidouiller des morceaux.

— C'est vrai ?

Je regarde son écran comme si c'était le carnet de notes de Bocuse. Mais je ne comprends rien à son logiciel, à ses partitions. Il m'explique alors, comme je lui détaille mes recettes. Telle note, tel enchaînement, telle portée.

— Je peux écouter ? je demande, les yeux pétillants.

— Tu te moques pas, hein !

— Mais bien sûr que non !

Il lance son ébauche de morceau. Ça ressemble à ce qu'il aime, à ce qu'il est. C'est dynamique, joyeux, entraînant, et plein d'espoir. J'en ai les larmes qui montent. Mon frère vient de créer quelque chose.

— Tu as écrit ta première lettre d'amour, je souffle.

Ses doigts vernis s'activent sur son clavier pour me montrer tous les effets, les réverb, et des mots que je ne connais pas.

— Je suis fière de toi, Léandre, vraiment ! Bravo !

— Ouais... il faut encore peaufiner et on veut pas devenir les prochains Red Hot, mais il était temps qu'on se lance.

— J'ai eu l'exclu mondiale, je me pavane.

Il rit et je le sens tout de suite plus détendu. Alors que je pique dans son paquet d'oursons à la guimauve, il m'explique que Elona sera au clavier, Jordan à la batterie et lui à la guitare. Il a tenté de chanter, mais ce n'est pas pour lui ni pour ses potes. Ils commencent par des morceaux instrumentaux. Il leur faut juste une salle pour s'entraîner.

— Paraît que tous les bons groupes démarrent dans les garages. Tu pourrais demander aux parents de squatter le nôtre de temps en temps ? je suggère.

Léandre fait une petite moue gênée.

— Mouais, pas sûr. J'ai pas envie de devoir leur expliquer ce que je fais. Pas encore. Je préfère que ça reste entre nous.

Pour sceller cette promesse tacite, je tends mon ourson et on trinque avant de décapiter ou « défesser » mutuellement notre friandise.

— Est-ce qu'au moins, tu seras heureux à la rentrée ? Tu ne voudrais pas... je sais pas, faire de la musique à temps plein ? je demande en remettant son morceau en fond.

Il réfléchit un instant en assassinant un nouveau nounours.

— Non, je ne pense pas, Ju. T'as peur que je fasse du droit pour les parents, mais je te jure que ce n'est pas du tout le cas.

Je hausse un petit sourcil dubitatif et il se reprend.

— Ouais, bon, d'accord, au début, peut-être. Je savais pas quoi faire, donc ça ou autre chose, ça m'importait peu. Mais j'aime bien la fac, me destiner à un métier pour aider les gens, j'ai pas de meilleure idée. Et je m'en sors. Je suis pas fait pour rentrer tout de suite dans le monde du travail. J'apprécie mon petit confort, rester chez les parents, les soirées étudiantes, tout ça.

J'ai besoin d'un moment pour digérer ce qu'il vient de me dire, alors c'est à mon tour de décimer la population de friandises. Je me rends compte que j'ai projeté toutes mes angoisses sur lui, j'ai imaginé qu'il était aussi frustré et démuni que moi.

— Merci, Ju. Tu m'as mis un petit pied au cul bien mérité.

— Ah, je soupire d'aise, qui eût cru que la plus jeune serait en réalité la plus sage ?

Il pouffe et me balance le premier truc qui lui tombe sous la main : son Rubik's Cube en l'occurrence.

— Aïe, je maugrée en essayant de me protéger.

N'empêche, je suis fière de lui, fière de voir qu'il devient la personne qu'il était censé être : un être de lumière, un frère formidable. Il assume son vernis et son style vestimentaire a légèrement changé ; on dirait une huître qui est restée dans l'eau en ébullition : il s'ouvre. Il ne se cache plus derrière son air de filou que rien ne touche. Il essaye, même si la peur d'échouer est là, toute proche.

— Bon, comme je suis visiblement la personne la plus formidable de la famille Huet, je commence avec un sourire satisfait, ça veut dire que tu me dois une faveur, non ?

Il m'observe, blasé.

— C'est la dernière fois que je te fais un compliment, il menace. Tu trouves toujours le moyen de me le faire regretter.

Je tente un regard de chat perdu et il soupire en me faisant signe de lâcher ce que j'ai sur le cœur. Je lui explique alors tout le plan de génie d'Ysée, lui apprenant au passage qu'on est redevenues amies, ce que je n'ai pas eu le temps de faire à cause de mes journées à rallonge.

— Je me suis dit que tu pourrais m'aider à trouver comment attirer les parents au resto.

— Ben, c'est tout simple !

Il me regarde comme si j'étais une croquette au milieu d'un plat de raviolis. Je soupire et le supplie de me balancer le morceau, il se redresse, fier de lui.

— Ah, alors, qui est le plus formidable des Huet maintenant ?

— Allez, Léou, abrège !

— Leur anniversaire de mariage est imminent. Je peux leur parler de ce super resto que j'ai repéré et que je veux leur faire découvrir. En plus, ce n'est même pas un mensonge.

J'ai envie de l'enlacer. Le génie coule dans nos veines. J'avais complètement oublié l'anniversaire de mariage des parents !

— Je suis sûr que tu vas leur préparer un repas de fou malade et que tu vas les convaincre direct. C'est clair que t'es faite pour ça, ils vont le voir.

— Merci, Léou.

— T'as un mois pour finaliser le menu, ça va le faire ?

— Il le faut.

Je suis si près du but, je ne vais pas me laisser abattre par des doutes ou des angoisses. Je me redresse, le menton haut, sûre de moi. Je vais le faire. Moi qui me sentais si seule au début, je suis maintenant soutenue par tout le monde. Il ne manque que mes parents.

On discute encore un peu avec Léandre, on achève la vie des derniers oursons et je l'abandonne à sa composition. Avant de fermer sa porte, je lâche juste avec malice :

— Ah, au fait, j'ai un petit ami. Enfin, je crois. Bonne nuit !

Alors que je rentre dans ma chambre, voisine de la sienne, je l'entends qui peste de ne pas avoir plus de détails. Mais je reste bien silencieuse et pars me doucher, puis me coucher.

Seulement je suis incapable de trouver le sommeil, donc j'envoie un message à Rayane.

Tu dors ?

Non, et toi ?

Ben non, Potatoe !

Je souris et tourne mon prochain SMS une dizaine de secondes, dans un sens, dans l'autre. Le plus simple est de le dire comme je le pense, j'imagine.

Est-ce qu'on est petit(e) ami(e) ?

Je fixe les trois points qui ondulent. S'arrêtent. Reviennent. Leur danse hypnotique me bouleverse à chaque fois. Finalement, Rayane m'appelle en visio. J'observe ses yeux pixélisés alors que je suis déjà couchée, mes cheveux tressés, entourée de mes peluches.

— Hey, Sashimi, il murmure.

Je remarque la lumière bleutée d'un écran flotter sur son visage. J'imagine que SmashedPotatoes était de service sur *Call of*.

— Hey.

Je n'ose pas prononcer un autre mot tant qu'il n'aura pas répondu. Je me sens idiote. Idiote d'ignorer comment tout ça fonctionne.

— Pour ta question... il commence en prenant tout son temps. Il faut que je te dise...

Le suspens me tue. Il me regarde sans ciller, sévère presque.

— Je sais pas trop pour nous deux, mais je dois te prévenir que je sors déjà avec Coline. Et Martin. Et Medhi, mais un dimanche sur deux.

Et, en voyant mon visage se décomposer, le sien s'illumine, amusé. J'essaye vainement de l'engueuler, mais il est trop fier de sa blague pour se vexer.

— Moi, j'ai envie qu'on soit ensemble, il reprend, mais toi, je me demande. J'ai l'impression que t'es pas pour une relation exclusive, t'es déjà au lit avec Pikachu, je peux pas être à la hauteur.

Jetant un œil à ma droite, je remarque que ma peluche est carrément visible dans le cadre et j'explose de rire.

— Ouais... je réponds en imitant son ton sérieux. Désolée, j'espère que tu pourras accepter un trouple ? Pikachu et moi, c'est une histoire qui dure.

Rayane pouffe et me rassure : il peut me partager avec une souris électrique. On est ensemble toute la journée, et pourtant, voilà qu'on trouve encore de quoi parler pendant deux heures. Ce n'est qu'en me réveillant, le lendemain matin, que je me rends compte qu'on s'est assoupis, nos écrans toujours allumés.

Je souris, car la première chose que je vois en ouvrant les yeux, c'est le visage endormi de Rayane.

29

— Eh, Greg, t'as déjà vu un lardon courir ?

J'ignore la remarque d'Alexis. Je laisse leur rire éclabousser mon dos et je fonce jusqu'à La Racine. Éplucher des petits pois semblait leur avoir apporté quelques grammes de bonté qui depuis se sont évaporés...

C'est la première fois que je rejoins Hanaé pour m'entraîner sur mon menu. J'ai passé tout mon dimanche à travailler mes recettes. On s'est même retrouvés avec Rayane et Ysée. Ils ont échangé des anecdotes sur moi comme des cartes Pokémon, pendant que je tentais de leur extorquer des idées géniales.

Je remonte les rues au pas de course, mon sac tapant dans le bas de mon dos. Je pousse la porte, je dis bonjour à Simonne et la suis quand elle me propose de déposer mes affaires. Je ne récupère que mon carnet Bratz, que je serre contre moi pendant qu'elle part saluer des clients. Hanaé est déjà en tablier, à m'attendre.

— J'ai plein d'idées, des trucs que je désire tester depuis des années. Du genre, un saumon en basse température, ou alors je pourrais reprendre ma revisite du bœuf bourguignon, je voulais aussi transformer un légume en plat principal, ça pourrait grave les impressionner, non ?

— Ouh là, Juliette, calme-toi !

La voix d'Hanaé est assez puissante pour clouer mon excitation au sol. Elle inspire, bras croisés sur la poitrine.

— Je t'avais dit quoi ? Que la première règle, chez moi, c'était de m'écouter et là, je ne peux pas en placer une. Et ensuite, comme pour l'œuf parfait, tu te précipites trop.

— Oui, je sais, je murmure. Mais j'ai tellement hâte de commencer !

Cette fois, il y a un enjeu de taille : celui de convaincre mes parents. Je ne veux pas faire un bon repas, un super repas, mais un excellent repas. Du genre exceptionnel. Le repas qui dit « votre fille est une cuisinière incroyablement douée ».

— D'abord, on sort.

— Quoi ? je m'étrangle, en abandonnant mes notes.

— Ouais, le travail d'un chef ne commence jamais aux fourneaux.

Elle m'entraîne à sa suite et me fait passer une porte que je n'avais encore jamais vue. On arrive alors dans les vestiaires, où elle me charge d'enfiler une tenue que je ne connais que trop bien, et que j'ai quittée il n'y a pas si longtemps.

— Avant de travailler, toujours s'équiper. Dans tous les restaurants, cette tenue est obligatoire. Elle se compose de...

— Mais je sais tout ça, Hanaé !

— Elle se compose, elle reprend d'une voix plus ferme et qui n'appelle aucune remarque, d'un haut et d'un bas conforme, de chaussures de sécurité, d'un tablier et d'une coiffe.

Je la suis dans la chambre froide où, au lieu de râler, je lui montre que je connais déjà tout et j'anticipe ce qu'elle va dire comme une insupportable Hermione.

Quand on retourne en cuisine, je ferais pâlir Ysée, car je maîtrise bien mon sujet. Je lui nomme toutes les obligations, tous les dangers, tout le process pour préserver la nourriture, pour respecter les règles d'hygiène.

— OK, t'en connais un peu.

Je souris, fière de moi, quand je pense qu'il y a encore quelques semaines, j'ignorais tout de ce monde professionnel. Hanaé trouve quand même le moyen de me poser quelques colles et je vois qu'elle y prend un plaisir sadique.

Alors que j'imagine qu'on va enfin pouvoir s'y mettre, elle me demande d'emporter mon calepin et de la suivre dans la salle. Simonne a fermé le restaurant pour la pause, elle range les tables, réordonne les vases et les bougies. On échange un sourire chaleureux et elle me rassure d'un clin d'œil.

— Assieds-toi, lance Hanaé en prenant place.

On est côte à côte, mon carnet ouvert devant nous.

— Vas-y, me dit Hanaé, expose-moi tes idées.

Je sens que mon excitation revient en force, elle bouillonne, pétille, rayonne. Je lui énumère tout ce que à quoi j'ai pensé ces derniers jours : des goujonnettes de plie, un pintadeau contisé, mon bœuf bourguignon, une jardinière arlequin, un nougat de betteraves, une ganache framboise, un entremets, des Saint-Jacques lutées, des filets de tacaud, et...

— Stop, stop, stop, Juliette.

Hanaé se prend la tête entre les mains et récupère ma liste longue comme le bras. Elle me la désigne d'un regard.

— Est-ce que tu vois le problème ?

— Le problème... je répète pour gagner du temps. Ben, je ne pourrais jamais tout préparer pour une seule soirée.

— Non, je te le confirme ! rit Hanaé. Même Pantagruel ne finirait pas ton buffet. Mais encore ?

Je fixe mes notes des yeux, les lettres que j'ai tracées à la hâte sont aussi nettes que des œufs brouillés. Certains plats me font saliver, d'autres sont un vrai défi à relever... Mais aucun ne me semble être un problème.

— Le souci, reprend Hanaé, c'est qu'on dirait plus un livre de recettes d'un chef des années quatre-vingt que le menu de Juliette, 17 ans.

— Oh, je souffle.

Je dois avouer que mes idées sont toutes plus ou moins inspirées d'un livre légué par Papitate. C'était sa référence pour avoir les techniques « les plus pures ». Je ne connais pas la moitié des mots comme « plie », « contisé », « tacauds », mais je trouve que ça sonne classe, pro, ça a de quoi impressionner mes parents. On est loin du risotto aux lardons !

— Tu sais comment je fais, moi ? me demande Hanaé qui ne me lâche pas des yeux.

— Non, je réponds avec une réelle curiosité.

— Quand je veux changer la carte – et ça m'arrive souvent parce que je me lasse très vite et que je déteste refaire le même plat trop longtemps...

— Je confirme ! balance Simonne en pouffant.

Hanaé tente de lui jeter un regard noir, mais il est trop illuminé par l'amour qu'elle lui porte pour être tout à fait crédible. Puis elle se retourne vers moi, toujours droite, comme si sa femme ne venait pas de saper toute son autorité.

— Quand je cherche un nouveau plat pour la carte, je commence par m'asseoir ici même. Je feuillette des magazines, des livres de recettes, des sites Internet, je m'inspire, bien sûr, c'est un bon début. Mais surtout, je repense à des souvenirs. Qu'est-ce que je veux raconter ? Qu'est-ce que je veux faire vivre aux gens ? Pour qui je cuisine ? Pour quoi ?

Elle laisse toutes ses questions exploser autour de nous comme des bulles de prosecco. Dans ma tête, je revois Papitate qui me rappelle que le plus important, c'est l'amour. D'ailleurs, c'est le premier ingrédient qu'il a noté pour chaque recette de mon carnet Bratz : « beaucoup d'amour ».

— Mon dessert kiwi-miso, par exemple, c'est un souvenir.

Je remarque que le regard d'Hanaé se voile.

— Simonne et moi, on est parties au Japon, à Tokyo d'abord, puis chez ma famille paternelle, du côté de Nagoya, il y a deux ans. Et, je ne sais pas comment, on arrive dans un petit marché, on se perd chacune de notre côté. Et, quand on se retrouve, j'ai une soupe miso dans la main et elle des kiwis. On explose de rire, parce que ça n'a rien à voir. Puis je goûte ma soupe, et son fruit, et là où je pensais que ce ne serait pas dingue, je découvre une alliance dont j'ignorais tout. La profondeur du miso, le piquant du kiwi, ça fonctionne.

Simonne aussi sourit. Grâce à quelques mots, elles sont reparties en pensée dans les rues bondées d'un marché japonais.

— Il y a quelques jours, l'idée du dessert a surgi de ma mémoire.

Je comprends parfaitement ce qu'elle veut dire : j'ai concentré toutes mes recettes sur la technique, l'effet « waouh », et pas sur les sentiments que je pouvais engendrer. Maintenant que j'observe ma liste, il n'y a aucun plat que je souhaite garder, parce qu'ils ne provoquent rien en moi.

— Allez, on reprend tout ! s'exclame Hanaé en tapant dans ses mains.

Elle saisit mon papier et le déchire avant de le poser dans un coin. Elle feuillette mon carnet, mais finit par le refermer.

— Abandonne tout ça, repense juste à des repas passés avec ta famille. Un repas qui t'a marqué, une habitude, une manie, un sentiment, n'importe quoi.

— Eh ben, je n'ai jamais peur d'oublier une viande ou un plat au four, je lance après un moment de réflexion.

— Ah bon ? me demande Hanaé, soudain intriguée.

— Mon père adore le cramé, il est capable de racler la fin de toutes mes casseroles. Ma mère trouve ça répugnant. J'ai jamais osé lui avouer que, parfois, je loupais mes cuissons, exprès pour lui.

— OK, super ! s'enthousiasme la cheffe. Quoi d'autre ?

Je réfléchis, nous revois tous ensemble autour de la table. J'ai tellement de souvenirs, de petits moments insignifiants.

— Je me rappelle que mon grand frère, Valentin, celui qui m'aide pour m'inscrire à la rentrée, détestait les poivrons. Dès que mon papi préparait un truc et qu'il y repérait un poivron, il refusait d'y goûter. Et Papitate, ça le rendait fou parce qu'il estimait qu'on devait toujours goûter avant de se prononcer. Alors, un jour, il a imaginé une recette dans laquelle le poivron était masqué et, depuis, Valentin adore ça.

Hanaé sourit, mon histoire résonne en elle. Elle me pose des questions, sur mon enfance, sur plein de choses. Au début, je ne vois pas le rapport avec la choucroute, mais peu à peu, elle fait remonter des images que je pensais avoir oubliés.

Comme les dînettes que je créais à partir de boue, de marguerites et de cailloux et que j'obligeais toute ma famille à faire semblant de manger. Déjà petite cheffe autoritaire à cinq ans. Je ne le remarque pas tout de suite, mais plus je parle, plus Hanaé note des mots-clés sur le calepin qu'elle porte toujours sur elle.

— Mais, je demande, sourcils froncés, qu'est-ce que je dois faire de tout ça ? Je fais un plat en dînette avec des poivrons cramés ?

Hanaé rit gentiment et nie d'un signe de tête.

— Non, mais ça peut être des pistes à suivre. Peut-être que tu te serviras de certaines, peut-être d'aucune, mais tu sais que ce sont des éléments qui provoquent des choses pour toi, et pour ta famille. Et je pense que le principal, pour ton menu, c'est que ça leur parle, que ça les émeuve.

Malheureusement, ce qu'elle a noté ne m'inspire rien. Je n'ai pas envie de préparer des poivrons, Valentin est déjà convaincu. Je dois trouver des idées qui me rapprochent de mes parents.

— Tu sais, reprend Hanaé, je crois que les papilles sont directement connectées au cœur. Si tu débusques les bonnes saveurs, tu leur feras ressentir une joie et une fierté profondes. Pense d'abord à une idée qui les émeuve, ensuite, on parlera techniques, twists à apporter. Je serai là pour t'aider.

Elle jette un œil à la grosse horloge avec un sourire et ferme son calepin qui disparaît dans une poche mystérieuse de sa tenue.

— Allez, je vais devoir y retourner, l'équipe va revenir. Toi, pour demain et les prochains jours, je veux que tu réfléchisses à un nouveau menu.

Je range rapidement mon carnet et remets les chaises en place en approuvant d'un signe de tête. Simonne, qui a dû nous écouter, se rapproche de moi avec mon sac à dos.

— Je suis sûre que tu vas faire quelque chose incroyable !

— Merci, je murmure.

Je répète le mot, un peu plus fort, pour qu'Hanaé, déjà en route vers ses fourneaux, l'entende. Je savoure la chance que j'ai d'être ici, de compter sur elles deux, qui n'ont rien à gagner et qui m'aident par pure gentillesse.

— La cuisine, c'est toute ma vie, et ce que vous faites pour moi, c'est ma meilleure opportunité de continuer à la rentrée. Alors, voilà, merci.

Simonne sourit et me prend dans ses bras. De Hanaé, je ne reçois qu'un petit signe de tête amical avant qu'elle ne disparaisse.

30

Mes heures ne m'appartiennent plus. Elles s'égrènent à L'Absolu, filent à La Racine, me manquent quand je cherche des recettes, et s'évaporent dès que le sommeil m'emporte. Je n'ai le temps ni pour Léandre, ni pour Ysée, ni même pour Rayane.

Chaque minute, je la dédie à la création de mon menu, à mes idées. Ce midi, j'ai failli me couper le doigt trois fois parce que je pensais à l'entrée que je servirai à mes parents plutôt qu'à celle que je tentais de préparer.

Ensuite, j'ai à peine eu le temps d'échanger deux mots avec Rayane, de l'embrasser, que je partais à La Racine. Depuis quelques jours, j'ai l'impression d'être intégrée. Je salue tout le monde, m'installe aux vestiaires avant de filer aux fourneaux.

— Alors, Ju, ce plat ? demande Diego qui passe la serpillière dans le fond.

— Argh, je ne sais pas, j'ai besoin de vous.

Et, comme par magie, toute l'équipe me rejoint pour m'écouter. Diego, Tharaya et Esmée renoncent à une bonne partie de leur pause pour me conseiller. Hanaé n'est pas pauvre en suggestions et techniques, et Simonne se fait toujours un plaisir de goûter à tout et de donner son avis.

Avant, je me satisfaisais de mon premier essai, je criais au talent dès que je transformais n'importe quel aliment en chips. Maintenant, je doute de tout, tout le temps. Aucun met ne me paraît à la hauteur pour impressionner mes parents. Je suis sûre que mes idées ne sont pas assez intéressantes pour les convaincre.

Mon avenir se joue pourtant au bout d'une fourchette.

Je sors mon carnet que je pose sur le plan de travail et on se penche tous dessus. On dirait une bande de sorcières en train de préparer le sabbat. Je vois tous les cerveaux autour de moi fumer comme du lard sur le feu.

— L'entrée et le dessert, c'est pas mal. On a une bonne base, il reste juste à peaufiner les détails, les textures.

— Je suis pas sûre pour l'entrée, Hanaé, je soupire. Les goûts ne sont pas assez poussés, je crois, si ça se trouve ça va être complètement fade et...

— Ju, il faut savoir lâcher. Ne juge pas avant d'être allée au bout, m'encourage Esmée en me serrant la main.

Hanaé, Diego, Tharaya et Simonne approuvent d'un signe de tête.

Je regarde l'entrée telle que je l'ai notée en soupirant. Ce n'est qu'une idée, c'est comme écrire un titre et penser que son roman est fini. Je n'ai qu'une couverture et, à l'intérieur, des pages blanches.

— Juliette, oublie cette entrée et ce dessert, tu as de bonnes pistes, on va les travailler. Qu'est-ce que tu proposes pour le plat ?

J'ai passé des heures à me poser la même question, à envisager toutes les volailles, les viandes, les poissons.

Alors qu'en fait, la réponse était évidente. Là, juste sous mes yeux.

— Je veux réécrire ma première lettre d'amour, je dis dans un souffle.

Personne ne comprend, bien sûr, mais je vois une lumière étinceler dans le regard d'Hanaé. Je l'intrigue, et je sens que je suis sur la bonne voie, alors je ne leur explique pas tant mon plat, que son histoire.

— Mon papi, Papitate, me faisait toujours participer. Si c'est devenu une passion, c'est grâce à lui. Au début, je le regardais. Puis, je coupais les légumes...

— Comme un commis à L'Absolu, quoi, se moque Diego.

On explose tous de rire et je reprends.

— Ouais, exactement. Mais il avait déjà assez confiance pour mettre un économe dans les mains d'une enfant de 7 ans. Ensuite, j'ai pu suivre des recettes faciles de A à Z, comme des quiches, des gâteaux au chocolat, ou des sauces, puis l'épauler sur la viande, etc. Et, un jour, il m'a dit : « Maintenant, c'est moi, ton commis ». On a cuisiné ensemble son poulet moutarde. C'était son plat signature alors j'étais trop fière de m'en occuper.

— Ooooh, minaude Tharaya que je sens un peu émue.

— Il m'a aidée tout du long, même si je pensais naïvement être si douée que je réussissais tout du premier coup. Mais je me souviendrais toujours de ce moment-là avec lui, du bonheur que j'ai eu de faire un *vrai* repas. C'est ce poulet-là que je voudrais refaire. Parce que, depuis que Papitate est mort, je n'ai jamais osé le reproduire.

Le silence est profond comme une sauce béarnaise. Personne ne dit rien, Diego me tapote juste l'épaule, les lèvres pincées par l'émotion. Esmée a les yeux larmoyants.

— Tu le tiens ton plat ! s'enthousiasme Hanaé en levant les bras.

— Je vous ai rapporté de quoi le goûter. Je l'ai fait en suivant la recette de mon papi du coup.

Je sors une grosse boîte de mon sac. J'ai profité de mon dimanche de repos pour m'entraîner et leur montrer ce que ça donnait.

Ils se saisissent chacun d'une fourchette pour piocher à l'intérieur. C'est presque aussi convivial qu'un bucket KFC. Tout le monde déguste, se tait, puis savoure la moutarde, le piquant des grains, la peau qui croustille, la chair tendre, qui fond sur la langue.

Hanaé ne dit rien, elle goûte les éléments séparément, ensemble, analyse la sauce, et ensuite elle détaille toutes les étapes de mon carnet de recettes. C'est sans doute la page la plus abîmée : cornée, tachée, froissée.

— C'est vraiment délicieux, hyper régressif, tranche Hanaé. Je comprends que ça ait été votre repas familial par excellence.

— Il est trop succulent, s'extasie Simonne qui pique une nouvelle bouchée.

— Franchement, je ne connaissais que le lapin sauce moutarde, dit Tharaya, mais c'est super aussi !

En deux minutes, il ne reste plus rien dans mon Tupperware qu'une aquarelle jaunâtre qui colle aux parois en verre.

— C'est une bonne base à retravailler ! s'enthousiasme Hanaé que je sens déjà d'attaque.

— À retravailler ? je m'étrangle.

— Eh ben, tu vas réinterpréter la recette, non ?

Je fixe mon grimoire de sorcières, cette recette dont je connais chaque grammage, chaque mot, chaque indication. Je comptais la suivre à la lettre, de peur que la pluie se change en sauce moutarde. Je n'ai jamais envisagé de la reprendre, de la modifier, de... me l'approprier.

— Je ne veux pas dénigrer le plat de ton grand-père, m'explique Hanaé alors que d'un coup, tous les autres trouvent une meilleure occupation. Seulement, je pense qu'il faut que tu l'élèves encore plus, que tu le fasses tien. Ça ne le dénaturera pas.

— OK...

Hanaé m'installe à un plan de travail et sort tous les ingrédients. Je suis étonnée de voir que son garde-manger semblait tout prêt. D'un geste symbolique, elle ferme le carnet Bratz et me le tend pour que je le range.

Il me suffirait de demander pour que Tharaya, Diego, Esmée, Hanaé et même Simonne m'abreuvent de conseils, d'idées, mais je sais que ce plat doit venir de moi. Je sens leurs regards attentifs posés sur moi, et je suis confiante. Comprise. Coup de feu ou pas, ici tout n'est que bienveillance, rire, entraide et professionnalisme. Ils m'ont tous accueillie comme si j'étais la dernière de la bande.

J'enfile mon tablier. Je souris en repensant à Rayane qui avait proposé de me le nouer pour mon premier jour. Maintenant, en deux secondes, il est attaché dans mon dos. C'est devenu aussi automatique que de faire mes lacets.

Je regarde mes ingrédients, me rappelle mes repas de famille. Les sauces incroyables de Baptiste Merle, les questions que Legrand et Horace nous posent souvent : quelle texture, quel assaisonnement ? Au creux de toutes les techniques que j'ai apprises à L'Absolu, je sens alors naître mes premières idées.

Au lieu de me précipiter, sûre et fière de moi, je m'interroge, je teste tout ça avec Hanaé, on en discute. J'ai envie d'avoir son avis, son expertise.

— Peut-être que je peux jouer avec les textures. Notamment avec la sauce. Je l'adore, mais c'est sans doute elle qui donne ce côté un peu vieillot. Je ne veux pas tout modifier, dénaturer la recette, donc pourquoi pas la passer en siphon pour l'aérer. Tu en penses quoi ?

— Bonne idée ! Essayons.

— Est-ce que je peux alléger la crème ?

— Je ne sais pas, se moque gentiment Hanaé, c'est une question ?

Je ris et m'affirme : je voudrais alléger la sauce. On commence donc à travailler uniquement sur cet élément. J'abandonne la moutarde à l'ancienne pour intégrer plutôt une superbe moutarde orléanaise qu'Hanaé me fait déguster. Elle a une petite saveur en plus qui m'inspire aussitôt.

— Et une touche de miel, juste pour arrondir la moutarde ?

— Je ne sais pas, essaye !

Je sens l'enthousiasme d'Hanaé l'emporter. Elle ne peut pas retenir un grand sourire en me regardant expérimenter, ajouter une cuillérée de plus, du sel, du poivre, et goûter encore et encore. Je la vois s'illuminer.

— Euh, Juliette ?

C'est Simonne qui débarque devant le passe, mon portable à la main.

— Ton téléphone n'arrête pas de sonner, je préférais te l'apporter, ça a l'air urgent.

Paniquée à l'idée qu'il soit arrivé quelque chose, je fonce jusqu'au passe, main tendue pour saisir l'appareil. « Valou » s'inscrit sur l'écran et je décroche aussitôt en m'éclipsant.

— Val ?! Qu'est-ce qui ne va pas ? Sophie a accouché ?

— Non, pas du tout ! On a une réponse !

Mon cœur manque un battement. Je n'ose pas parler. J'attends la suite, mais Valentin a décidé de devenir le nouveau Hitchcok et me met au supplice en allongeant le suspens.

— Tu es acceptée pour le CAP ! Celui qu'on voulait ! Ils demandent quelques éléments pour finaliser ton dossier – je vais les envoyer, ne t'en fais pas –, mais tout est bon pour eux et tu peux rejoindre l'école pour la rentrée... enfin, si les parents sont d'accord...

— T'es sérieux ? je bafouille, terriblement soulagée.

— Oui, je suis toujours très sérieux, tu sais bien. Je pense qu'il faut que tu en discutes avec eux le plus vite possible, sinon tu vas louper la rentrée. Ils vont devoir signer quelques papiers. Si tu veux, je peux venir demain, même ce soir, et on voit avec eux ensemble ? J'ai déjà préparé une liste de tous les points positifs et négatifs. Je peux leur présenter ça.

— Val, non, t'en fais pas ! Surtout, ne parle pas aux parents.

Il se tait et je l'imagine très bien en train de remonter ses lunettes sur le bout de son nez.

— Mais… tu ne peux pas leur cacher ça.

— Oui, je sais, mais j'ai un plan, ne t'inquiète pas !

— Quand tu dis « ne t'inquiète pas », ça m'inquiète encore plus.

— Valentin, ne fais rien, pitié. Je m'en charge, je t'assure. Tu m'as déjà beaucoup aidée, laisse-moi au moins m'occuper de ça. Désolée, je dois y aller. Et merci pour tout ! C'est grâce à toi tout ça !

— Juliette, tu dois trouv…

Je ne lui laisse pas le temps de répondre et raccroche aussitôt. Autrement, je sais que je suis partie pour un sermon à faire pâlir Bossuet sur l'importance de ne pas mentir aux parents, de leur dire la vérité. Mais mon plan est bien plus percutant qu'une discussion à cœur ouvert autour d'une tisane citron menthe…

Quand je rejoins tout le monde, je m'exclame :

— Je suis prise pour le CAP !

Ils m'embrassent tous, me félicitent, m'enlacent et Simonne sert même un verre de leur cocktail sans alcool pour fêter ça. Hanaé et moi, on abandonne définitivement mon poulet sauce moutarde pour la journée.

Diego me parle du CAP, où il a lui-même étudié et on finit en petit goûter improvisé.

— J'avais adoré être là-bas, les profs sont super, et faire une alternance, c'est le pied. La moitié en cours et l'autre en entreprise, c'est génial pour progresser.

— Oh, purée de pommes de terre !

Je blêmis.

— Je dois trouver une alternance ! Mais la rentrée est tellement proche, comment je vais faire ? L'Absolu n'est pas si mal, mais tenir un an chez eux...

J'aurais envie de pleurer. Gros chagrin, du genre épluchage de dix oignons, mais je me retiens. Un été chez Legrand, c'est la meilleure expérience. Un an, c'est l'enfer qui s'ouvre sous mes pieds...

Simonne et Hanaé se regardent avant de me consoler comme elles le peuvent.

— Je suis sûre que tout ira bien, m'assure Simonne, une main sur le bras. Tu verras, tu vas séduire tes parents, les convaincre que tu es faite pour ça – car tu es faite pour ça – et ensuite, tu trouveras une alternance dans le meilleur restaurant, celui qui est fait pour toi, et où tu te sentiras bien. J'en suis persuadée.

Je mime un sourire, trop triste pour être vrai et elle me serre dans ses bras avant de me rappeler que l'heure tourne et que je dois y aller. Quand je sors de La Racine, c'est pour lire un SMS de Valentin, tout en naïveté et en efficacité.

> Je crois que le téléphone a coupé. Je te disais : tu dois trouver une alternance. Et vite ! Je pense que le mieux, c'est directement L'Absolu. Je te prépare une liste des restaurants qui acceptent les apprentis, si tu veux ?

Je soupire, fourre mon portable dans mon sac et cours pour le service du soir.

31

Travailler à L'Absolu et à La Racine, c'est une bonne vinaigrette. La rigueur, l'organisation au cordeau et la technique de l'un me servent pour exploser en créativité, en folie, en audace chez l'autre. Apaisée par mes tentatives culinaires avec Hanaé, je suis plus efficace à L'Absolu. Chaque épluchage, pesage, contrôle de marchandises ne me paraît plus indigne de moi, mais nécessaire.

Je ne m'occupe que de mon plan de travail : pas du trio infernal toujours de corvée de petits pois, pas du chef Legrand qui a une humeur aussi changeante que du lait sur le feu. La critique a été positive pourtant, mais ça n'a semblé le réconforter qu'un temps.

Alors que je termine de nettoyer mon poste, je relève la tête et admire les alentours. La majorité de la brigade est déjà partie se coucher après le service du soir, mais on est encore quelques retardataires à remettre de l'ordre. Ce sont mes derniers jours ici.

J'observe le passe, la porte de la chambre froide, les plans de travail, les chefs de partie qui discutent ensemble en pouffant de rire. Je ne pensais pas que j'apprécierais tant cet endroit ni les gens qui y évoluent. Je serre le manche de ma serpillière contre moi quand j'entends des pas se rapprocher.

— Comme disait un grand slameur : « la nostalgie est la fiancée des bons souvenirs qu'on éclaire à la bougie », me souffle Rayane dans l'oreille.

— Je crois que même les petits pois vont me manquer... je soupire.

— Hou là... Tu aurais dit ça à ton toi d'il y a deux mois, elle se serait étouffée avec. Voyons le bon côté des choses, on en aura fini avec le trio infernal... Et on est dans le même CAP l'année prochaine !

Je souris. C'est bien mon seul lot de consolation. Rayane, Angélique et moi vivons le même sentiment aigre-doux de quitter un lieu où on a passé plus d'heures depuis deux mois que dans notre propre lit.

— Oh, je me reprends en rangeant ma serpillière. Faut que je te donne un truc. Je t'ai préparé des gâteaux, pour tes petites pauses.

— C'est vrai ? il demande, touché.

— Ouais, j'avais la tête ailleurs en cuisinant, je crois, et je me suis trompée donc ce sont des cookies, mais au chocolat extra-noir...

— Comme mon âme, il dit en souriant.

— T'es aussi doux qu'un ourson en guimauve, Ray, tu ne bernes personne.

Il fronce les sourcils, tente d'assombrir son regard, mais ça me fait juste pouffer de plus belle. Maintenant, tout le monde sait pour son diabète. C'est devenu le nouveau sujet de moquerie du trio : « Eh ben, Aladdin, ton sang, c'est du sucre ? Et quand tu pisses, c'est du caramel ? ». Heureusement, Horace a remis de l'ordre dans les rangs. Grégory, Mickaël et Alexis ne sont pas près de voir une poêle avant un moment...

— Bon, on devrait s'activer si on veut retrouver Angélique aux BDL, murmure Rayane.

Ses doigts effleurent juste les miens et on s'élance vers les vestiaires.

— Juliette, je peux vous parler ? lance alors la grosse voix de Michel Legrand.

On sursaute aussitôt et on s'écarte d'un bond, comme des enfants pris sur le fait. Je me retourne, surprise.

— Euh, oui, chef ?

Il me fait signe de le suivre. Je cherche Rayane des yeux, mais il me rassure d'un petit sourire et murmure : « Je t'attends dehors », avant de continuer sa route. N'ayant pas d'autre choix, j'emboîte le pas à Legrand comme une victime derrière son bourreau. Je n'ai que cinq mètres à faire, mais j'ai le temps de me poser vingt mille questions.

Est-ce que j'ai fait une erreur ? Est-ce que j'ai foiré un plat ? Est-ce que j'ai apporté le déshonneur sur le restaurant ? Est-ce que je suis la cause d'une mauvaise critique ? Est-ce que je...

— Asseyez-vous, m'offre Legrand en tendant une main vers le siège face à son bureau.

Il ferme la porte vitrée derrière nous et je suis impressionnée de me retrouver là.

— Comme vous le savez, on arrive doucement mais sûrement à la fin de ce stage et j'ai pris le temps de faire le point avec Horace et les autres chefs de partie.

— Oh ?

Impossible que je dise un mot de plus sans le tartiner d'une confiture de palabres absurdes.

— Oui, tout le monde paraît beaucoup vous apprécier !

— Oh ? je répète.

— Vous semblez surprise.

— Oh non, pas du tout, je pense que j'ai vraiment bien travaillé, bien appris. J'ai beaucoup évolué et beaucoup changé depuis que je suis ici, chef.

— C'est ce qu'a souligné Horace : votre évolution. Il a mentionné votre capacité d'adaptation, votre... honnêteté, disons. Et votre sérieux. Maintenant, comme vous le savez...

Assis à son bureau, il se laisse tomber au fond de sa chaise. L'éclairage accentue ses cernes aubergine. Ses sourcils froncés ressemblent à des nids de spaghettis et son teint coquille d'œuf trahit sa fatigue.

Je le vois alors caresser négligemment son nom, sur sa poitrine. Là, c'est sur son cœur même que son étoile est brodée. Il n'y en a qu'une. Les taches sur sa chemise blanche sont autant de stigmates du temps passé derrière les fourneaux, loin de sa famille ; de toutes ses larmes versées à la perte de la distinction ; de cette énergie dépensée pour essayer de la récupérer.

— Euh, il se reprend, ému, comme vous le savez, la situation ici n'est plus la même qu'il y a quelques mois. J'ai dû réduire l'effectif. Aujourd'hui, force est de constater que l'on doit malgré tout embaucher pour le salé et la pâtisserie. Je ne peux engager que deux commis. Ils devront être polyvalents, réactifs et compétents. En parlant à mes équipes, votre nom est revenu, et celui d'Angélique a été mentionné par Axelle. Bref, je pensais donc à vous pour intégrer la brigade. Vous tourneriez sur tous les postes, garde-manger, poissons et viandes. Et, si vous avez des études, on peut parfaitement envisager de vous prendre en alternance. C'est même, pour être honnête, l'idéal pour nous. Qu'est-ce que vous en pensez ?

Il tente un sourire un peu maladroit et la première chose qui me vient en tête, c'est : « Ouf, je ne me fais pas virer deux jours avant la fin de mon contrat »... Ensuite, je comprends ce que tout ça implique : il me propose un boulot – un vrai – dans une brigade – une vraie !

Alors, pourquoi ça ne me fait pas plus d'effet qu'un poisson pané de cantine ?

Il y a encore une heure, la nostalgie de quitter cet endroit me serrait la gorge, la peur de ne jamais revoir une cuisine pro me tordait le ventre, l'angoisse de ne pas être à la hauteur me creusait la poitrine. Depuis deux mois, je cherche la preuve que je suis faite pour ça, que mes parents ont tort de s'acharner à faire rentrer mon avenir dans le tupperware étroit qu'ils ont prévu pour moi. Et elle est là, ma preuve. Legrand, le chef orléanais renommé, veut m'embaucher dans son restaurant.

— Non, je ne peux pas, je lâche simplement.

Parce que je pense à Rayane. Au bonheur total qu'il éprouve quand il vient dans cette maison. À sa joie d'être un commis, d'évoluer pas à pas, à sa dévotion, à son abnégation, et à son grand talent. Il aime être dans une brigade comme celle-ci.

On en a souvent parlé. Dès le premier jour, il n'a pas arrêté de me dire que c'était un rêve. Je ne peux pas lui voler sa chance. C'est lui, le personnage principal de L'Absolu, pas moi.

Prise dans mes pensées, je remarque alors l'étonnement de Legrand qui s'est enfoncé dans son fauteuil en cuir. Je me dandine sur mon propre siège, mal à l'aise.

— Désolée, chef. C'est juste que je ne suis pas la meilleure commis pour votre restaurant. Je ne vous remercierai jamais assez de m'avoir donné une chance. Vous m'avez confortée dans mon rêve. Grâce à vous, je sais que j'ai raison d'y croire. Mais vous vous trompez de candidat.

De surpris, Legrand devient soudain curieux. J'essaye de ne pas me laisser impressionner par sa carrure, son statut, sa grosse moustache menaçante. Je reste Juliette, hein, difficile de me taire quand je commence.

— J'ai beaucoup appris, mais je ne suis pas faite pour travailler pour vous. Si vous me permettez de vous le suggérer, c'est Rayane qui serait parfait. Il est intelligent, malin, réactif, rigoureux, appliqué, rapide. Il adore vos plats et saura les défendre comme ses propres recettes. Faire son alternance pour vous serait une fierté pour lui.

Je pouffe en comprenant que je viens de faire un jeu de mots dont j'aurais préféré me passer, mais Legrand se contente de fixer la place qu'occupait Rayane toute la journée.

— Eh bien, en voilà un qui a de la chance d'avoir une petite amie comme vous...

— Quoi ? Non, on n'est pas...

— Ne vous embêtez pas.

Le chef ne me réprimande pas, il sourit et je me demande comment il peut savoir ça. On a été très discrets. Je crois...

— Et j'aurais beaucoup de chance d'avoir un commis comme lui.

Je m'enthousiasme comme si on me proposait de goûter du caviar pour la première fois.

— Bien, jeune fille, euh Juliette, pardon, merci.

Je suis heureuse de voir qu'il se reprend, qu'il n'appelle plus la brigade « les gars » et qu'il se montre si compréhensif. Et puis, comme après tout je n'ai pas grand-chose à perdre, je laisse une petite porte entrebâillée pour l'ancienne Juliette.

— Simplement, chef, si vous me permettez...

Alors qu'il ouvrait son bureau pour me congédier et me renvoyer à ma soirée, il s'arrête.

— Je me demandais pourquoi cette étoile comptait autant pour vous ? J'ai l'impression que vous avez déjà une équipe dévouée et passionnée, une cuisine prodigieuse, un plat emblématique. Et c'est le plus important, non ?

— Mmmh.

Je croise le regard de Legrand, me dis que j'aurais sûrement mieux fait de balancer cette Juliette au fond d'un placard et de perdre la clé. Moi qui avais si bien tenu ma langue, je regrette de ne pas l'avoir avalée. Comme le visage du chef est cryptique et qu'il ne prononce plus un mot, je me lève, recule rapidement... et fuis jusqu'aux vestiaires en lâchant un timide « au revoir chef, à demain ».

Je me change en vitesse et retrouve Rayane et Angélique, sur les bords de Loire. Julie est là également, qui tient la main d'Ange contre la sienne. Ils grignotent mes cookies en buvant des sodas. Au fond, on entend les gens qui dansent et chantent dans les guinguettes estivales. Je m'assieds à côté d'eux.

— Le chef voulait quoi ? m'interroge Angélique. On commençait à s'inquiéter !

— Il voulait juste... discuter, je réponds mystérieusement.

Je sens trois paires d'yeux qui continuent de me dévisager, mais je hausse simplement les épaules.

— Je pense qu'il vous en parlera lui-même. Il fait le point avec tous les commis pour notre fin de stage, je brode. Vous le verrez demain.

Angélique et Rayane se contentent de ma réponse. On discute un moment, jusqu'à ce que je soulève un lièvre : mon poulet sauce moutarde. Ou plutôt, sa revisite. Mes amis sont pleins de bons conseils, mais je sens que je tourne en rond.

— J'ai peur que Papitate me hante pour avoir osé toucher à son plat...

— Tu veux venir à la maison pour qu'on le cuisine et que je le goûte ? propose Rayane

Angélique et Julie se regardent, font semblant de vomir et je leur tape gentiment les bras.

— Mais non, mais « cuisiner » pour « cuisiner », bande de patates !

— Aaaah, ben, désolée, c'était sujet à interprétation ! J'ai cru entendre « pour que je te goûte ».

On explose de rire et ça me fait du bien de passer un peu de temps avec eux en dehors du travail. Rayane me tient la main et ça suffit à me rassurer. Je sais que je peux compter sur lui, sur eux tous. Le repas est imminent, mais je serai prête.

32

On y est. Le soir où mon avenir tient à trois plats et beaucoup d'efforts.

J'ai dormi hier chez Ysée en faisant croire à mes parents que je travaillais encore pour le service du midi à L'Absolu aujourd'hui, alors qu'en réalité on s'est levées ce matin et on est directement parties à La Racine. Heureusement, Hanaé et Simonne étaient prêtes à m'épauler comme si on préparait le dîner du président. On a vite été rejoint par Rayane, Angélique et même Julie, qui est pleine de volonté pour aider à la plonge ou au dressage.

Mon équipe de rêve est là, devant moi, tabliers noués, spatules armées.

— Bon, aujourd'hui, comme vous le savez, on concocte un repas hyper important pour moi. Mes parents, mes frères et ma belle-sœur arrivent ce soir en imaginant qu'on va fêter l'anniversaire de mariage. Du coup, je vous ai préparé des mémos, avec les recettes, des photos du dressage et l'ordre de priorité des tâches.

— Oh, on dirait tellement Valentin, remarque Ysée émue.

Je ne sais pas si je dois le prendre comme un compliment. Quand je distribue les notes, elles sont encore plus propres et complètes que les fiches de révision de ma meilleure amie.

— Ah oui, elle soupire, tu as bien changé le poulet sauce moutarde.

— Tu crois que Papitate me détesterait ? je m'inquiète.

— Mais non, pas du tout ! Il serait hyper fier, Ju.

Elle me serre la main, me sourit et s'empresse de rejoindre Angélique et Ysée pour les aider sur le dessert. Elles sont faites pour le grammage précis, l'élégance et le dressage laser.

Hanaé et Simonne se sont arrangées pour fermer le restaurant et n'accepter que quelques amis à elles qui jouent les faux clients et qui mangeront un repas différent, concocté par elles.

— Respire Juliette, tout va bien se passer. Et souviens-toi, tu es la cheffe aujourd'hui, si tu stresses, ils stressent, si tu n'as pas confiance, ils n'ont pas confiance... D'accord ? m'explique Hanaé.

— Euh, ouais.

— Non. Recommence.

— Oui !

Mon ton enthousiaste la convainc de libérer le passage vers la cuisine et, souriant, elle me tend sa toque personnalisée. Je la pose sur ma tête, touchée, tout en gardant un œil sur les préparatifs.

Je repère Rayane, à côté de moi, qui assaisonne mal les pissenlits.

— Non, Ray, pas comme ça ! Arrggh.

— OK, ça suffit, je te séquestre.

Il retire son tablier et me force à le suivre alors que je tempête derrière lui. Angélique et Ysée discutent en élaborant mon dessert et j'ai l'impression que le grammage n'est pas du tout le bon, rien ne va ! Tout s'écroule...

— Rayane, laisse-moi sortir !

— Non, désolé, Sashimi, je t'oblige à faire une pause.

Il m'a emmenée dans les vestiaires et a refermé la porte derrière nous. Contrainte de m'asseoir, il me tient la main et ne me lâche pas du regard alors que mes pieds battent le sol.

— Respire un coup, tout va bien. Tout le monde se donne à fond pour ce repas, ça va être le feu, mais tu dois te détendre.

Il embrasse chacun de mes doigts et j'arrive presque à le croire.

— Je me suis Legrandisée, pas vrai ? je demande, penaude.

— Un peu, ouais... Il te manquait juste la moustache et on y était.

— Quelle horreur, je soupire pendant qu'il pouffe.

Je ne joue pas le futur d'un restaurant, je n'ai pas la responsabilité de toute une équipe et leur avenir sur les bras et, pourtant, je comprends mieux la pression que ressentait le chef de L'Absolu... La panique me monte au nez, me fait tourner la tête.

— Je connais un remède miracle contre le stress.

— Ah ouais ? je dis, comme s'il allait me sortir une potion magique de sa poche.

Il s'approche de moi et m'embrasse tendrement. Son pouce caresse ma joue et je me sens rougir.

— Pas mal, pas mal. C'est presque efficace.

— « Presque » ? s'étrangle Rayane.

Cette fois, c'est moi qui l'embrasse.

Et puis je me rappelle pourquoi je fais ça. Pour qui je fais ça. Je dois me concentrer sur les émotions que je veux partager avec mes parents.

— Allez, cheffe, aux fourneaux ! me sermonne Rayane en se levant, main tendue pour m'attirer à lui.

— Merci, je souffle, bien plus confiante et apaisée.

— N'hésite pas si besoin d'un remède miracle, je suis toujours là pour toi.

Il me fait un clin d'œil appuyé qui me fait mourir de rire et je retrouve Angélique et Ysée pour leur donner des conseils sur mon dessert. Elles ne manquent pas de remarquer mes oreilles rougies et Rayane qui m'emboîte le pas avec son air de fripouille bienheureuse.

— Oh moohhhh, me chambre Ysée.

— Pas un mot, je la conjure en souriant.

— Vous êtes deux choux à la crème sérieux, soupire Angélique.

— Au travail ! je reprends pour les empêcher d'être distraites.

Elles m'assurent que tout est clair pour elles, je file donc au poste de Rayane et Julie, aux entrées, avant de me concentrer sur le plus gros : le poulet sauce moutarde. Hanaé passe souvent prendre de mes nouvelles, s'inquiète de savoir si je vais bien, si je m'en sors. Je suis en train de lui demander son avis sur mon assaisonnement et la texture trop légère – ou pas – de ma sauce quand Simonne m'appelle depuis l'autre côté du passe.

— Juliette, tu peux venir voir, s'il te plaît ?

Quand j'arrive dans la salle, je suis émerveillée.

— Waouh, je lâche, en regardant autour de moi.

— J'ai ressorti toutes les guirlandes lumineuses de notre mariage, elle explique à Hanaé qui admire la pièce à son tour.

Simonne a créé une décoration digne d'un film Disney. On dirait qu'une fée est passée par là et a éclairé l'endroit d'un coup de baguette. De petites lanternes et guirlandes ont été disposées partout et l'atmosphère est douce, magique. Des lampions semblent tomber du plafond et créent un cocon de lumière parfait pour accueillir ma famille.

— C'est sublime !

— Oui, génial, renchérit Hanaé après moi, en serrant sa femme contre elle.

Les démonstrations d'émotion de la cheffe sont si rares que je me sens un peu gênée et que je détourne mon regard. Quand je remarque l'heure sur la grosse horloge, la panique monte d'un coup.

— Est-ce que tout le monde peut venir voir ? j'appelle en me penchant au passe.

Angélique, Julie, Ysée et Rayane débarquent. Ils multiplient les compliments sur la beauté de la salle et Ysée ne peut pas décrocher ses yeux du plafond.

— Je pense qu'on va devoir laisser la déco, suggère Simonne à l'oreille d'Hanaé.

Celle-ci approuve et je respire à fond.

— On arrive au bout et je voulais simplement tous vous remercier pour ce que vous avez fait pour moi ces derniers jours, semaines et mois.

Mes yeux passent de l'un à l'autre des membres de cette brigade d'amour qui m'entoure et m'épaule.

— Je n'aurais jamais pu réaliser tout ça sans vous, et ça me touche beaucoup. Je ne sais pas si mes parents vont comprendre ce que j'ai tenté de leur dire avec ce menu, si ça va les émouvoir autant que je l'espère, mais au moins ça m'aura permis de partager ce moment avec vous tous. Je voulais vous dire que...

BIP BIP BIP.

Une alarme tonitruante nous déchire les tympans. Hanaé fonce vers les fourneaux et je la suis en courant. Nom d'une patate douce, ne me dites pas que j'ai mis le feu au restaurant ; tout, mais pas ça ! Je n'ai que quelques pas à faire pour rejoindre l'origine de ce bruit, et pourtant, j'ai bien le temps de m'imaginer avec l'équipe, dehors, en pleine nuit, frigorifiée, en train de regarder La Racine s'embraser, impuissants. Mais, visiblement, Hanaé maîtrise parfaitement les choses.

Elle n'a pas l'air aussi affolée que moi et me tend simplement ma poêle... avec des morceaux de poulet qui ne sont plus caramélisés, comme je l'espérais, mais carrément brûlés !

— Purée de pommes de terre, je m'étouffe. J'ai oublié d'éteindre le gaz, je suis tellement désolée, Hanaé !

Je bafouille une dizaine d'excuses alors que le reste de la brigade nous rejoint. Je pensais que la cheffe allait me passer un savon, mais au lieu de ça, elle étale la pommade.

— T'en fais pas, c'est le métier qui rentre ! C'est l'inévitable baptême du feu. Mais ne recommence pas, hein !

Elle s'apprête à jeter le contenu carbonisé de ma poêle quand j'arrête son geste.

— Attends ! Laisse-les-moi, je me demande s'il n'y a pas moyen que j'en fasse quelque chose... Il y en a un qui pourrait apprécier.

Hanaé comprend aussitôt que je parle de mon père et me fait un clin d'œil complice, l'air de dire « bonne idée ». Je remotive mes troupes.

— Allez tout le monde, on y va ! Dernière ligne droite, on y croit ! Si besoin, appelez-moi et je viens vous aider.

— Oui, cheffe !

Je rougis de bonheur en les entendant tous me répondre d'une même voix. Faut dire que c'est vrai, c'est plutôt agréable. Je retrouve confiance en moi, et surtout en mon équipe, et je passe simplement vérifier que tout est conforme à ce que j'imagine, que les cuissons sont bonnes, les assaisonnements au top. Plus l'heure approche, moins on chante, moins on rit, et plus ils me demandent de goûter, regoûter, et tout valider.

Je me reconcentre sur mon poulet moutarde quand mon téléphone vibre dans la poche arrière de mon jean. C'est Léandre...

La bûche est dans le four ! Je répète, la bûche est dans le four

Quoi ? Mais j'ai pas cuisiné de bûche !!!

Mais nan, patate ! Je veux dire que les parents sont dans la voiture. On arrive quoi !

— Ils partent de la maison ! je panique. Ils partent !!

Cette fois, impossible de me calmer, et même un baiser de Rayane ne saurait empêcher mes mains de trembler. Ma respiration se coupe et je tourne sur moi-même comme un poulet sans tête. Oh nan, en parlant de poulet !

— J'ai pas fini mon plat, il me reste...

— Il te reste quoi ? intervient Hanaé qui apparaît devant moi comme par magie. Explique-moi où t'en es.

Je lui précise tout ce que j'ai déjà fait, trois fois rien vu l'heure. Quelle cheffe en carton... Hanaé me rassure et prend ma suite. En deux secondes, on dirait qu'elle en fait plus que moi en deux heures.

— Va te préparer, Ju ! me souffle Rayane.

— Ouais, j'y vais.

J'ai pensé à ramener de quoi me maquiller et des habits pour la soirée. Je m'enferme dans les vestiaires. Plus de retour en arrière maintenant... Après deux mois de séparation avec mon liner, on peut dire que lui et moi, on est un peu fâchés et je dois m'y reprendre à plusieurs fois pour faire renaître mon œil-de-chat.

Quand j'aperçois mon visage dans le miroir, je me reconnais à peine. J'avais oublié à quoi je ressemblais, maquillée, les cheveux détachés, sans sueur, sans joues rouges.

— Tu gères, Juliette, ça va le faire ! je m'encourage.

Quand je sors, tout le monde m'applaudit, me siffle, me sourit et je mime un défilé de mode. Avant de croiser le regard de Rayane. Son sourire mange tout son visage, et ses yeux me dévorent.

— T'es sublime, il souffle. Presque aussi belle que quand tu cuisines.

Je pouffe et tape gentiment sur son bras. Je remarque alors les préparations de tout le monde, les assiettes prêtes à être dressées.

— Attention, les tasses doivent être dépareillées, et là, pour le gâteau, le glaçage un peu plus...

— Ttt-tt-tt, me sermonne Simonne. Dehors, cheffe, on ne veut plus de vous ici. Vous risquez de tacher votre jolie tenue !

Elle désigne mon pantalon en toile et ma chemise jaune (moutarde, bien sûr). Je soupire et obtempère sous la menace. Je me retrouve à patienter devant La Racine pendant que les amis d'Hanaé et Simonne arrivent, prêts à dîner.

J'ai le temps de refaire le fil de la journée, de reprendre chaque étape de chaque recette, de repenser à chaque détail. Persuadée d'avoir oublié quelque élément, je rappelle de bien rajouter l'huile de poivron à toute l'équipe dans le groupe What's App qu'on a créé. Aucune réponse. Je les observe à travers la grande vitrine, mais ils prennent bien soin de m'ignorer.

Je m'apprête à rentrer, coûte que coûte, quand j'aperçois Ysée qui me menace depuis le passe. Avec un masque sur le visage, une charlotte sur les cheveux, impossible que mes parents la reconnaissent du premier coup d'œil.

— Raaah ! je râle, sur le trottoir, impuissante.

— Eh ben, ma puce, ça va ? demande soudain la voix de ma mère derrière moi.

Je me retourne, et me retrouve alors face à mes parents, mes frères et Sophie...

Diner must go on.

33

— Joyeux anniversaire de mariage ! je bafouille en voyant débarquer ma famille.

— Oh, merci, ma puce. Alors, ta dernière journée ?

Je bégaye encore plus, mes mains sont aussi actives que pour pétrir une pâte, jusqu'à ce que Léandre me lance un regard insistant. Je dois me calmer, être normale.

— Bon, on entre ? propose mon frère avec un grand sourire, j'ai faim !

Alors que tout le monde pénètre dans le restaurant, Valentin me retient sur le trottoir, visiblement contrarié.

— Juliette, qu'est-ce que tu mijotes ? On doit répondre très vite pour la formation, tu te rends compte que septembre arrive bientôt ? Tu dois le dire aux parents.

Il est encore plus stressé que moi, on dirait. Il ne cesse de nettoyer ses lunettes, déjà propres, avec la lingette qu'il a toujours parfaitement pliées dans sa poche.

— Val, tu me fais confiance ? je demande.

— Il faut en parler, tu risques de...

— Val. Fais-moi confiance. Je leur annonce ce soir.

Il me fait une petite moue peu convaincue avant d'accepter de se taire. On rejoint les parents et il se pose à côté de Sophie, dont le bidou a bien grossi depuis la dernière fois.

C'est évidemment le sujet de conversation préféré de ma mère qui l'interroge pendant que Simonne nous installe à notre table.

Je me tourne vers la cuisine, angoissée. Hanaé, Rayane, Ysée, Angélique et sa copine sont là qui s'activent. Ils sont tellement concentrés qu'ils ne regardent même pas vers nous et ça me réchauffe le cœur. Je vois, à leurs visages fermés, qu'ils n'ont d'yeux que pour les plats qu'ils doivent sortir. Je crois que l'ambiance n'a jamais été aussi tendue à La Racine.

Une fois assise, je m'empêche de fixer le passe dans mon dos, et Léandre me serre fort la main sous la table pour me faire réagir. Je respire un bon coup et me concentre sur la conversation.

— Bonsoir, bienvenue à La Racine, lance Simonne en se postant devant nous avec un grand sourire.

Pour n'importe qui, on a l'air d'une famille heureuse, qui profite d'un vendredi soir pour fêter un anniversaire. Mes parents sont côte à côte, ils se tiennent amoureusement la main. Mes frères se taquinent. Et puis, il y a moi, qui tourne le dos à tous mes potes et qui joue mon avenir en trois actes.

— La cheffe vous propose ce soir un menu unique. Si vous acceptez de nous faire confiance, nous serions ravis de vous faire découvrir des saveurs sur lesquelles nous travaillons depuis quelques semaines désormais.

Le discours, atypique, fait froncer les sourcils de mon père et de Valentin. Pas étonnant. Ils n'aiment ni les surprises ni l'inattendu. Mais Léandre, heureusement, est une vraie locomotive.

— Oh, ça peut être sympa ! On devrait essayer, pour marquer le coup.

— Oui, tu as raison, Léandre, faisons ça. Moi, je pars sur votre menu dégustation, s'emballe ma mère qui tape de joie dans ses mains.

Léandre et moi nous empressons de les imiter pendant que Sophie interroge Simonne sur les spécificités du repas. Ce qui nous laisse le temps de convaincre mon père et Valentin de se joindre à nous. À voir la tête fermée de mon frère, je commence à me dire que j'ai sûrement fait une belle erreur de ne pas l'intégrer à mon plan... Mais il aurait été capable de m'en dissuader.

— Oh, eh bien, parfait, soupire Sophie après l'interrogatoire réussi de Simonne.

— Bon, je crois que ce sera six menus dégustation, tranche mon père.

— C'est parti alors. Il y aura des apéritifs ?

Pendant que tout le monde demande un verre, Simonne me sourit, ravie. La première étape est validée... Elle s'approche du passe et lance la commande de notre table. J'ai tout juste le temps de capter le clin d'œil de Rayane, que je me tourne vers ma famille pour me mêler à la conversation.

Derrière moi, j'entends les ordres qui fusent, les casseroles qui chauffent, la vaisselle qui tinte. Et surtout l'énergie énorme que mes amis déploient. Pendant ce temps, mes parents parlent de cet été, des rendez-vous pédagogiques qui annoncent déjà des dysfonctionnements à l'université, de la grossesse de Sophie et de la chambre enfin prête et magnifique.

Quand Simonne arrive avec l'entrée, j'ai l'estomac noué. Elle place nos plats devant nous, avant d'énoncer l'intitulé, que je connais par cœur.

— La cheffe vous présente « Souvenirs d'enfance », boue, pâquerette, herbe et soupe de terre. Bon appétit !

— Quoi ?

Ma famille s'étrangle, sans comprendre, et se penche sur nos assiettes, intriguée, dégoûtée ou peut-être un mélange de tout ça. Posées sur un plateau en bois, on regarde nos petites coupelles en plastique...

— C'est une dînette ? demande Sophie, avec un dédain certain.

— On dirait bien oui ! Oh, c'est drôle ! s'amuse maman, ça me rappelle les premiers plats de Juliette. Tu te souviens, ma puce ? Tu jouais à la cuisinière dans le jardin. Tu voulais « faire comme Papitate ».

— Moi, je m'en souviens, soupire Valentin. Tu m'obligeais à avaler ta bouillie infâme, « et pour de vrai, hein ». Et si je ne mangeais pas vraiment tes préparations, tu allais pleurer vers les parents. Petit diable.

— Oh, c'était pas le pire ! se rappelle mon père en riant. Un jour, elle a profité que Papitate fasse sa sieste pour faire chauffer son « brownie », qui n'était qu'un tas de boue, au four. Le truc a cramé, il y a eu de la fumée partout, c'était l'apocalypse.

— Je m'en souviens ! rit ma mère.

Je souris, les larmes aux yeux. C'était exactement ce que je voulais provoquer. Ysée et moi, on a fouillé nos greniers, ramené notre dînette d'enfance pour servir mon entrée dans la vaisselle la plus appropriée. Dans mon dos, je sens les regards de mes amis avant d'entendre Hanaé claquer des mains pour les reconcentrer.

— Alors, découvrons ça ! s'enthousiasme ma mère qui a déjà armé sa cuillère.

Dans un premier bol, je les laisse comprendre que la boue n'est en fait qu'une tapenade d'olives noires rehaussée d'un filet d'huile de truffes. On la déguste avec des bouts de bois qui sont des morceaux grillés de pain d'épices. Le reste est une soupe légère, herbacée, où ciboulette et persil imitent à la perfection le gazon coupé de la maison. Et avec, j'ai préparé une vraie salade de fleurs des champs, toutes comestibles, toutes choisies avec soin et expertise par Hanaé. L'ensemble est rehaussé d'une vinaigrette aux poivrons.

— La sauce est dingue, s'exclame Valentin en raclant son bol de dînette.

— Je n'arrive pas à comprendre ce qu'il y a dedans... cherche mon père en faisant claquer sa langue sur son palais.

— De l'huile de poivron, je dirais... je propose comme si je ne le savais pas.

— T'es devenue incollable après deux mois de stage !

Ma mère me sourit et tout le monde termine rapidement ses assiettes. Simonne débarque pour nous débarrasser, joyeuse.

— Je vois que tout est vide, j'imagine que c'est bon signe ?

— C'était... étonnant ! Je n'ai jamais goûté quelque chose comme ça, s'exclame maman. Déconcertant, au début, mais très savoureux ! Comment l'idée est venue à la cheffe ?

— Oh, eh bien, elle passera vous parler à la fin, vous pourrez le lui demander.

Elle me fait un clin d'œil discret et je m'empourpre aussi fort que le vin rouge que boit mon père.

— Et voilà pour vous, messieurs dames, annonce Simonne qui tient les assiettes comme une équilibriste de talent.

Elle les installe devant nous. Une porcelaine fine, ornée de fleurs d'un bleu électrique. Des assiettes de grand-père. Les assiettes *d'un* grand-père. Le silence est absolu.

— La cheffe vous propose *son* poulet sauce moutarde et ses pommes de terre en robe de chambre euh, des champs !

Simonne bafouille, s'excuse pour son loupé (parfaitement volontaire) et nous souhaite une bonne dégustation.

Je focalise autant que possible mon attention sur la table, personne n'a touché à son assiette. Ma mère l'observe, la gorge serrée.

— C'est bizarre, non ? L'entrée, maintenant ça...

— Allez, goûtons ! propose mon père en enveloppant la main de maman dans la sienne.

Pendant quelques minutes, personne ne parle. J'ai suivi le conseil d'Hanaé et simplement ajouté des ingrédients pour rehausser le plat. Sans le dénaturer. Moi qui voulais d'abord passer le poulet en ballottine, ou bien en mousse, elle m'a suggéré de le garder tel quel, comme pour nos repas de famille. Les filets sont plus travaillés, la peau parfaitement grillée, grattée à l'ail et laquée au miel pour plus de goût. La chair est fondante, onctueuse. Quant aux pommes de terre, je les ai cuites saupoudrées de poivre, enrobées dans des herbes aromatiques et oubliées dans la braise. Enfin, pour la sauce, c'est un secret bien gardé.

Mais, à voir le regard de ma mère quand elle porte une première cuillère à sa bouche, je sais que j'ai frappé juste. Elle ferme les yeux, émue, et ses lèvres se serrent. Elle rentre en elle-même. J'espère qu'elle redevient cette petite fille, qui observe son papa préparer à manger, qui chipe un bout de poulet. J'espère qu'elle se souvient des odeurs, de la première fois qu'elle a goûté à cette sauce assez piquante pour réveiller la viande, pour titiller sa langue.

— Oh là là, elle dit enfin. Eh bien, Léandre, quelle bonne idée tu as eue de nous emmener ici !

Mon frère raconte comment il a découvert ce lieu. Ma mère, trop émue pour parler, se cache derrière son verre de vin.

— Ça va, ma chérie ? lui demande mon père, bienveillant.

— Oui, pendant un moment, j'avais huit ans. Et j'ai honte de dire que c'est sans doute le meilleur poulet sauce moutarde que j'aie jamais mangé. Pardon, papa !

Elle lance cette phrase en regardant le plafond et les milliers de lumières accrochées par Simonne. Papitate doit bien se cacher derrière l'une d'elles.

Elle qui s'interdit toujours « cette grossièreté », elle se met à saucer son assiette avec le pain. On est trois à la regarder avec des yeux ronds.

— Mais... maman ! on s'exclame avec mes frères.

— Désolée, c'est trop bon.

On rit et Simonne vient desservir en nous demandant si tout s'est bien passé. Je me doute que la question n'est là que pour la forme et qu'elle a tendu l'oreille pendant toute la dégustation.

— J'ai hâte de voir votre cheffe, que je puisse la féliciter.

— Et moi donc, répond mystérieusement Simonne.

Entre chaque plat, je redoute le moment où on va m'interroger sur ces deux mois à L'Absolu, où ils voudront faire le bilan. Je dois aussi éviter les regards mitraillette de Valentin qui m'enjoint de cracher le morceau aux parents, et vite. Alors je détourne la conversation, aidée par Léandre, priant pour que je puisse leur annoncer mon plan au moment où je l'aurais choisi.

— Et voici, pour finir, le « gâteau d'anniversaire ». Je vous laisse vous servir comme à la maison !

Simonne pose un gâteau bancal au centre de la table. Avec deux petites bougies, que mes parents éteignent amoureusement avant de s'embrasser. Mais leur attention reste sur cet entremets, sur son architecture audacieuse et sa ganache visiblement mal appliquée.

— C'est étrange... souffle Valentin. On dirait... on dirait le dessert que papa a voulu faire pour les douze ans de Juliette.

— Ah oui ? je mime la surprise.

C'est exactement ça et je suis ravie du travail des filles ! Je leur ai montré les photos de cette catastrophe culinaire et elles ont réussi à la reproduire à la perfection. Sauf que, cette fois, contrairement au jour de mes douze ans, je suis persuadée que l'on va se délecter de ce gâteau et pas le jeter à la poubelle avec dégoût.

Valentin prend les choses en main et découpe six parts parfaitement égales. Il sert les parents, sa femme, Léandre, puis me tend la dernière assiette avec un regard lourd.

Ma mère, choquée de constater que l'intérieur est identique à la tentative avortée de mon père, interpelle Simonne.

— Madame, excusez-moi, est-ce que l'on pourrait voir la cheffe, s'il vous plaît ? J'ai... beaucoup de questions à lui poser.

Simonne prise au dépourvu, me jette une œillade en biais. J'inspire un grand coup, me lève de ma chaise, observe toute ma famille et lance :

— La cheffe... c'est moi.

34

Pendant une seconde, je fais face à quatre regards sidérés. Ils observent leurs assiettes, mon visage, Hanaé et toute l'équipe qui vient se placer derrière moi, sans comprendre. Sophie inspecte les alentours, comme si une caméra cachée allait surgir en criant « surprise ».

J'inspire un bon coup et répète mentalement ce discours que j'ai mariné dans ma tête pendant des jours. Je l'ai servi à Ysée, à Rayane, à Hanaé et Simonne. J'ai aiguisé chaque mot, pesé chaque phrase, mais maintenant que je me retrouve face à eux, tout s'évapore. Je bégaye, incapable de former une pensée cohérente.

— Comme vous le savez, j'ai passé l'été à L'Absolu. Je ne voulais pas vous inquiéter, mais c'était parfois aussi dur que vous le pensiez. Et j'avais sous-estimé ça : les mecs idiots, les ordres, l'endurance. Mais ce que vous, vous avez sous-estimé, c'est moi. Parce que j'ai résisté deux mois alors que vous ne me donniez pas trois jours.

Maman s'apprête à parler, mais c'est à elle que Valentin jette un regard impérieux.

— Alors oui, ça a été dur, et être commis n'a pas toujours été le boulot de mes rêves, mais j'ai quand même adoré ça. Je n'ai pas regretté un seul instant, j'ai tenu le coup et, même mieux que ça, j'ai trouvé ma place et j'ai prouvé ma valeur. Le chef Legrand m'a proposé un poste d'apprentis... que j'ai refusé.

Ma mère bégaye, la bouche pleine de questions, que Valentin l'oblige encore à reporter.

— Parce que L'Absolu, ce n'est pas moi. J'ai énormément appris, du meilleur comme du pire, je me suis rendu compte que je ne savais pas éplucher une carotte. Mais je sais maintenant que je peux travailler en équipe, que je peux être patiente, disciplinée, bonne élève. Mais pas dans un lycée, pas pour un cours de français ou un TP de chimie.

J'aborde le plat principal de mon discours, la pièce de résistance, celle qui m'inquiète le plus. J'ai toute leur attention, je dois désormais me faire comprendre. Leur faire oublier cette Juliette impulsive, immature. Leur montrer qu'en deux mois, j'ai changé, évolué mieux que n'importe quel Pokémon.

— Je sais que les études sont importantes pour vous. Et je suis d'accord ! Me lancer maintenant, dans le monde du travail, ce serait idiot. Je dois apprendre la gestion, les mathématiques et le management. Alors, avec l'aide de Valentin, on a passé l'été à analyser toutes les formations, les différents diplômes, et les meilleures écoles. On a monté un dossier et... j'ai été prise ! Dans le CAP le plus coté de la région. En fait, il ne me manque qu'une alternance, et je pourrais combiner l'expérience professionnelle et la théorie des cours, pour avoir un vrai certificat, reconnu. C'est ce que je veux faire.

Je marque une pause, tente de décrypter une pensée dans leur regard. Papa fronce les sourcils, maman semble perdue,

Valentin sourit, Sophie observe Valentin, et Léandre est heureux.

— Mais, reprend ma mère, c'est quoi cette histoire de cheffe ?

— Eh bien, c'est moi qui ai tout cuisiné, aidée par ces gens merveilleux.

Je désigne la brigade derrière moi et Ysée enlève charlotte et masque. Mes parents hoquettent de surprise en la reconnaissant.

— Bonjour, monsieur et madame Huet, salut Léandre.

Je remarque que sa voix ne tremble pas, que ses joues ne s'empourprent pas. Alors elle disait vrai, son *crush* pour mon frère est passé ? Si je n'avais pas d'autres œufs sur le feu, je prendrais sûrement le temps de m'en réjouir.

— Je voulais vous montrer ce que j'ai appris, la cheffe que je pourrais devenir, si je m'en donne les moyens, si vous me laissez faire. J'avais envie de provoquer des émotions chez les gens. Cuisiner, pour moi, c'est exprimer mes sentiments.

Je sens que je m'embourbe et que les larmes me montent aux yeux. Je connais mes parents, ces visages fermés. Je me doute de ce qu'ils se disent : « Voilà, Juliette pète encore son câble, elle nous fait une nouvelle crise, allez, on la laisse parler et on attend que ça lui passe. » J'inspire, j'entends Rayane murmurer derrière moi : « Tu peux le faire ».

— J'ai tenu tous mes engagements cet été, et c'étaient les deux meilleurs mois de ma vie, même si c'étaient les plus intenses aussi. J'avais l'impression d'être utile, d'être vivante, de faire enfin quelque chose qui compte et de ne pas perdre mon temps, comme quand je suis en cours. Papa, maman, je suis faite pour ça, je vous jure. Et, oui, je n'ai que

17 ans, vous allez me dire que rien ne presse, que je ne peux pas savoir. Mais si, je me connais, et je suis sûre de moi, je ne veux rien faire d'autre.

Puis, plus rien. Plus un mot, plus un bruit. On est nombreux dans le restaurant, et on entend juste le grésillement d'une ampoule et les frigos qui tournent. Je n'ose pas respirer. Valentin semble ravi de mon discours et il mime un applaudissement silencieux.

Mais je n'ai d'yeux que pour mes parents. Ils se regardent et... esquissent un sourire. Un sourire ? Est-ce que... ?

— Juliette, je suis navrée qu'on ait douté de toi, commence ma mère. Vraiment, excuse-nous, ma puce. Mais sache que nous sommes immensément fiers ! Ce repas, c'était digne d'une très grande cheffe et il est évident que tu en es déjà une.

Ma lèvre inférieure s'anime d'une volonté propre, elle s'agite de spasmes incontrôlables.

— Écoute, reprend mon père. Je pense que ta mère et moi, on est d'accord pour dire qu'on a été des idiots. Et tu as le droit de le dire... pour cette fois ! On a cru que tu allais abandonner comme tu l'as souvent fait, que tu avais juste une lubie passagère. Mais, après ce qu'on vient de manger, force est de constater que tu as un talent immense. On ne peut pas priver le monde d'une cheffe comme toi, si ?

Mon père me jette un regard malicieux par-dessus ses lunettes saucissons et je sens l'émotion me prendre à la gorge. Les larmes dévalent mes joues avant même que je ne m'en rende compte.

— Honnêtement, nous-mêmes, on n'aurait pas tenu une journée dans une brigade ! continue ma mère.

— Non, c'est clair, je pouffe avec un rire parsemé de pleurs.

— Oh, ma puce.

Mes parents se lèvent et me prennent dans leurs bras. Je suis en sanglots, devant tous mes amis, une super cheffe et des inconnus, mais je m'en fiche. Je me laisse fondre contre eux, comme une motte de beurre dans une poêle chaude.

Maman me caresse les cheveux, murmure contre mon front.

— On est terriblement fiers de toi, Juliette. Et fiers de voir que tu t'es responsabilisée cet été. Tu as décroché un stage dans un restaurant étoilé, cherché une formation, accepté l'aide de ton frère, monté un dossier. Toute une candidature, ce n'est pas rien. Tu as pris les devants, et tu as assuré.

— Il ne te manque plus qu'une alternance alors ? demande mon père en essuyant mes larmes.

— Oui, ça me stresse, parce que je ne peux pas m'inscrire sans ça.

— Oh, mais tu trouveras, me console-t-il en frottant mon dos. Tu es une vraie battante, comme ton Papitate, tu es capable d'accomplir tous les rêves auxquels tu oses songer. Et on t'aidera.

Je n'aurais jamais anticipé un tel soutien de leur part.

— Est-ce que je peux vous interrompre ?

Hanaé est derrière moi, sa blouse blanche légèrement ouverte, comme toujours lorsqu'elle termine un service. Elle s'est approchée à petits pas et sourit à toute ma famille. Je tente misérablement de cacher la peinture aquarelle qu'est devenu mon visage et regrette d'avoir tenu à refaire mon fameux trait d'eye-liner.

— Je suis Hanaé, la propriétaire du restaurant.

Elle tend une main polie et professionnelle à mes parents qui la serrent, enthousiastes.

— Ah, donc la cheffe habituelle ? demande mon père.

— Oui. Je voulais juste vous dire que j'ai la joie d'avoir pu travailler avec Juliette cet été. Car, ce qu'elle ne vous dit pas, c'est que non seulement cette acharnée a assuré tous ses services à L'Absolu, mais qu'en plus, à chaque pause, elle venait ici. D'abord, pour réviser pour la rentrée, pour être au niveau si elle avait la chance d'obtenir son CAP. Ensuite, parce qu'elle voulait préparer le meilleur menu pour vous. Et pour ça, nous avons œuvré pendant des semaines ensemble.

Mes parents observent Hanaé avec un grand respect. Je les comprends, elle dégage une sorte d'autorité innée.

— Juliette a beaucoup changé, et son comportement est vraiment irréprochable. C'est l'attitude idéale pour un commis à La Racine.

Hanaé détache son regard de mes parents pour le poser sur moi. Elle me fait de gros yeux et je ne comprends pas. Et puis je me répète sa dernière phrase...

— Attends, quoi ? je bégaye, mes mots toujours aussi chamallows.

— Je vais devoir le faire solennellement, hum ? elle grogne.

Hanaé jette une œillade à Simonne qui approuve d'un sourire amusé.

— Juliette, commence la cheffe, me ferais-tu l'honneur de me rejoindre, moi et toute mon équipe, en alternance ?

Les larmes reviennent aussitôt et, franchement, je blâme entièrement la fatigue monstrueuse qui me tombe dessus après deux mois intenses.

— J'y crois pas ! je crie de joie. C'est génial, carrément !

Je danse, trépigne sur place, manque d'enlacer Hanaé avant de retenir mon geste. Et tout le monde rit et applaudit d'un coup.

Quand je me retourne, je tombe dans les bras d'Ysée et d'Angélique, puis dans ceux de Rayane qui me serre contre lui, comme si le reste de l'univers avait disparu.

— Tu peux être tellement fière de toi, Sashimi. On va être dans la même formation, dans des alternances à deux pas l'une de l'autre. Tout s'arrange, tu vois.

— Merci d'avoir été là... je murmure.

Et je l'embrasse, sans me dire que c'est une des révolutions de mon été dont j'ai oublié de parler à mes parents... Mais Simonne a sorti des bouteilles et des coupes, ce qui a suffi à détourner l'attention.

Elle nous tend alors deux flûtes de jus d'orange et on trinque tous ensemble, avec ma famille, ma brigade de choc, et les amis d'Hanaé et de Simonne.

— À Juliette, lance Léandre.

— À Juliette ! répond tout le monde.

— Et merci à vous tous ! je rétorque.

Les verres tintent et la musique des conversations me ravit. Je vois ces gens que j'aime qui se parlent, qui échangent, qui sourient. Je suis à ma place. Ysée m'embrasse sur la joue, un bout du gâteau dans la main. Elle me félicite chaudement et part ensuite papoter avec Léandre. Sans « euh » intempestifs, ou silence gênant et gêné.

Valentin et Sophie se rapprochent de moi, ravis.

— Franchement, lance ma belle-sœur, bravo, Juliette, c'était très bon !

— On a une vraie Ed the Best dans la famille, s'emporte mon frère en levant son verre.

— Ed the Best ? je répète, amusée. Tu veux dire Etchebest ?

J'explose de rire et m'excuse de ne pas lui avoir expliqué le plan plus tôt.

— Oh non, tu as bien fait, il répond. Franchement, j'aurais été incapable de tenir ma langue. J'aurais tout gâché.

Mon plus grand plaisir, c'est surtout de voir Sophie reprendre une tranche de gâteau. Elle ne pouvait pas me faire de plus beau compliment. Je me cale entre Ysée et Rayane, les écoute partager les anecdotes de cet été à mes parents. Ma mère ne quitte pas Rayane des yeux et elle finit par lâcher, l'air innocent.

— Visiblement, Juliette, il y a d'autres choses que tu ne nous as pas encore annoncées ?

— Possible... je réponds avec un sourire mystérieux.

DIGESTIF

— Juliette, bourgui pour la 5, énonce Hanaé.

— Oui, chaud !

Je finalise mon assiette, jette un dernier œil au dressage, à la photo repère au-dessus du passe et la tends à ma mentore. Elle l'inspecte, fait une moue satisfaite.

— Bien joué, allez, on lâche rien !

Esmée, Tharaya, Diego et moi, on répond à l'unisson, et on monte nos plats et nos desserts sur des playlists suggérées par Léandre lui-même. Ce bourguignon, c'est ma première création officielle à La Racine. Je l'ai cuisiné pour Hanaé, comme je le lui avais promis, et elle l'a trouvé « plein de potentiel ». Depuis que j'ai commencé en tant qu'apprentie ici, il y a deux mois, on retravaille la recette à la fin du service, on peaufine les saveurs, les textures. C'est la première fois qu'on le propose enfin au client.

Je n'ai jamais été aussi heureuse. Chaque bourguignon que j'envoie est une nouvelle lettre d'amour pour la vie, pour la joie de voir mon rêve se réaliser. Quand la première assiette revient vide, je jette un regard soulagé à Simonne qui me sourit.

— Ils ont adoré ! Bravo, Juliette. Bravo, l'équipe !

Elle nous adresse un clin d'œil confiant et retourne en salle avec des assiettes pleines. Hanaé se tourne vers moi avec un grand sourire et me tape dans la main.

— Bien joué !

Ici, on est gourmands en compliments, en critiques positives. Un service est comme une chorégraphie parfaitement répétée. On est tous à notre place, efficaces et précis.

Quand je propose à la cheffe de modifier peut-être la sauce, j'entends Esmée qui rouspète derrière moi.

— Juliette, non, la recette est très bien comme ça. On n'y touche plus, interdit.

Diego et Tharaya valident et me laissent débattre toute seule jusqu'à la fin du service. Ils m'ont aidée, autant qu'Hanaé, à peaufiner et perfectionner mon bourguignon. Quand on range, je continue de penser à mon plat et je ne suis stoppée dans mes réflexions que par Hanaé.

— Et ton dernier examen, alors ? Comment ça s'est passé ?

En bonne patronne, elle surveille mes notes de près. Elle et mes parents se sont sacrément bien trouvés... mais rien à voir avec le lycée. Cette fois, la Ysée de la classe, c'est moi.

— On devait planifier le travail pour une bavette échalote, pommes dauphine pour quatre personnes, et des œufs à la neige pour huit. On avait vingt minutes pour remplir un tableau et suivre les techniques de réalisation. J'ai terminé en quinze, je me vante.

— Juliette, on ne te demande pas de finir première, on te demande d'être la meilleure.

— Oh, mais j'étais la meilleure, je confirme avec un sourire.

Hanaé rit et me tape l'épaule. Je sais qu'elle est fière de moi. Je le suis aussi. Moi qui m'endormais en cours, je prends plaisir à retourner sur les bancs de l'école la moitié de la semaine. Je continue le français, l'histoire, j'apprends la comptabilité, la gestion, les techniques appliquées, et je passe le reste de mon temps à La Racine.

— Allez, va voir tes amis, jeune Padawan, me lance-t-elle en retirant le torchon de mon tablier.

— Non, je suis sûre qu'on peut encore reprendre le...

— Ttt ttt ttt, contre Hanaé, dehors !

Son ton autoritaire est toujours aussi efficace avec moi et je m'y plie, en souriant. Je range mes affaires aux vestiaires, me change et salue tout le monde, ravie de les retrouver bientôt. Quand je retourne dans les rues orléanaises, l'air a déjà fraîchi, ramenant avec lui les feuilles mortes d'automne qui tapissent les trottoirs d'un camaïeu orange.

Je redescends jusqu'aux bords de Loire, mon sac sur le dos. C'est en arrivant au niveau du ponton, près du Bateau-Lavoir, que je les repère. Ma brigade de cœur. Ils sont posés sur les quais, désertés par les touristes, abandonnés par les guinguettes et les guitaristes. Ils boivent et grignotent en se chamaillant. Leurs éclats de rire me parviennent jusqu'ici comme des milliers d'étoiles.

Je vois Léandre et Ysée pouffer ensemble, en amis de toujours. Angélique et Rayane, qui se supportent à L'Absolu et en dehors. Je ne tarde pas à les rejoindre et à les embrasser avec bonheur.

Léandre enchaîne les leçons de guitare, les répétitions avec son groupe (dans le garage des parents) et sa fac de droit.

Tout brillant qu'il est, ce week-end, il joue à l'Astrolabe pour la première fois, comme il en rêvait.

Ysée a repris le chemin du lycée, sans moi. Heureusement, elle s'acharne sur ses cours, reste première de la classe et clame qu'elle n'a besoin pour ça ni de copains ni d'une flopée d'amis, elle se contente des quatre qui l'entourent en ce moment.

Angélique, épaulée par Axelle, s'est lancée dans un nouveau défi : décrocher le titre de meilleure apprentie en pâtisserie, un concours organisé par la région. Elle passe son temps à réviser et ça nous donne des merveilles à déguster en permanence, car elle rapporte tous ses essais « ratés », comme les magnifiques éclairs que je m'empresse de goûter.

Enfin, Rayane est toujours à L'Absolu. On se retrouve au lycée et aussi souvent qu'on le peut. Parfois, il m'invite à dîner, parfois c'est l'inverse. Grâce à lui, je me suis rendu compte que j'aimais bien le pop-corn, c'est le meilleur goût de ses baisers.

Je l'embrasse et m'assieds à ses côtés.

OK, baiser saveur éclair caramel, ce n'est pas mal non plus. Je regarde les nombreux plats que tout le monde a préparés pour ce repas improvisé. Léandre trouve que j'ai les meilleurs potes de l'univers et je le vois qui louche sur les préparations.

— Alors, je demande avec un grand sourire, qu'est-ce qu'on mange ?

Recette poulet sauce moutarde et patates en robe de ~~chambre~~ des champs

Pour 4 personnes
(si Léandre est là il faut doubler les proportions)
Préparation : 15 minutes
Cuisson : 45 minutes

Pour le poulet

Beaucoup d'amour
4 cuisses de poulet ou 400 g de blancs de poulet
1 oignon
1 gousse d'ail
1 filet de cognac
15 cl de vin blanc sec
50 cl de bouillon de volaille ou de légumes
1 c. à soupe d'huile d'olive ou 120 g de miel
Sel et poivre

Pour la sauce

2 c. à soupe de moutarde à l'ancienne d'Orléans
10 cl de crème fraîche d'Isigny

Pour la finition

Du persil

Épluche et émince finement l'oignon et l'ail (attention aux yeux, mets tes lunettes de piscine pour ne pas pleurer ! C'est le conseil de Papitate).

Fais revenir les morceaux de poulet dans une poêle sur feu vif avec un peu d'huile d'olive (tu peux étaler l'huile d'olive au pinceau). Dès que la chair devient blanche, c'est bon ! Verse un filet de cognac dessus et flambe le tout sans te brûler (attention, c'est dangereux). Réserve le poulet au chaud dans le four à 50 °C.

Dans la même poêle, fais suer les oignons et l'ail (les oignons doivent devenir transparents). Ajoute le vin blanc et laisse réduire. Remets le poulet, et mouille à hauteur avec le bouillon (c'est-à-dire qu'il faut ajouter du liquide jusqu'à atteindre le dessus des ingrédients). Laisse cuire à petit feu pendant 30 à 40 minutes... Miam, le poulet est cuit ! On le réserve au chaud et hop, on fait la sauce !

Mélange la moutarde (si Léou est là, on en rajoute pour que ça pique bien), la crème et un peu de poivre dans une casserole que l'on réchauffe à feu doux. En attendant que la crème réduise et ait la bonne consistance, tu as le droit de lécher le reste de crème sur les pots ! Goûte la sauce et ajuste l'assaisonnement en sel et en poivre si besoin.

Et quand tout le monde est à table et prêt à manger, on remet le poulet dans la poêle pour qu'il soit bien croustillant, on réchauffe, on parsème de persil ciselé et on déguuuuste !

Pour les patates

Une bonne dose d'amour
4 grosses patates (de type nicola, stella ou charlotte)
8 c. à soupe de fromage blanc
1 c. à soupe de moutarde d'Orléans ou 2 c. à café de vinaigre
De la ciboulette du jardin
Fleur de sel
Du poivre

Préchauffe le four à 220 °C. Lave les patates avec une petite brosse parce qu'on va garder la peau. Puis essuie-les. Enveloppe-les dans du papier alu.
Et hop, au four pendant 35 minutes. Pour être sûr.e que c'est bon : enfonce un couteau dans la chair. Prolonge la cuisson un peu si besoin.
En attendant, tu peux mélanger le fromage blanc, la moutarde ou le vinaigre, la ciboulette ciselée, le poivre et la fleur de sel. Goûte et rectifie l'assaisonnement jusqu'à ce que ce soit bon.
Quand les patates sont prêtes, on fait une petite entaille au-dessus dans la longueur et on les fourre de crème.
Miam, bon appétit !

Oursons à la guimauve

Pour 12 oursons
Préparation : 30 minutes
Cuisson : 5 minutes
Repos : 1 heure minimum

Pour la guimauve

350 g d'amour
4 feuilles de gélatine (8 g)
10 g de sirop de glucose
2 c. à soupe d'eau
100 g de sucre en poudre
1 blanc d'œuf
De la vanille (1/2 gousse)

Pour le chocolat

250 g de chocolat noir
37 g d'huile de pépin de raisin

Fais tremper la gélatine dans un grand bol d'eau *froide* pendant 20 minutes.
En attendant, commence la guimauve : verse le sirop de glucose et l'eau dans une casserole, ajoute le sucre en poudre et porte à ébullition. Il doit cuire jusqu'à 118 °C (quel enfer... vive le thermomètre à sonde).
Gratte l'intérieur de la gousse de vanille et réserve les grains.

Monte tout doucement le blanc d'œuf en neige à l'aide d'un batteur : il doit rester souple et être prêt au moment où le sucre arrive à température. Verse le sucre sur le blanc et fouette. Ajoute les grains de vanille et mélange. (Super, tu viens de faire une meringue italienne, *queen* !)
Égoutte la gélatine et fais-la fondre au micro-ondes, juste 10 à 15 secondes, le temps qu'elle soit liquide. Ajoute-la à la meringue (elle doit être encore un peu tiède). Mélange jusqu'à ce que ce soit bien incorporé.
Fouette la meringue jusqu'à ce qu'elle soit à environ 35 °C : si elle est trop froide, les oursons ressembleront plus à des Bokoblins...
Hop, verse la meringue dans une poche à douille. Pose les moules sur une plaque de cuisson. Petit coup de spray antiadhésif dans les moules oursons et on poche la guimauve. Tapote bien la plaque pour enlever toutes les bulles. Et on attend pendant 1 heure (minimum). Ne cède pas, même si Léandre te menace...
Quand c'est gélifié, libère les guimauves en les démoulant touuuuut doucement.
Et maintenant, c'est parti pour le chocolat : fais-le fondre au bain-marie. Attention, la température ne doit pas dépasser 45 °C (reprends ton thermomètre de cuisine).
Quand tout est fondu, rajoute l'huile de pépin de raisin, mélange doucement et laisse refroidir pour que ça soit à 30 °C. Là, c'est prêt pour l'enrobage !
Maintenant, enfonce un cure-dent ou une pique en bois dans le cul des oursons et noie-les dans le chocolat. Égoutte-les bien, dépose-les sur du papier sulfu et continue de la même façon avec les autres oursons.
C'est prêêêêêêt !

Oursons à la guimauve (version grosse flemme)

Pour 12 oursons
Préparation : 20 minutes
Cuisson : 5 minutes
Repos : 2 à 3 heures minimum

8 cuillères à soupe d'amour
100 g de chocolat noir
50 g de chamallows
1 c. à soupe d'eau

Fais fondre le chocolat au micro-ondes ou au bain-marie (faut pas que ça brûle !), badigeonne les moules avec du spray antiadhésif, puis remplis-les avec un fond de chocolat (la moitié de ce que tu as, donc).
Laisse durcir au frigo le temps qu'il faut, 1 à 2 heures minimum.
Dans un bol, balance les chamallows, l'eau et on fait chauffer au bain-marie ou au micro-ondes (30 secondes, puissance max). Mélange bien.
Quand le chocolat est durci, on fourre le moule de guimauve, on recouvre à nouveau du reste de chocolat fondu (voir première étape), et hop retour au bercail pour les oursons, c'est-à-dire au frigo, 1 heure.
Et voilà, reste plus qu'à les dévorer en les DÉCAPITANT.

Risotto au guanciale de Colonnata

Pour 6 personnes
Temps : 30 minutes

150 g de guanciale de Colonnata (ET PAS DES LARDONS)
1 cube de bouillon de légumes (ou des vrais légumes pour faire un bouillon : 1 carotte, 1 vert de poireau et 1 oignon) pour environ 1.2 l de bouillon
1 petit verre de vin blanc sec
400 g de riz arborio ou carnaroli
1 gousse d'ail
1 oignon jaune
1 oignon rouge ou rosé (de Roscoff, de préférence)
150 g de parmesan (parmigiano reggiano)
Herbes au choix (thym, sauge, herbes de Provence)
Sel et poivre

Fais revenir le guanciale coupé en dés dans une cocotte, le gras va fondre tout seul ! La clé du succès : le faire cuire doucement, on est pas pressés, le brusque pas. À mi-cuisson, tu peux rajouter un peu de poivre. Laisse cuire jusqu'à ce que les dés soient bien croustillants.
En parallèle, dans une grande casserole, tu peux commencer ton bouillon. Si tu as la flemme, prends un cube de bouillon de légumes, ni vu ni connu. Sinon, tu fais revenir une carotte en petits morceaux et du vert de poireau en rondelles à sec, tu crames un oignon émincé

et, hop, recouvre d'eau bouillante. Le bouillon doit rester chaud pendant la recette.

Une fois cuits, réserve les dés de guanciale sur un papier absorbant et, surtout, ne jette pas le gras ! On rajoute direct le riz dedans pour le toaster un peu à feu moyen. Prépare ton vin blanc. Quand le riz est bien nacré (ça veut dire qu'il est translucide), bien imprégné du gras, paf, tu balances le vin blanc ! Si ça fait pas un délicieux « pssshhht », c'est perdu ! On laisse évaporer l'alcool. Puis on ajoute une louche de bouillon, et on remue à feu vif jusqu'à ce qu'il soit incorporé (on doit voir le fond de la cocotte quand on mélange) et on répète l'opération.

Pendant ce temps, émince une gousse d'ail et les oignons, puis balance-les dans une poêle bien chaude pour les faire dorer, rajoute quelques tours de poivre du moulin, une pincée de sel et des herbes selon ton inspiration. Réserve quand c'est bien doré.

Oublie pas ton riz : surveille-le en parallèle ! Et rajoute autant de louches de bouillon que nécessaire. En tout, la cuisson devrait durer environ 15 minutes.

Pendant que tout cuit, tu peux râper du parmesan, c'est toujours ça de fait.

Quand le riz est bien cuit (goûte quelques grains pour vérifier la cuisson : il doit être ferme, mais pas croquant, si besoin remets un peu de bouillon), tu peux rajouter le mélange d'oignons dorés. Éteins le feu, verse une dernière lichette de bouillon, saupoudre de parmesan et mélange le tout.

Vérifie l'assaisonnement avant de servir ton risotto dans des assiettes tièdes. (Si l'assiette est froide, il va se figer.) Au dernier moment, parsème la préparation de dés croustillants de guanciale !

À taaable !!!

Remerciements

Un livre, c'est comme un plat : il se dévore parfois rapidement, laisse un souvenir (ou pas), mais demande toute une brigade pour être abouti.

Amour, cuisine et poulet sauce moutarde ne fait pas exception !

Cette aventure n'aurait jamais vu le jour sans Manon et Marion. Merci à vous d'avoir guetté mes erreurs d'assaisonnements, notamment ma tendance à me répéter « parce qu'on ne sait pas, peut-être qu'on n'a pas bien compris ». Si, on a compris, Ludivine...

Merci à Émilie, pour sa correction aux petits oignons, son œil aussi affûté qu'un couteau !

Merci à Nicolas Caminade, qui a offert un dressage sublime à ce roman (c'est-à-dire une couverture dingue) !

Je ne serais pas allée au bout sans mes parents, nos soirées Top Chef et nos nombreux restos ensemble. Mais surtout pas sans R. le chef qui donne du goût à ma vie.

Merci à Anthony, d'avoir lu une première ébauche de mon « bouguibof » et à Marie.

Un immense merci à Guillaume, le chef de *L'Olivier*, un restaurant-pépite de Varennes-Jarcy, qui a été une source d'inspiration incroyable pour Hanaé (en beaucoup moins grognon) et pour de très nombreuses recettes de ce texte. Chaque repas chez lui est un moment hors du temps, allez manger chez Guillaume et vous comprendrez *La Racine*.

Et enfin, un immense merci aux libraires, aux représentants, à tous ceux qui font vivre les livres, et à vous, lecteurs, en premier. Par pitié, décapitez vos oursons en guimauve !

Toute notre actualité et nos auteurs sur :
www.slalom-editions.fr

19.
11,40